必讀唐詩一〇〇大

一本就通

王兆鵬
邵大為
張　靜
唐　元

前言

一

給文學作品排座次、定甲乙，並不是當今才有的時尚，而是古已有之。至少從唐代起，宮廷和民間就常常舉行詩詞錦標大賽。競賽結果，自然要分等第高下，定輸贏勝負。

初唐宋之問就曾兩度拔得宮廷詩賽的頭籌。一次是武則天遊洛陽龍門，讓從官賦詩。左史東方虯作詩先成，武則天讀後龍顏大悅，以錦袍賜之。過了一會兒，宋之問又將詩歌獻上，武則天看後更加讚賞，誇宋之問所作「文理兼美」，也顧不得皇帝身分，竟從東方虯手中奪過錦袍，轉賜之問。這就是《冊府元龜》和《唐才子傳》等書記載的著名的「賦詩奪錦」故事。

景龍三年（七〇九），中宗遊宴昆明池，結彩樓命群臣賦詩，讓上官婉兒評定名次。這次賦詩競賽的意味更加明顯。群臣進詩後，初選評出沈佺期和宋之問二詩為佳，而最終的優勝獎還是授予了宋之問。沈佺期先是不服，等到上官婉兒公布評語：「二詩工力悉敵。沈詩落句云：『微臣雕朽質，羞睹豫章材。』蓋詞氣已竭。宋詩云：『不愁明月盡，自有夜珠來。』猶陟健舉。」沈佺期這才服氣，「不敢復爭」（《唐詩紀事》卷三）。

宋代宮廷也經常舉行詩詞競賽。如南宋淳熙十年（一一八三）八月十八日，孝宗皇帝請太上皇趙構到浙江亭觀潮。太上皇興致極高，宣命陪同從臣各賦一首〈酹江月〉詞詠潮，「至晚進呈」。最終太上皇欽定名次，「以吳琚為第一」（《武林舊事》卷七）。

宋元以降，文人士大夫喜歡結詩社，詩社更是經常舉行詩賽。

宋末元初浙江的月泉吟社，組織十分嚴密，詩社大賽的資料也保留得相當完整。月泉吟社的召集人叫吳渭，元至元六、七年（一三四六—一三四七）間，詩社以〈春日田園雜興〉為題，限五七言律體，以歲前十月分題，次年上元收卷，三月三日揭榜，延請當時詩壇大腕方鳳、謝翺、吳思齊評判名次。每個名次的獎品，事先都張榜公布。現存《月泉吟社詩》收錄有前六十名的七十四首詩。獲前三名的分別是連文鳳、馮澄和梁相。每首詩先列名次，次列評語，如第一名的評語是：「眾傑作中求其粹然無疵、極整齊而不窘邊幅者，此為冠。」第二名評語是：「起善，包括兩聯說田園的。而雜興寓其中，末語亦不泛。」（《月泉吟社詩》下）

又據《明史．文苑傳》記載，元代末年，兩浙士大夫以文墨相尚，每歲必聯詩社，聘請一二位文章巨公主持，四方名士畢至，日夜宴賞，詩勝者多有厚贈。臨川饒介為元淮南行省參政，自號醉樵，曾大集諸名士賦〈醉樵歌〉。結果張簡詩第一，贈黃金一餅；高啟詩第二，贈銀三斤；

楊基詩第三，亦贈一鎰。

給詩歌評定名次等級，不僅用於詩歌競賽，也用於常態的詩歌批評。對前代詩人詩作，批評家們往往要分個高低、排個名次。

最早給詩人區分品第等級的，是南朝梁代的鍾嶸。他在《詩品》中將漢魏以來一百二十人分為上中下三品，以評量其優劣。跟鍾嶸差不多同時的南齊謝赫，撰《古畫品錄》，按畫家之優劣，把二十七位畫家分為六品。庾肩吾的《書品》，則把漢至齊梁的一百二十八位書法家分為九品。南北朝時期，文學藝術很時興這種品第批評。

此後，品第便成為一種常用的批評方法。唐代張為的《詩人主客圖》，把中晚唐的部分詩人分為主、升堂、入室及門等級別，就是一種品第批評。後來明代高棅的《唐詩品滙》，將唐代詩人分為正始、正宗、大家、名家、羽翼等檔次，無疑也有區分品第高下之意。至於盛唐時期的王翰，曾把當時「海內文士百餘人，分作九等，高自標置，與張說、李邕並居第一」，更是一種排行榜了。據說王翰把這份排行榜凌晨時分張貼在京城吏部東街上，「觀者萬計」，轟動一時（《封氏聞見記》卷三）。

在中國古代文學批評中，我們還常常見到稱譽某人為第一、某詩為第一的。如《宋書·謝靈運傳》說謝靈運「文章之美，與顏延之為江左第一」。宋人許顗《彥周詩話》說「孟浩然、王摩詰詩，自李杜而下，當為第一。老杜詩云『不見高人王右丞』，又云『吾憐孟浩然』，皆公論也」。明人楊慎《升庵詩話》卷十二說：「元和以後，詩人之全集可觀者數家，當以劉禹錫為第一。其詩入選及人所膾炙，不下百首矣。」清人趙翼《甌北詩話》卷八評價明初的高啟，是「才氣超邁，音節響亮，宗派唐人，而自出新意，一涉筆即有博大昌明氣象，亦關有明一代文運。論者推為開國詩人第一，信不虛也」。

至於哪首詩最好，古人也時有排名。如宋代嚴羽《滄浪詩話》說：「唐人七言律詩，當以崔顥〈黃鶴樓〉為第一。」清人賀裳《載酒園詩話又編》則稱孟郊〈遊子吟〉「為全唐第一」。

清人潘德輿最喜歡給詩人詩作排座次。他認為，除太白外，唐人五絕以王維為第一，七絕以王昌齡為第一：「唐人除李青蓮之外，五絕第一，其王右丞乎？七絕第一，其王龍標乎？右丞以淡淡而至濃，龍標以濃濃而至淡，皆聖手也。」唐人古詩，「當以曲江〈感遇〉、青蓮〈古風〉為第一」（《養一齋詩話》卷八）。

不過，古人的詩學批評，無論是分品第，還是排座次，都是基於個人的主觀好惡。由於每個人的審美趣尚不同，對同一個人、同一首作品，品評就往往不一樣。比如，唐人七律，嚴羽推許崔顥〈黃鶴樓〉為第一，明代何景明和薛蕙則推沈佺期「盧家少婦」詩為第一。有人請楊慎決斷，楊慎兩可之，來個並列第一。潘德輿又不贊同，而另推杜甫〈登高〉為第一（《養一齋詩話》卷八）。

主觀的文學批評，難免存派別門戶之見，不同人對同一作家作品的評價，常常是天差地別。所以近人蔡嵩云《柯亭詞論》慨乎言之：「自來評詞，尤鮮定論。派別不同，則難免入主出奴之見。往往同一人之詞，有揚之則九天，抑之則九淵者。」詞如此，詩亦如此。

二

文學批評界，沒有最高法院。對作家作品的不同評價，沒有人能夠做出最後裁決，歷史也不相信某個人或幾個人的裁決。權威的判斷，只適用於一時，未必能取信於後世。宋之問二度奪得冠軍的詩篇，分別由武則天和上官婉兒裁定；吳琚獲得第一名的〈酹江月〉詠潮詞，乃由宋高宗欽點；元代連文鳳得過頭名的〈春日田園雜興〉、張簡獲得金獎的〈醉樵歌〉，也都由當時的詩壇名宿評判，可後來的讀者都不認帳。獲獎的這幾首詩詞，都沒有成為名篇，在文學史上幾乎沒有什麼知名度和影響力。

一部作品能否成為名篇，不是由某一個時期某一個人確定的，而是在歷史上由公眾確認的。能夠得到公眾持久認同的作品，才是名篇。作品的公認度，也就是民意的認同程度。

那麼，怎樣才能有效而科學地通過調查統計獲得歷史上公眾對文學作品的認同度呢？認同，是關注，是欣賞。所以，我們把認同度理解為關注度。對作品的閱讀是關注，對作品的評論是關注，對作品的效仿再創作也是關注。即便是負面的評論，也是一種關注。不同的作品，獲得關注的空間廣度和時間長度是不同的。公眾對作品的關注度越高，作品的知名度就越高、影響力就越大、名篇指數也越高。我們的做法，是嘗試用統計學的方法來衡量測度公眾的關注度和名篇指數。統計的結果，就是文學名篇的排行榜。名篇排行榜，可以反映名篇認同度和影響力的大小及其變化。

為便於統計，可以把關注文學作品的公眾，亦即公眾讀者，分為三種類型。一類是消費型的普通讀者，他們喜歡的作品就閱讀，不喜歡的就不讀。他們以「無聲的選擇」來表明對文學作品的態度。另一類是批評型的專家，他們不僅閱讀作品，還發表對作品的看法。再一類就是創作型的作家。作家也是讀者、接受者，只不過他們閱讀別人的作品後，會借鑑、吸取別人的創作經驗和方法進行新的創作，其中很重要的一種方式，就是追步他人的作品，進行唱和。三種類型的讀者對作品的閱讀、評論和借鑑，就組合成對作品的關注度。

那我們怎麼知道歷史上和今天的讀者，喜歡閱讀哪些唐詩作品呢？我們當然無法對歷史上的讀者進行閱讀意向的調查，即使對今天的讀者也難以進行廣泛的問卷調查；但我們知道，歷史上和當今的普通讀者閱讀、了解唐詩，主要是通過各種詩歌選本的形式，選本選了哪些作品，讀者就閱讀哪些作品。雖然選本是編選者個人的主觀選擇，但他必須考慮和顧及特定讀者群的審美需求。讀者總是挑選那些符合自己閱讀趣味和審美需求的選本來閱讀。不同的選本體現不同讀者群的審美趣尚，合而觀之，就可以看出一首作品在不同讀者群中所受到的關注程度。因而，根據詩歌選本對一首作品的入選率，就可以看出這首作品所受關注程度的高低。一首詩被入選的次數越多，所受的關注度就越高。

當今的網路，也是唐詩傳播的重要媒介，是普通讀者了解、閱讀和評論唐詩的重要途徑。被網頁載錄的越多，表明這首詩的人氣就越旺、被關注度就越高。

因此，我們可以借助選本的入選率和網路的連結率來統計衡量不同作品在普通讀者群中的關注度。

批評型的專家讀者對唐詩的批評闡釋，一般有文獻資料可以查考。古今批評的方式有所不同。古代的批評，大多是隨機性的評點，批評家既可以在選本裡點評，在詩話著作中評論，在文集序跋中評述，也可以在野史筆記中閒談賞鑒。我們把古代這些批評資料統稱為評點資料。二十世紀以來，批評的言說方式和載體發生了很大變化，批評家、學者們主要是用專題研究的論文方式來對古代作品進行批評和研究。因此，有關二十世紀批評家的批評資料，可以根據相關專題研究論文來統計。

古今批評家、學者對唐詩作品的批評，有褒貶，有抑揚。但無論是褒揚是貶抑，都表明批評者對作品的關注。因此，我們統計時，不分褒貶，只要是對一首詩有過書面評論或發表過研究論文的，都分別作一次統計。一首詩，被評點、研究的次數越多，表明它受關注的程度越大，影響力也就越大。

創作型的詩人，對唐詩的接受情況比較複雜。一首詩被哪些詩人效法借鑑過，大多沒有顯性的資料可以查證，即使有個別證據，也難以作為一種共性的客觀的資料來統計，故而未被納入唐詩排行統計範圍。

三

為了統計唐詩在後代傳播接受過程中的關注度，我們採集了四個方面的資料：歷代選本入選唐詩的資料、歷代評點唐詩的資料、二十世紀研究唐詩的論文資料和文學史著作選介唐詩的數據。

選本方面，採集了歷史上具有代表性和影響力較大的七十種唐詩選本為資料來源。其中，唐人選唐詩九種，宋金元人選唐詩八種，明人選唐詩五種，清人選唐詩十一種，現當代人選唐詩三十七種。每個選本入選的篇目，先錄入電腦，經資料庫處理後再統計每首詩入選的次數。一首詩被幾個選本錄入，就計為幾次。考慮到古、今選本對名篇生成過程的影響力不同，故將選本分為古今兩類統計入選次數。

評點方面，以陳伯海先生主編的《唐詩匯評》為資料來源。該書彙集了唐代以來數百種選本、詩話、筆記、序跋等文獻中關於唐詩評論的資料，基本可以反映歷代評點唐詩的概貌。每首詩下輯錄多少條評論，就作多少條計入。

二十世紀研究唐詩的論文，依據《唐代文學研究年鑑》和相關專題目錄索引來統計。我們研製有《二十世紀唐五代文學研究論著目錄檢索系統》。論文以篇計數，一部著作也計數為一。

文學史方面，選取二十世紀以來影響較大的九種文學史著作作為資料獲取的來源。每種文學史對不同詩歌的介紹力度有輕重之分，我們又分為全詩引錄的A類和摘句介紹的B類，對於詳細介紹的長篇，雖未全詩引錄，也以A類計量。每入選一部文學史，即以一條統計。

另外，我們還搜集了網路連結的唐詩資料作為對比性參考資料，但沒有參與綜合名篇指數的計算與排名。網路資料的採集方法是，在百度和谷歌主頁的搜索欄分別依次輸入詩人姓名和詩題名稱，檢索其連結的相關網頁數目。由於此項資料波動大、更新快，我們在不同的時間點作了三次檢索，然後對三次結果求出平均值，以期在一定程度上改善該項資料的不穩定性，更真實地反映網路傳播唐詩的流行情況。

以上四類資料（不包括網路資料），性質不同，對名篇生成的影響力也不一樣。為此，我們對資料作了加權處理。每類資料的權重如何確定，在文學計量研究中還沒有先例可循。但在文獻計量學中，有主觀賦權和客觀賦權兩種，其中主觀賦權法主要是從定性分析的角度，根據各個指標對其反映對象影響作用的大小來確定相應指標的權重，又有專家評判法和層次分析法兩種。客觀賦權主要是從定量分析的角度計算各指標的權重，這有變異係數法和相關係數法兩種。考慮到文學研究的具體情況，我們姑且用主觀賦權中的專家評判法進行確定。

綜合考量各項指標在綜合測評中的影響程度後，我們將選本的權重擬定為百分之五十，又考慮到古今選本影響力的不同，對古今選本再分別給以百分之六十和百分之四十的權重區分；古代評點的權重定為百分之三十；二十世紀的研究論文的權重設定為百分之十；文學史著作也給予百分之十的權重，其中全詩引錄或詳細介紹的A類作品和摘句或僅僅提及的B類作品，再分別給以百分之七十和百分之三十的「二級」權重，以區分二者影響因數的差異。

除了對各項指標進行加權計算之外，我們還對資料作了標準化處理。每項指標性質不同，量綱也不同，如選本指標一組資料的量綱是「次」，入選多少次就以多少次計數，而評點指標一組資料的量綱是「條」，論文研究指標的量綱是「篇」。因為各組指標之間沒有綜合性，而且各項資料不在同一數量級上，所以，如果直接參與計算，將會過分突出數量級較大的指標，而掩蓋數量級較小的指標在綜合評定過程中的作用。這就需要對各組資料進行標準化處理。標準化處理，在計量學中稱為無量綱化，即通過一定的數學變換來消除各指標量綱的差異。常用的無量綱化方法有三種，即直線型、折線型和曲線型。我們把抽樣得到的資料稱為實際值，進行無量綱處理後的值稱為標準值。由於抽樣資料的實際值與標準值之間存在線性關係，因此我們採用直線型方法中的極值法來作無量綱處理，即用實際資料除以該組資料的最大值以得到該資料的標準值，算式為：

$$x_i = \frac{x_i}{\max x_i}$$

例如，選本指標中，古代選本部分入選次數最多的是十七次（崔顥的〈黃鶴樓〉），現代選本中入選次數最多的是三十次（王之渙的〈登鸛雀樓〉）；王維的〈送元二使安西〉，在古代選本和現代選本中入選的實際值分別是十三次和二十七次。於是，這兩項實際值進行標準化處理以後分別是13÷17＝0.7647和27÷30＝0.9。經過極值法處理後的標準值都在〇～一之間，越接近一，表示該值在其所在的一類指標中越占優勢，從而使得各項指標具有可比性，能夠參與加權計算。

每組資料進行標準化處理後，再加權求和。茲以X代表歷代選本指標，P代表歷代點評指標，L代表二十世紀研究論文指標，W代表文學史指標，Z代表每首詩的綜合得分。綜合得分是以每項指標的標準值乘以各自的權重，然後求和。

算式為：$Z_i = X_i \times 50\% + P_i \times 30\% + L_i \times 10\% + W_i \times 10\%$，即

$$Z_i = \left\{\left(\frac{x_{古i}}{\max x_{古}}\right)\times 60\% + \left(\frac{x_{現i}}{\max x_{現}}\right)\times 40\%\right\}\times 50\% + \left(\frac{p_i}{\max_p}\right)\times 30\% + \left(\frac{l_i}{\max_l}\right)\times 10\% +$$
$$\left\{\left(\frac{w_{Ai}}{\max w_A}\right)\times 70\% + \left(\frac{w_{Bi}}{\max w_B}\right)\times 30\%\right\}\times 10\%$$

代入已知值並合併算式為：

$$Z_i = \frac{x_{古i}}{17}\times 30\% + \frac{x_{現i}}{30}\times 20\% + \frac{p_i}{38}\times 30\% + \frac{l_i}{70}\times 10\% + \frac{w_{Ai}}{9}\times 7\% + \frac{w_{Bi}}{8}\times 3\%$$

試以王昌齡的〈長信秋詞〉（奉帚平明）一詩為例，

詩名	選本			評點	論文	文學史			綜合評價值	排名
	古	現	總			A	B	總		
長信秋詞	14	16	30	19	1	3	5	8	0.5472	14

該詩在古代選本和現代選本中分別入選了十四次和十六次，歷代點評十九條，二十世紀研究中只有一篇論文以此詩為題目，文學史中A、B兩類分別入選了三次和五次。那麼該詩的綜合評價值就是：

$$\left(\frac{14}{17}\right)\times 30\%+\left(\frac{16}{30}\right)\times 20\%+\left(\frac{19}{38}\right)\times 30\%+\left(\frac{1}{70}\right)\times 10\%+\left(\frac{3}{9}\right)\times 7\%+\left(\frac{5}{8}\right)\times 3\%=0.5472$$

以這種方法將相關資料登錄電腦，電腦會自動計算出每首作品的綜合分值。依據每首綜合分值的大小排名，就得到了唐詩名篇排行榜。

位居前一百名的唐詩名篇綜合指標得分，見表一。

表一

排名	詩名	作者	詩體	時代	古代選本	現代選本	歷代評點	論文篇數	全錄	摘錄	文學史總	網路連結總數	綜合指標
1	黃鶴樓	崔顥	七律	盛	17	24	38	1	5	4	9	135600	0.8153
2	送元二使安西	王維	七絕	盛	13	27	21	3	4	4	8	108700	0.6256
3	涼州詞（黃河遠上）	王之渙	七絕	盛	10	28	17	26	6	3	9	101000	0.5924
4	登鸛雀樓	王之渙	五絕	盛	10	30	15	19	7	1	8	102700	0.5802
5	登岳陽樓	杜甫	五律	盛	11	26	23	4	2	2	4	85700	0.5778
6	登柳州城樓寄漳汀封連四州刺史	柳宗元	七律	中	9	25	26	3	4	3	7	12590	0.5774
7	臨洞庭湖贈張丞相	孟浩然	五律	盛	12	23	20	1	6	1	7	63580	0.5748
8	題破山寺後禪院	常建	五律	盛	15	16	19	0	5	2	7	44300	0.5678
9	送杜少府之任蜀州	王勃	五律	初	12	28	13	10	6	1	7	118700	0.5658
10	蜀道難	李白	七古	盛	6	25	23	36	6	3	9	228000	0.5635
11	次北固山下	王灣	五律	盛	16	23	13	2	2	1	3	77100	0.5605
12	楓橋夜泊	張繼	七絕	中	13	27	15	11	1	1	2	203700	0.5551
13	終南山	王維	五律	盛	13	22	18	3	3	1	5	102400	0.5533

排名	詩名	作者	詩體	時代	古代選本	現代選本	歷代評點	論文篇數	全錄	摘錄	文學史總	網路連結總數	綜合指標
14	長信秋詞（奉帚平明）	王昌齡	七絕	盛	14	16	19	1	3	5	8	33100	0.5472
15	登高	杜甫	七律	盛	7	26	25	10	3	3	6	236400	0.5431
16	泊秦淮	杜牧	七絕	晚	11	26	15	1	6	2	8	93900	0.5415
17	江雪	柳宗元	五絕	中	7	25	22	6	7	2	9	152300	0.5344
18	西塞山懷古	劉禹錫	七律	中	5	23	28	3	8	0	8	30400	0.5291
19	烏衣巷	劉禹錫	七絕	中	11	25	16	1	3	2	5	82100	0.5194
20	滁州西澗	韋應物	七絕	中	12	26	10	0	5	2	7	64900	0.5104
21	夜雨寄北	李商隱	七絕	晚	7	27	20	5	4	2	6	175500	0.5072
22	燕歌行	高適	七古	盛	8	28	12	12	8	0	8	216400	0.5019
23	琵琶行	白居易	七古	中	4	22	19	62	4	4	8	290000	0.5019
24	觀獵	王維	五律	盛	11	22	18	2	1	2	3	123400	0.5010
25	出塞	王昌齡	七絕	盛	8	29	13	3	6	3	9	131600	0.4993
26	過故人莊	孟浩然	五律	盛	10	25	11	9	6	2	8	104700	0.4970
27	長恨歌	白居易	七古	中	2	22	20	70	4	5	9	357000	0.4897
28	聞官軍收河南河北	杜甫	七律	盛	3	28	22	23	5	1	6	72500	0.4888

29	石壕吏	杜甫	五古	盛	7	24	15	31	4	3	7	88900	0.4886
30	早發白帝城	李白	七絕	盛	5	27	20	10	5	2	7	140400	0.4868
31	靜夜思	李白	五絕	盛	9	18	22	7	3	0	3	220600	0.4858
32	咸陽城東樓	許渾	七律	晚	9	13	26	1	3	1	4	15030	0.4793
33	山居秋暝	王維	五律	盛	8	25	15	4	5	2	7	102700	0.4784
34	錦瑟	李商隱	七律	晚	5	18	25	17	4	4	8	186900	0.4760
35	寒食	韓翃	七絕	中	12	20	13	0	3	1	4	41000	0.4748
36	石頭城	劉禹錫	七絕	中	9	22	16	2	5	0	5	40100	0.4736
37	鹿柴	王維	五絕	盛	9	21	15	0	6	1	7	130000	0.4677
38	春江花月夜	張若虛	七古	盛	7	23	16	10	5	3	8	135800	0.4676
39	赤壁	杜牧	七絕	晚	8	24	16	3	3	3	6	200100	0.4664
40	黃鶴樓送孟浩然之廣陵	李白	七絕	盛	8	23	17	3	3	1	4	135600	0.4601
41	旅夜書懷	杜甫	五律	盛	10	14	20	2	1	4	5	62400	0.4533
42	馬嵬	李商隱	七律	晚	10	15	18	3	3	1	4	37600	0.4499
43	和晉陵陸丞早春遊望	杜審言	五律	初	11	15	15	1	4	1	5	4079	0.4488
44	蜀相	杜甫	七律	盛	4	23	26	10	0	1	1	108400	0.4472

排名	詩名	作者	詩體	時代	古代選本	現代選本	歷代評點	論文篇數	全錄	摘錄	文學史總	網路連結總數	綜合指標
45	望薊門	祖詠	七律	盛	8	13	26	1	1	1	2	43200	0.4461
46	古意呈補闕喬知之	沈佺期	七律	初	7	20	19	0	4	2	6	2360	0.4455
47	獨坐敬亭山	李白	五絕	盛	9	14	22	0	1	3	4	68300	0.4449
48	九月九日憶山東兄弟	王維	七絕	盛	11	16	16	1	1	2	3	118700	0.4438
49	夢遊天姥吟留別	李白	七古	盛	4	27	13	23	5	4	9	143600	0.4400
50	隋宮（紫泉宮殿）	李商隱	七律	晚	6	17	25	0	2	2	4	28200	0.4396
51	奉和賈至舍人早朝大明宮	岑參	七律	盛	12	2	27	0	0	0	0	3152	0.4383
52	春宮怨	杜荀鶴	五律	晚	10	6	26	0	1	2	3	11030	0.4370
53	望嶽	杜甫	五古	盛	7	22	17	9	1	3	4	180500	0.4363
54	賦得古原草送別	白居易	五律	中	7	23	16	1	3	2	5	79700	0.4354
55	逢入京使	岑參	七絕	盛	10	20	10	0	6	0	6	28100	0.4354
56	春望	杜甫	五律	盛	7	24	12	12	5	0	5	304200	0.4343
57	九日齊山登高	杜牧	七律	晚	8	11	25	1	1	3	4	27400	0.4323
58	閨怨	王昌齡	七絕	盛	10	18	11	2	4	4	8	43100	0.4323
59	終南別業	王維	五律	盛	12	4	21	0	2	3	5	135500	0.4310

60	無題（相見時難）	李商隱	七律	晚	2	24	18	18	8	1	9	260600	0.4291
61	江南春絕句	杜牧	七絕	晚	8	22	14	3	1	4	5	46500	0.4254
62	春曉	孟浩然	五絕	盛	7	21	13	6	6	0	6	196500	0.4214
63	九日藍田崔氏莊	杜甫	七律	盛	8	4	32	0	0	0	0	6030	0.4205
64	商山早行	溫庭筠	五律	晚	5	18	22	1	4	1	5	40300	0.4182
65	使至塞上	王維	五律	盛	6	24	14	0	4	2	6	333900	0.4150
66	夜上受降城聞笛	李益	七絕	中	7	23	11	2	6	0	6	21000	0.4132
67	丹青引贈曹將軍霸	杜甫	七古	盛	7	11	25	2	2	0	2	15380	0.4126
68	長安秋望	趙嘏	七律	晚	12	7	18	0	0	3	3	10320	0.4118
69	山行	杜牧	七絕	晚	5	27	10	6	6	2	8	107200	0.4099
70	鳥鳴澗	王維	五絕	盛	8	21	12	7	2	2	4	114200	0.4090
71	涼州詞（葡萄美酒）	王翰	七絕	盛	9	21	9	2	4	1	5	85700	0.4076
72	山石	韓愈	七古	中	3	24	18	8	1	8	9	51100	0.4043
73	歲暮歸南山	孟浩然	五律	盛	13	6	15	0	1	2	3	16380	0.4031
74	兵車行	杜甫	七古	盛	4	20	18	4	4	5	9	93600	0.4016
75	芙蓉樓送辛漸	王昌齡	七絕	盛	8	22	7	3	6	2	8	86600	0.4016

排名	詩名	作者	詩體	時代	古代選本	現代選本	歷代評點	論文篇數	全錄	摘錄	文學史總	網路連結總數	綜合指標
76	從軍行（青海長雲）	王昌齡	七絕	盛	6	27	7	3	6	2	8	33300	0.3996
77	白雪歌送武判官歸京	岑參	七古	盛	5	28	7	10	6	2	8	122700	0.3986
78	長安春望	盧綸	七律	中	11	1	25	0	0	0	0	15740	0.3982
79	晚次鄂州	盧綸	七律	中	8	12	20	0	2	0	2	9840	0.3946
80	野望	王績	五律	初	11	16	5	0	6	2	8	34200	0.3944
81	賈生	李商隱	七絕	晚	6	23	11	1	4	3	7	51000	0.3898
82	終南望餘雪	祖詠	五絕	盛	10	12	14	1	1	3	4	76530	0.3875
83	將進酒	李白	七古	盛	6	21	10	3	6	3	9	377000	0.3870
84	秋興（玉露凋傷）	杜甫	七律	盛	7	16	14	10	4	0	4	105300	0.3861
85	登樓	杜甫	七律	盛	7	9	23	5	1	1	2	113900	0.3838
86	月夜	杜甫	五律	盛	5	21	16	6	2	1	3	82500	0.3824
87	北征	杜甫	五古	盛	3	12	24	13	2	6	8	131700	0.3790
88	過香積寺	王維	五律	盛	11	7	16	0	0	3	3	91900	0.3784
89	竹枝詞（楊柳青青）	劉禹錫	七絕	中	3	26	9	7	9	0	9	95700	0.3773
90	從軍行	楊炯	五律	初	7	21	7	0	7	1	8	32000	0.3770

91	與諸子登峴山	孟浩然	五律	盛	10	11	15	0	0	2	2	21750	0.3757
92	春夜喜雨	杜　甫	五律	盛	4	22	15	17	1	2	3	139500	0.3752
93	送魏萬之京	李　頎	七律	盛	8	13	16	0	2	1	3	18070	0.3735
94	早雁	杜　牧	七律	晚	6	16	15	1	5	0	5	39950	0.3713
95	雁門太守行	李　賀	七古	中	4	20	13	10	6	1	7	52100	0.3713
96	行經華陰	崔　顥	七律	盛	10	4	21	0	0	0	0	7770	0.3689
97	秋登宣城謝朓北樓	李　白	五律	盛	10	9	14	11	0	1	1	48360	0.3665
98	登金陵鳳凰台	李　白	七律	盛	6	12	21	2	1	1	2	54200	0.3661
99	雲陽館與韓紳宿別	司空曙	五律	中	11	8	13	0	2	0	2	28040	0.3656
100	羌村（崢嶸赤雲西）	杜　甫	五古	盛	6	15	16	10	0	5	5	23980	0.3652

四

我們從二〇〇五年開始嘗試計量分析唐詩名篇的影響力，之後不斷擴充資料，完善統計方法，先後做了四個版本的唐詩名篇排行榜。表一是最新版的排行榜，我們在《文學遺產》二〇〇八年第二期發表的〈尋找經典——唐詩百首名篇的定量分析〉是第二版排行榜。由於不斷增補和調整資料，每個版次的排名略有不同，但變化不大，一般在幾個名次內上下浮動。有意思的是，四次排行榜的第一名，都是崔顥的〈黃鶴樓〉。無論資料怎樣增加，統計方法怎樣調整變化，〈黃鶴樓〉始終獨占鰲頭，而且綜合指標的分值高出第二、第三名很多，而第三名之後的分值前後相差甚小。可以說，〈黃鶴樓〉是當之無愧的唐詩第一名篇。

要說明的是，這個排行榜只能反映榜單內相關詩篇的關注度和影響力的大小，而不能據此評估每首詩的藝術價值和思想意義的高低。排名靠前的詩篇，我們只能說它們在長期的傳播接受歷程中影響力更大，但不能據此說它們的藝術價值更高、思想意義更大。文學藝術作品的人文價值和藝術價值，目前還很難用具體的資料來衡量和測度。排行榜中的詩篇，可以說都是很有名的詩，但未必都是最好的詩。境外流行有一句選舉語言：選出來的不一定是最好的，但卻是可以接受的。套用此語，我們可以說：排行榜中的唐詩，雖然不一定是最好的詩，卻是得到公認的好詩。公認，並不是人人都認同，大多數人認同之謂也。

本排行榜的名次，是古今各項指標綜合計算的結果。如果分時代統計，結果會大不一樣。也就是說，這個排行榜，只反映榜內詩篇在古代和現今的綜合影響力，而沒有動態地反映各個歷史時期不同的影響力。其實，每首詩的影響力和關注度，不同的歷史時期是不同的。資料也完全能夠反映出這種變化，只是上面的這個榜單無法清晰完整地呈現出來而已。比如，陳子昂的〈登幽州台歌〉，現如今差不多是地球人都知道的名篇，即使不曉得這首詩題目的人，也會知道「前不見古人，後不見來者」的詩句。可它在古代的知名度和影響力卻很小，選家基本不選，在三十三種古代選本中，只有兩種選本光顧到它，詩評家對它也不大理會。所以，它的綜合排名比較低，落在二百名之後。而有些古代影響力較大的作品，到了二十世紀卻備受冷落。比如，盛唐時期的崔曙，時下的讀者對這名字都感到陌生，至於他的〈九日登望仙台呈劉明府〉就更少有人知道，現當代的選本幾乎都不選，三十七種今人選本只有一種選入，當今的學者和文學史家也全都漠然視之。可在古代，選家和詩評家都對崔曙的這首詩青眼有加，入選率在古代選本中甚至位居前十名。祖詠的〈蘇氏別業〉也是古今落差很大，在現當代的影響幾乎為零，而在古代的關注度卻相當高。統計資料一再證明：名篇是有時代性的，此時為名篇，彼時未必是名篇；如今不是名篇，並不代表過去或未來不是名篇。

排行榜，不僅告訴我們哪些唐詩是名篇，各自的名氣有多高、歷史上有何變化，還可以發現和回答許多有意思的問題。

比如，唐代詩人中，哪些詩人擁有的名篇最多？向來李杜並稱、王孟齊名、高岑並駕，他們的名篇是否都一樣多？歷史上又時常爭議李杜優劣，揚李抑杜或揚杜抑李者，代不乏人。從名篇的角度看，李杜二人誰最受歡迎？且看排行榜（表一）提供的一組資料：

杜甫：十七首；王維：十首；李白：九首；李商隱：六首；杜牧：六首；孟浩然：五首；王昌齡：五首；劉禹錫：四首；岑參：三首；白居易：三首。

這組簡單的數字透露出了哪些資訊呢？

唐代詩人中，擁有名篇最多的依次就是上述十位詩人，其中杜甫、王維和李白為前三甲。這應該不會出乎人們的意料。他們三人共有名篇三十六首，占排行榜名篇總數的三分之一強。「詩仙」、「詩聖」、「詩佛」，還真不是浪得虛名。如果讓今天的讀者投票推選最傑出的三位唐代詩人，李白、杜甫和王維當選的機會應該最高，李、杜、王三人擁有的名篇數量就證實了人們心目中的印象。這也反過來說明，排行榜顯示的結果，具有一定的公信力和說服力，也印證了宋人趙汝騰〈石屏詩序〉的說法：「詩之傳，非以能多也，以能精也。精者不可多，唐詩數百家，精者才十數人，就十數人中選其精者，才數十而已。惟少陵、謫仙能多而能精，故為唐詩人巨擘也。」

杜甫的名篇數幾乎是李白的兩倍，這反映出杜甫詩歌在公眾中的關注度要高出李白許多。

歷史上並稱的「王孟」、「高岑」和「元白」，各自擁有的名篇也多少不一，表明他們所受的關注程度並不相同。王維的名篇數高出孟浩然的一倍，岑參的名篇也比高適（一首入圍）多，而元稹的名篇（〇篇）更沒法跟白居易相比。看來，並稱的詩人們，彼此之間還是有冷熱高下之分的。只有晚唐「小李杜」擁有的名篇完全相同，表明二人在公眾中的影響勢均力敵。

值得注意的是王昌齡，他在當今文學史上的地位遠不如孟浩然。但他的名篇擁有量卻與孟浩然相等。看來今後書寫文學史，有必要提升一下深受公眾歡迎的王昌齡的地位了。

人們常說中國是詩的國度，唐代是中國詩歌的高峰期，盛唐詩歌則是高峰中的高峰。排行榜的資料能印證這個說法麼？且看百首名篇的時間分布：

初唐：五首；盛唐：六十一首；中唐：十八首；晚唐：十六首。

資料證明了「好詩在盛唐」的說法。唐代的好詩名詩，六成在盛唐。盛唐是詩史上頂峰中的頂峰，確非虛言！

有名詩的，自然是名詩人。百首唐詩名篇排行榜中，擁有名篇的詩人共三十七人，其中初唐五人、盛唐十五人、中唐十一人、晚唐六人。由此可見，著名詩人，也大多在盛唐。盛唐不僅多名作，也多名詩人。詩人的名氣，是靠名作來奠定和維繫的。

宋明以來，人們曾爭論唐代七律詩應以哪首為第一。推而廣之，我們也有興趣了解：唐人五律中哪首詩最受歡迎？七絕、五絕中又各是哪一首最受青睞？排行榜給出的答案是：

七律，以崔顥〈黃鶴樓〉為第一；五律，以杜甫〈登岳陽樓〉為第一；七絕，以王維〈送元二使安西〉為第一；五絕，以王之渙〈登鸛雀樓〉為第一。

在各體詩歌中，五律是人們的最愛。在百首名篇中，五律占了二十六首。其次是七律和七絕，各占二十五首。五古、五絕和七古依次占四首、八首和十二首。

就個體詩人而言，人們最欣賞杜甫的是他的七律（六篇）和五律（五篇），王維和孟浩然最受歡迎的是五律，李商隱和杜牧最受青睞的則分別是七律和七絕。王昌齡素有七絕「聖手」（《養一齋詩話》卷二）之稱，百首排行榜中，他的五篇名作，也全是七絕，證明了他的「聖手」之名確是名副其實。

這個排行榜，是我們團隊精誠合作的成果。有分工，更有協作。排行榜的資料，經歷了多年的積累，最終由邵大為校定完成，排行指標和指標解析，也由大為執筆。上面提到的統計方法和統計結果，也凝聚了多人碩士論文和博士論文探索的成果。作品注釋和評點，則分別由張靜、唐元和郭紅欣執筆。各部分分頭寫出初稿後，再彼此交換著打磨潤色。

在寫作過程中，我們參考借鑑了許多前輩和時賢的研究成果，特別是上海辭書出版社的《唐詩鑑賞辭典》、施蟄存先生的《唐詩百話》、葛曉音先生的《杜甫詩選評》、趙昌平先生的《李白詩選評》等，對我們啟發尤多，謹此申謝！

本書是一種嘗試。我們雖然很用心很用功，數易其稿，但結果是否令人滿意，不敢自是，期待讀者的批評和指教，以便我們今後做得更好。

王兆鵬

目次

唐詩排行榜

第1名 黃鶴樓①

唐人七言律詩，當以崔顥〈黃鶴樓〉為第一。
（嚴羽《滄浪詩話》）

崔顥

【排行指標】

古代選本入選次數：一七　在一〇〇篇中排名：一
現代選本入選次數：二四　在一〇〇篇中排名：二六
歷代評點次數：三八　在一〇〇篇中排名：一
當代研究文章篇數：一　在一〇〇篇中排名：六二
文學史錄入次數：九　在一〇〇篇中排名：一
網路連結文章篇數：一三五六〇〇　在一〇〇篇中排名：二三

綜合分值：〇．八一五三　總排名：一

昔人已乘黃鶴去，此地空餘黃鶴樓。
黃鶴一去不復返，白雲千載空悠悠。
晴川歷歷漢陽樹②，芳草萋萋鸚鵡洲③。
日暮鄉關何處是？煙波江上使人愁。

【注釋】

①黃鶴樓：位於湖北武漢武昌區。傳說古代仙人費禕在此乘鶴登仙。

②晴川：指白日照耀下的漢江。歷歷：清晰分明的樣子。漢陽：今武漢漢陽區，與黃鶴樓隔江相望。

③萋萋：形容草木茂盛。鸚鵡洲：原在武昌城外長江中，相傳因漢末禰衡在此賦〈鸚鵡賦〉而得名，後漸淹沒。

解讀

此詩位列唐詩排行榜的第一名，讀者也許會感到驚訝。唐詩金曲的第一首，怎麼會是崔顥的〈黃鶴樓〉，而不是李白、杜甫的某首詩？然而，客觀的資料，實實在在表明這首詩是古今公認的唐詩第一名篇。

試看資料，它有三個單項第一：一是古代選本選錄次數第一，二是歷代評點次數第一，三是現當代文學史錄入次數第一。入選該詩的古代選本共計十七種，其中唐五代四種、宋金元五種、明代兩種、清代六種；在現當代選本中，入選率也相當可觀。選本的權重占百分之五十，評點的權重占百分之三十，能在這兩項取得如此之高的成績，此詩的綜合得分自然居高不下。

　　那麼歷代選家和評點家為什麼如此青睞這首詩？是誰推升了它的人氣？是詩仙李太白！傳說李白過黃鶴樓，想賦詩一首，及見崔顥此詩，大為驚歎：「眼前有景道不得，崔顥題詩在上頭。」為了一較勝負，李白作〈鸚鵡洲〉、〈登金陵鳳凰台〉，從句法到用韻，都是模仿崔顥此詩。在唐代詩人詩作中，唯有崔顥此詩得到過李太白如此嘆服的殊榮。試想，連詩仙李白都佩服首肯的詩作，普通讀者還能不認同？有了李白的讚譽，後來的歷代選家想不入選都有些困難！

　　不僅詩仙李白極口稱道，宋代著名的詩歌理論批評家嚴羽也高度評價此詩，說「唐人七言律詩，當以崔顥〈黃鶴樓〉為第一」。嚴羽是嚴肅的批評

《三才圖會》中的黃鶴樓

家，他的評價，自然是嚴謹的審美判斷。明、清兩代，贊許此詩「氣格音調，千載獨步」、「蘊含無窮，千秋第一絕唱」者不乏其人。我們所統計的資料，彰顯的正是歷代詩選家和詩評家對此詩的高度認同。所以，此詩榮獲唐詩第一名篇的桂冠，不是沒有依據的。

李白效仿而作的〈登金陵鳳凰台〉和〈鸚鵡洲〉兩詩，尚常流播人口，而傳為崔顥所本的那一首詩則鮮為人知，那是初唐沈佺期的一首應制之作，詩名〈龍池篇〉：「龍池躍龍龍已飛，龍德先天天不違。池開天漢分黃道，龍向天門入紫微。邸第樓台多氣色，君王鳧雁有光輝。為報寰中百川水，來朝此地莫東歸。」崔顥的〈黃鶴樓〉句法與之絕似，但整體韻味上顯然有出藍之勝。因此世人多能道〈黃鶴樓〉，而〈龍池篇〉卻寂寞多了。

昔人已乘黃鶴去，此地空餘黃鶴樓。

唐詩排行榜

第2名　送元二使安西①

更萬首絕句，亦無復近，古今第一矣。（劉辰翁《王孟詩評》）

王維

【排行指標】

古代選本入選次數：一三　在一〇〇篇中排名：五
現代選本入選次數：二七　在一〇〇篇中排名：八
歷代評點次數：二一　在一〇〇篇中排名：二五
當代研究文章篇數：三　在一〇〇篇中排名：四一
文學史錄入次數：八　在一〇〇篇中排名：一三
網路連結文章篇數：一〇八七〇〇　在一〇〇篇中排名：三四

綜合分值：〇．六二五六　總排名：二

渭城朝雨浥輕塵②，
客舍青青柳色新。
勸君更盡一杯酒，
西出陽關無故人③。

【注釋】

①元二：作者的友人。安西：唐代安西都護府，在今新疆庫車。

②浥：濕潤。

③陽關：故址在今甘肅敦煌西南，自古與玉門關同為出塞必經之地。因在玉門關之南，故稱陽關。

解讀

此詩名列唐詩排行榜的第二名，應該不會讓人感到意外。

從資料來看，它在古今唐詩選本中的入選率都很高，古代三十三種選本有十三種選了此詩，排名第五；現當代三十七種選本有二十七種選了此詩，排名第八。選本在綜合指標的測評中占一半的權重，所以這首詩在選本一項的得分較高。歷代評點中，有二十一位評論家對此詩進行了點評，排名在二十五位。由於評點在綜合指標的測評中占百分之三十的權重，此項得分與〈黃鶴樓〉相比有較大差距，所以此詩的綜合名次低於〈黃鶴樓〉。

從古代實際流行的程度來看，此詩當居第一。唐詩中入樂歌唱的作品不少，但像〈送元二使安西〉這樣流行的還真少見。據《大唐傳載》記載，盛唐時期，這首詩就開始入樂歌唱，名〈渭城曲〉，又名〈陽關曲〉、〈陽關三疊〉。著名歌唱家李龜年的弟弟李鶴年就善唱〈渭城曲〉。到了中晚唐已經成為流行歌曲，白居易就常常聽唱此歌，所謂「相逢且莫推辭醉，聽唱陽關第四聲」。李商隱也曾「斷腸聲裡唱陽關」。到了宋代，雖然新聲競繁，但〈渭城曲〉照樣盛行，幾乎是宋人離別時必唱的經典驪歌。宋代詩人詞客常說：「一朝話別欲遠去，洗盞更酌歌〈渭城〉。」「臨廣陌，分袂唱陽關。」金元時期〈陽關曲〉仍然傳唱。元好問的朋友辛願曾唱此歌為元好問送行，辛願有詩曰〈送裕之往許州，酒間有請予歌「渭城朝雨」者，因及之〉。明清兩代，〈陽關三疊〉又成為琴曲中經常演唱的經典曲目，在傳存至今的明清琴譜中，至少有三十多種琴譜載有〈陽關三疊〉的歌詞和曲譜。〈陽關曲〉從唐代一直傳唱到近代，歷經千年而不衰，真正是千古絕唱呢。

〈陽關曲〉除了入樂歌唱外，還入畫傳播。北宋大畫家李公麟曾據王維

勸君更盡一杯酒，西出陽關無故人。

的詩意繪有〈陽關圖〉，並將王維的原詩題於畫上，南宋著名畫家李嵩、劉松年等人也畫有〈陽關圖〉。這些名家名畫的傳播，自然也更加擴大了王維此詩的影響力。所以，〈送元二使安西〉位列唐詩名篇排行榜的第二名，一點都不過分。

唐詩排行榜

第3名

涼州詞[1]

必求壓卷，王維之〈渭城〉、李白之〈白帝〉、王昌齡之「奉帚平明」、王之渙之「黃河遠上」，其庶幾乎！而終唐之世，絕句亦無出四章之右者矣。（沈德潛《唐詩別裁集》）

王之渙

【排行指標】

古代選本入選次數：一〇　在一〇〇篇中排名：二六

現代選本入選次數：二八　在一〇〇篇中排名：三

歷代評點次數：一七　在一〇〇篇中排名：四六

當代研究文章篇數：二六　在一〇〇篇中排名：五

文學史錄入次數：九　在一〇〇篇中排名：一

網路連結文章篇數：一〇一〇〇〇　在一〇〇篇中排名：四二

綜合分值：〇．五九二四　總排名：三

黃河遠上白雲間，
一片孤城萬仞山②。
羌笛何須怨楊柳③，
春風不度玉門關④。

【注釋】

①涼州詞：樂府詩題，郭茂倩《樂府詩集》將此篇編入〈橫吹曲辭〉，題作〈出塞〉。又名〈涼州歌〉。涼州，今甘肅武威，是絲綢之路上的重鎮。
②仞：古代長度單位。
③「羌笛」句：指用羌笛吹奏〈折楊柳〉曲，其音淒苦哀怨。
④玉門關：故址在今甘肅敦煌西北小方盤城，是古代通往西域的要道。

解讀

王之渙在《全唐詩》中存詩僅六首，然而排行榜前十首中，竟然獨占兩首，李白、杜甫也未嘗有此殊榮。看來，有時詩不在多而在精。所以清人管世銘《讀雪山房唐詩序例》說：「摩詰（王維）、少伯（王昌齡）、太白（李白）三家鼎足而立，美不勝收。王之渙獨以『黃河遠上』一篇當之，彼不厭其多，此不愧其少，可謂拔戟自成一隊。」

從選本的入選情況來看，這首詩隨著時代的推進，越來越受到選家的重視。古代三十三種選本中有十種選入了此詩，位列第二十六；到了現當代，名次攀升到第三，三十七種現當代選本中有二十八種入選了此詩。而近現代的文學史教材也無一例外提到這首詩。此外，歷代評點家對此詩也十分關注，明代的李攀龍、王世貞和清代的王夫之還就唐人七絕誰可壓卷這一問題各持己見，其中都涉及這首詩。由於版本的差異，不少人在「黃沙」和「黃河」之間、「直上」和「遠上」之間爭論。二十世紀的唐詩研究論文中，還有二十六篇文章就以上問題進行探討爭辯。無論是評論、考辨，還是定位，都有益於提升此詩的人氣。

此外，這首詩還有「旗亭畫壁」的故事常為後人所津津樂道。故事原本是後人杜撰的，但在長期的流傳過程中，已經大大提升了該詩的知名度。經典名篇，常常有故事為它造勢。故事不管是真是假，造勢的作用都是相當的大。

羌笛何須怨楊柳，春風不度玉門關。

唐詩排行榜

第4名　登鸛雀樓①

王之渙

兩對工整，卻又流動，五言絕，允推此為第一首。

（朱之荊《增訂唐詩摘鈔》）

【排行指標】

古代選本入選次數：一〇　在一〇〇篇中排名：二六

現代選本入選次數：三〇　在一〇〇篇中排名：一

歷代評點次數：一五　在一〇〇篇中排名：五九

當代研究文章篇數：一九　在一〇〇篇中排名：八

文學史錄入次數：八　在一〇〇篇中排名：一三

網路連結文章篇數：一〇二七〇〇　在一〇〇篇中排名：三九

綜合分值：〇．五八〇二　總排名：四

白日依山盡，
黃河入海流。
欲窮千里目②，
更上一層樓。

解讀

這首膾炙人口的小詩，名列排行榜的第四名，當然在情理之中。短短二十個字，既描繪了雄渾闊大的登樓之景，又抒發了登高才能望遠的哲思。古代文人自古就有登高的傳統，

欲窮千里目，更上一層樓。

【注釋】

①鸛雀樓：舊址在今山西永濟，前對中條山，下臨黃河。傳說常有鸛雀在此停留而得名。

②窮：盡。

登高有感，感而賦詩，故先用實筆鋪陳描繪登高之景，後用虛筆抒情議論。而且，此詩所描繪之境界，實中有虛。更上層樓，並非全是登現實中的高樓，可以推演到一切的人生事業，「無限風光在險峰」，人生只有不斷登高，才能不斷領略成功。不言高而自高的言外之意，使得這首詩意味悠長，實為勸勉之作中的上品。置於案頭觀之，既有唐詩的風采神韻，又有宋詩的筋骨理趣；拈於口頭誦之，音韻流走，快人耳目。所以，清代朱之荊《增訂唐詩摘鈔》評此詩為五絕第一。

在三十三種古代選本中，此詩入選十次，名次不是很高，但在三十七種現當代選本中卻入選三十次，地位飆升至第一，這是此詩名列第四的一個重要得分點。此外，二十世紀研究此詩的文章不少，有十九篇之多，大多從文法和境界著眼。這首五絕雖沒有〈涼州詞〉「旗亭畫壁」的故事得以吸引人，卻因其短小精悍，而且讀來琅琅上口，且富有勉勵之意，在兒童啟蒙讀本中的影響力遠遠超過〈涼州詞〉，即使是對唐詩不甚了然的普通民眾，提起唐詩也常能吟詠此詩，足見這首詩在民間的影響力和知名度。

唐詩排行榜

第5名　登岳陽樓①

岳陽樓賦詠多矣，須推此篇獨步，非孟浩然輩所及。
（劉克莊《後村詩話》）

杜甫

【排行指標】

古代選本入選次數：一一　在一〇〇篇中排名：一六
現代選本入選次數：二六　在一〇〇篇中排名：一五
歷代評點次數：二三　在一〇〇篇中排名：一七
當代研究文章篇數：四　在一〇〇篇中排名：三八
文學史錄入次數：四　在一〇〇篇中排名：六四
網路連結文章篇數：八五七〇〇　在一〇〇篇中排名：四九
綜合分值：〇・五七七八　總排名：五

昔聞洞庭水，今上岳陽樓。
吳楚東南坼②，乾坤日夜浮。
親朋無一字，老病有孤舟。
戎馬關山北，憑軒涕泗流③。

【注釋】

①岳陽樓：在今湖南岳陽巴陵城門西樓，下臨洞庭湖。

②吳楚：春秋時二國名，其地略在今湖南、湖北、江蘇、浙江一帶。坼：裂開。

③涕泗：鼻涕眼淚。

解讀

代宗大曆三年（七六八），杜甫離開夔州以後，攜家踏上了返鄉的征途。這年他五十七歲，身患多種疾病，且左耳已聾，全家一直乘小船漂泊，輾轉至歲暮，來到洞庭湖畔。當杜甫登上久負盛名的岳陽樓時，極目洞庭，放眼四方，湖山盛景開闊了他的視界，更使他一刻不曾忘懷的國恨家愁激盪胸懷。江山壯美如此，而自己卻半生飄零，老病無依，親朋好友或散或亡，至今唯剩自己孤苦潦倒；而這年秋冬，吐蕃又侵擾寧夏靈武、陝西邠州一帶，想起戰亂未休，硝煙頻起，還有更多的人處在水深火熱之中，他的一腔心懷終於噴湧而出，於是便有了這一首登高絕作。

在杜甫的一生中，有許多登高望遠的詩篇，如定居草堂時的〈登樓〉和滯留夔州時的〈白帝〉、〈白帝城最高樓〉和〈登高〉，都是融情於景、心憂蒼生的名作，但要論氣勢之磅礴、心胸之開闊、情感之沉痛，都不如這首被後人稱作「千古絕唱」的〈登岳陽樓〉。

此詩和孟浩然的〈臨洞庭湖贈張丞相〉同為寫洞庭湖的名作，所以，常被後人所並論。孟詩以「蒸」、「撼」二字狀盡洞庭縹緲之態、雄壯之勢，氣象雖大，但所繪之「氣」、「波」，仍止於洞庭；杜詩曰「吳楚東南坼，乾坤日夜浮」，難以字摘，以無限之地理狀洞庭之廣闊，含亙古之宇宙乾坤於洞庭之中，寫景之外，更寫興象。宋人蔡絛說，讀孟詩，「則洞庭空曠無際，氣象雄張，如在目前」；而當讀杜甫詩後，「不知少陵胸中呑幾雲夢也」。寫景之外，杜詩後半首能於極悲淒中振起心胸，以一己之潦倒為天下蒼生墮淚，故贏得後人無限敬佩，相比之下孟詩後半首雖以極婉轉巧妙之法表達了求薦之意，但畢竟是為一己之利，所以後世多以為杜詩境界遠在孟詩之上。

〈登岳陽樓〉

吳楚東南坼，乾坤日夜浮。

這首暮年之作，能夠成為老杜在後世傳誦最廣、最久的名篇之一，不僅與歷代評家的極高讚揚分不開，也與歷代選家有直接關係。入選此詩的古代選本共計十一種，其中宋元兩種、明代兩種、清代七種，乃杜詩「入選率」之冠；時至現當代，仍有多達二十六種選本入選。杜甫共有十七首詩歌入圍百首名篇，是占有名篇數量最多的詩人，僅此一點就無愧於「詩聖」之名。〈登岳陽樓〉能夠成為杜詩十七首之冠，堪稱是經典中的經典。

唐詩排行榜

第6名

聲調高，色澤足，直欲奪少陵之席。（翁方綱《唐七律詩鈔》）

登柳州城樓寄漳汀封連四州刺史

柳宗元

【排行指標】

古代選本入選次數：九　在一〇〇篇中排名：三八

現代選本入選次數：二五　在一〇〇篇中排名：二〇

歷代評點次數：二六　在一〇〇篇中排名：五

當代研究文章篇數：三　在一〇〇篇中排名：四一

文學史錄入次數：七　在一〇〇篇中排名：三一

網路連結文章篇數：一二五九〇　在一〇〇篇中排名：九二

綜合分值：〇．五七七四　總排名：六

城上高樓接大荒，海天愁思正茫茫。
驚風亂颭芙蓉水①，密雨斜侵薜荔牆②。
嶺樹重遮千里目③，江流曲似九回腸④。
共來百越文身地⑤，猶自音書滯一鄉。

【注釋】
①颭：吹動。
②薜荔：一種蔓生的香草。
③嶺：即五嶺。柳州在五嶺之南。
④江：即柳江。
⑤百越：即百粵，指當時五嶺以南各少數民族地區。此次柳宗元等人的貶謫地皆在百粵之地。文身：古代南方少數民族有在身上刺花紋的風俗。

解讀

嚴羽《滄浪詩話》曾說：「唐人好詩，多是征戍、遷謫、行旅、離別之作，往往尤能感人動意。」這段話用在貶謫詩人柳宗元身上，再合適不過。憲宗元和十年（八一五）三月，因「永貞革新」（順宗元年，八〇五）失敗而被貶的「八司馬」中的五人再遭貶謫。柳宗元貶柳州（今廣西柳州）刺史，韓泰貶漳州（今福建漳浦）刺史，韓曄貶汀州（今福建長汀）刺史，陳諫貶封州（今廣東封開）刺史，劉禹錫貶連州（今廣東連州）刺史。柳宗元六月到達任所，登樓遠眺思念同貶的四州刺史，寫下了這首七言律詩。了解了這樣的背景，再來讀柳宗元這首詩，便不難看出他這次登高所抒發的情懷，不只是單純的思念友人，而是將自己在熬過了十年永州貶謫之苦後，又緊接著遭遇人生第二次重大貶謫後的深痛、哀怨一併寓入詩中。詩中既有登高之景，更有對景之懷，既是贈友，又是傷己，飽蘸濃愁，感人至深。

此詩能名列排行榜的第六，有兩個指標占優勢，一是歷代的評點次數達二十六次，單項排名第五。清人吳喬認為這首詩別有所託：「驚風密雨喻小人，芙蓉薜荔喻君子，『亂颭』、『斜侵』則傾倒中傷之狀，『嶺樹』句喻君之遠，『江流』句喻臣心之苦，皆逐臣憂思煩亂之詞。」這種解法雖有過分坐實之嫌，但對詩人創作用心的理解不無啟示。二是它的入選率也比較高。在古代選本中入選九次，比較靠前，到了現當代以後，其入選率更是大幅提升。所以成為柳宗元眾多詩作中的第一名。

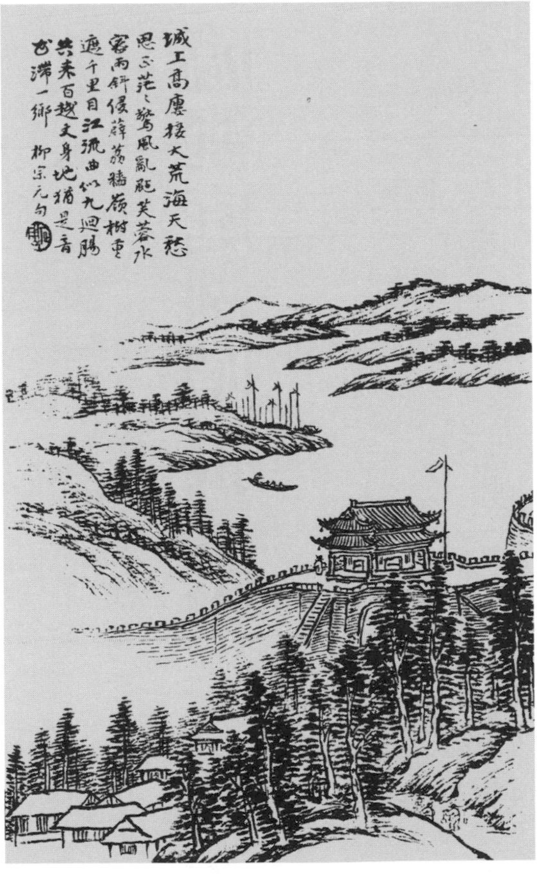

城上高樓接大荒，海天愁思正茫茫。

唐詩排行榜

第7名　臨洞庭湖贈張丞相

孟浩然

「蒸」字、「撼」字，何等響，何等確，何等警拔也！

（王士禛《然燈記聞》）

【排行指標】

古代選本入選次數：一二　在一〇〇篇中排名：九

現代選本入選次數：二三　在一〇〇篇中排名：三三

歷代評點次數：二〇　在一〇〇篇中排名：二九

當代研究文章篇數：一　在一〇〇篇中排名：六二

文學史錄入次數：七　在一〇〇篇中排名：三一

網路連結文章篇數：六三五八〇　在一〇〇篇中排名：五九

綜合分值：〇．五七四八　總排名：七

八月湖水平，涵虛混太清①。
氣蒸雲夢澤②，波撼岳陽城。
欲濟無舟楫，端居恥聖明。
坐觀垂釣者，徒有羨魚情③。

【注釋】

①涵：包含。虛、太清：均指天空。

②雲夢澤：古時江漢平原有雲、夢二澤，範圍很大，後逐漸分割、減小。洞庭湖即為其殘存，人們仍習慣稱之為雲夢澤。

③羨魚：見《淮南子．說林訓》：「臨河而羨魚，不若歸家織網。」

解讀

清人潘德輿曾說，孟浩然有的詩寫得「精力渾健，俯視一切，正不可徒以清言視之」，以此來評價〈臨洞庭湖贈張丞相〉，再恰當不過。本來是一首干謁詩，卻以頷聯寫景而稱名。宋范致明《岳陽風土記》：「城據湖東北，湖面百里，常多西南風，夏秋水漲，濤聲喧如萬鼓，晝夜不息，漱齒城岸，岸常傾頹。」孟詩「氣蒸雲夢澤，波撼岳陽城」十字之中，六字皆是現成的地理名稱，但嵌以「蒸」、「撼」二字，便一下子將洞庭浩渺的水勢和奔騰的氣概以擬人手法現於紙上。在以清淡之氣著稱的孟詩中，這樣渾厚、壯拔的詩句反而令人印象特別深刻。由渡河無楫暗示希冀張丞相引薦自己，巧妙而含蓄，顯得不卑不亢，且又能通過寫景表現作者的才華和胸襟，在干謁詩中實屬佳作。

後人在評價這首詩時，經常和杜甫的〈登岳陽樓〉相提並論，認為二詩寫景皆有所長，難分軒輊。元代的方回曾說他在遊覽岳陽樓的時候，見二人之詩被以遒勁的書法書寫在樓宇左右兩壁，遂使後人不敢再題洞庭之詩。從各項指標來看，這兩首詩皆是後世評選家們關注的焦點，但此詩的歷代評價比〈登岳陽樓〉稍遜一籌，在現當代選本和研究論文兩方面也不如〈登岳陽樓〉一詩影響力大，所以綜合得分落後於〈登岳陽樓〉兩個名次，居排行榜第七位。雖然如此，〈臨洞庭湖贈張丞相〉在孟浩然入圍百首名篇的五首詩歌中，仍遙遙領先，足以說明它在孟詩中的經典地位。

唐詩排行榜

第8名　題破山寺後禪院①

常建

鳥性之悅，悅以山光；人心之空，空因潭水；此倒裝句法。通體幽絕。歐陽公自謂學之未能，古人虛心服善如是。

（沈德潛《唐詩別裁集》）

【排行指標】

古代選本入選次數：一五　　在一〇〇篇中排名：三

現代選本入選次數：一六　　在一〇〇篇中排名：六八

歷代評點次數：一九　　在一〇〇篇中排名：三五

當代研究文章篇數：〇　　在一〇〇篇中排名：七七

文學史錄入次數：七　　在一〇〇篇中排名：三一

網路連結文章篇數：四四三〇〇　　在一〇〇篇中排名：六七

綜合分值：〇．五六七八　　總排名：八

清晨入古寺，初日照高林。
曲徑通幽處，禪房花木深。
山光悅鳥性，潭影空人心。
萬籟此都寂②，但餘鐘磬音③。

【注釋】
①破山寺：即興福寺，在今江蘇常熟虞山北麓。破山即虞山。
②萬籟：指自然界的一切聲音。
③磬：寺院中召集眾僧用的雲板形鳴器或誦經用的缽形打擊樂器。

解讀

常建在今人撰寫的文學史著作中地位不高，在盛唐卻是受人注目的詩壇明星。殷璠編選的《河岳英靈集》便首列常建之詩，入選達十五首之多，幾乎是把常建作為當時「河岳英靈」的代表。他評價常建的詩「似初發通莊，卻尋野徑，百里之外，方歸大道。所以其旨遠，其興僻，佳句輒來，唯論意表」，又將此詩「山光悅鳥性，潭影空人心」二句，許為「警策」。宋代歐陽修在其《六一詩話》中也對常建此詩極口稱讚，尤其欣賞「曲徑通幽處，禪房花木深」一聯，欲效仿而未成。

殷璠的推介和歐公的激賞，無疑提升了這首詩的知名度和影響力。所以，在古代選本中，有十五種選本選錄，其中唐選兩種、宋金元選四種、明選兩種、清選七種，單項排名第三，僅次於〈黃鶴樓〉和〈次北固山下〉。而此詩在現代選本中，只有十六種選錄，排在第六十八名。可見，此詩在現當代的影響力不如古代。但因為歷代評點的次數多達十九條，所以這首詩綜合排名能位居第八名。

曲徑通幽處，禪房花木深。

唐詩排行榜

第9名

送杜少府之任蜀川①

王勃

唐初五言律，惟王勃「送送多窮路」、「城闕輔三秦」等作，終篇不著景物，而興象婉然，氣骨蒼然，實首啟盛、中妙境。

（胡應麟《詩藪》）

【排行指標】

古代選本入選次數：一二　在一〇〇篇中排名：九

現代選本入選次數：二八　在一〇〇篇中排名：三

歷代評點次數：一三　在一〇〇篇中排名：七五

當代研究文章篇數：一〇　在一〇〇篇中排名：一七

文學史錄入次數：七　在一〇〇篇中排名：三一

網路連結文章篇數：一一八七〇〇　在一〇〇篇中排名：三〇

綜合分值：〇．五六五八　總排名：九

城闕輔三秦②，風煙望五津③。
與君離別意，同是宦遊人。
海內存知己，天涯若比鄰。
無為在歧路，兒女共沾巾。

【注釋】

①少府：縣尉的別稱。蜀川：指西川，即今四川岷江流域，也作蜀州。

②城闕：帝王居住的城，這裡指長安。三秦：泛指秦嶺以北、函谷關以西的廣大地區。

③五津：四川岷江上有五個著名渡口，此則泛指四川。

解讀

明代陸時雍在《詩鏡總論》中說：「王勃高華，楊炯雄厚，照鄰清藻，賓王坦易，子安其最傑乎？」認為王勃為「四傑」之冠。的確，王勃才華橫溢，留下的名句和故事更為人所熟知。一聯「落霞與孤鶩齊飛，秋水共長天一色」的警句，一段在滕王閣上灑墨揮毫的傳奇，還有那風華正茂時溺海身亡的遭遇，為後人留下不盡的欽讚和喟歎。

王勃是名人，這首〈送杜少府之任蜀川〉是名詩，詩中「海內存知己，天涯若比鄰」又是名句。名人的名詩，受人關注；名詩中的名句，更為人傳誦。於是，名人、名詩、名句，自然是選家的最愛。這首詩能進入前十名，主要得益於選家的追捧。在古今選本中入選次數都位列前十，現代選本的入選率更高居第三。再加上二十世紀以此詩為研究對象的論文有十篇之多，數量比較可觀，也為此詩進入前十爭取了分數。值得一說的是，這首送別詩，不僅可與盛唐王維〈送元二使安西〉、王昌齡〈芙蓉樓送辛漸〉、高適〈別董大〉等詩對讀，也可與王勃自己的送別詩如〈別薛華〉、〈送盧主簿〉、〈白下驛餞唐少府〉等共參。比較賞讀，更能欣賞到此詩的好處。

海內存知己，天涯若比鄰。

唐詩排行榜

第10名 蜀道難[①]

李白

其為文章，率皆縱逸，至如〈蜀道難〉等篇，可謂奇之又奇。然自騷人以還，鮮有此體調也。（殷璠《河岳英靈集》）

【排行指標】

古代選本入選次數：六　在一〇〇篇中排名：七三
現代選本入選次數：二五　在一〇〇篇中排名：二〇
歷代評點次數：二三　在一〇〇篇中排名：一七
當代研究文章篇數：三六　在一〇〇篇中排名：三
文學史錄入次數：九　在一〇〇篇中排名：一
網路連結文章篇數：二二八〇〇〇　在一〇〇篇中排名：八
綜合分值：〇．五六三五　總排名：一〇

噫吁嚱②，危呼高哉！
蜀道之難，難於上青天！
蠶叢及魚鳧③，開國何茫然。
爾來四萬八千歲，不與秦塞通人煙④。
西當太白有鳥道⑤，可以橫絕峨眉巔。
地崩山摧壯士死，
然後天梯石棧方鉤連⑥。
上有六龍回日之高標⑦，
下有沖波逆折之回川。
黃鶴之飛尚不得過，猿猱欲度愁攀緣⑧。
青泥何盤盤⑨，百步九折縈岩巒。
捫參歷井仰脅息⑩，以手撫膺坐長歎⑪。
問君西遊何時還，畏途巉岩不可攀⑫。
但見悲鳥號古木，雄飛雌從繞林間。
又聞子規啼夜月⑬，愁空山。
蜀道之難難於上青天，使人聽此凋朱顏。
連峰去天不盈尺，枯松倒掛倚絕壁。

【注釋】

①蜀道難：樂府〈相和歌辭・瑟調曲〉的舊題，內容多寫蜀道的艱險。

②噫吁嚱：蜀方言中的驚歎詞。

③蠶叢、魚鳧：傳說古蜀國兩位國王的名字。

④「爾來」二句：戰國時，秦惠文王滅蜀，置蜀郡，秦蜀始交通。

⑤太白：即太白山。

⑥「地崩」二句：寫古蜀道的開闢。《華陽國志・蜀志》載，秦惠王知蜀王好色，許嫁五女於蜀。蜀遣五丁迎之。還到梓潼，見一大蛇入穴中。五人拽蛇，山崩時壓殺眾人，而山分為五嶺。山即今四川江油東北的五華山，或稱五子山。壯士，指五丁。

⑦六龍回日：傳說日神乘坐六條龍拉的車子載著太陽在空中運行。此指日神遇到蜀道上的高山，也不得不為之回車。高標：指蜀山中可作一方之標誌的最高峰。

⑧猿猱：一種善攀緣的猴類。

⑨青泥：青泥嶺，在今甘肅徽縣南。懸崖萬仞，山多雲雨，行者屢逢泥淖，故號青泥嶺。

⑩參、井：二星宿名。參星為蜀之分野，井星為秦之分野。脅息：屏住呼吸。

飛湍瀑流爭喧豗[14]，砯崖轉石萬壑雷[15]。
其險也若此，嗟爾遠道之人胡為乎來哉。
劍閣崢嶸而崔嵬[16]，一夫當關，萬夫莫開。
所守或匪親，化為狼與豺。
朝避猛虎，夕避長蛇。
磨牙吮血，殺人如麻。
錦城雖云樂[17]，不如早還家。
蜀道之難難於上青天，側身西望長咨嗟。

---

⑪膺：胸。
⑫巉岩：險峻的山岩。
⑬子規：即杜鵑鳥，鳴聲悲哀，相傳為古蜀國王杜宇死後所化。
⑭喧豗：水流轟響聲。
⑮砯：水撞石之聲。
⑯劍閣：又名劍門關，在四川劍閣縣北，是大、小劍山之間的一條棧道，長三十餘里。
⑰錦城：即錦官城，成都的別稱。成都蜀漢時為織錦官駐地，故稱。

解讀

李太白因為這首〈蜀道難〉，而被著名詩人賀知章歎許為「謫仙」。的確，論想像之奇、結構之奇、句法之奇，在唐詩中難以找出第二首。盛唐殷璠評此詩說：「可謂奇之又奇，然自騷人以還，鮮有此體調也。」後世評論家也常常驚歎其海雨天風般的氣勢，稱其「變幻神奇」、「空前絕後」、「太白所以為仙才也」。

這樣一首「空前絕後」的奇作，為何在唐詩排行榜中屈居第十，而沒有拿到更高的名次？原因主要是因為古代選本入選率過低，在三十三種古代選本中，只有《河岳英靈集》、《又玄集》、

《唐詩品匯》、《而庵說唐詩》、《唐詩別裁集》和《唐詩三百首》六種入選，單項排名在第七十三位。不知古代的選家為何對這樣一首奇作如此冷淡，使其得分偏低。幸好古代的評點家比較看好，特別是對它出神入化的語言藝術讚美有加。而當代研究的文章篇數和文學史錄入次數，也拉高了此詩的得分，使得〈蜀道難〉不至於跌落至十名之後。這首詩能夠得到研究者的關注，可能來自於此詩的創作意圖自古以來就聚訟紛紜，或說是罪嚴武而作，或說是諷章仇兼瓊，或說是諷玄宗幸蜀，或說是即事成篇別無寓意，或說是與〈劍閣賦〉、〈送友人入蜀〉一樣，都是為送友人入蜀而作。這些對題旨的不同解說，正表明此詩意蘊的豐富充盈，這也是一首詩能夠流傳長久的魅力所在。

李白行吟圖

蜀道之難，難於上青天！

唐詩排行榜

第11名 次北固山下①

高奇與日月常新，非摹仿可得。（邢昉《唐風定》）

王灣

【排行指標】

古代選本入選次數：一六　在一〇〇篇中排名：二
現代選本入選次數：二三　在一〇〇篇中排名：三三
歷代評點次數：一三　在一〇〇篇中排名：七五
當代研究文章篇數：二　在一〇〇篇中排名：五三
文學史錄入次數：三　在一〇〇篇中排名：七六
網路連結文章篇數：七七一〇〇　在一〇〇篇中排名：五四
綜合分值：〇．五六〇五　總排名：一一

客路青山外，行舟綠水前。
潮平兩岸闊，風正一帆懸。
海日生殘夜，江春入舊年②。
鄉書何處達，歸雁洛陽邊③。

【注釋】

①次：路途中停宿。北固山：在今江蘇鎮江北，三面臨水，倚長江而立。
②「江春」句：謂舊年未盡，春的氣息已到。
③「鄉書」二句：王灣是洛陽人，意謂希望北歸的大雁能將家信帶到故鄉洛陽。

解讀

盛唐詩人王灣，新舊兩《唐書》皆無傳，《全唐詩》存詩僅十首。他的詩名，全靠此詩的頸聯而垂於不朽。「海日生殘夜，江春入舊年」不僅句法新奇，更具有一種非凡的氣度和張力。《河岳英靈集》不僅選錄此詩，還記載了當時宰相張說對此詩的讚賞：「張燕公手題政事堂，每示能文，令為楷式。」明代大學者胡應麟又將「海日生殘夜，江春入舊年」一聯作為盛唐詩的典型氣象。二位名流的先後贊許，大大提高了此詩的知名度。於是，古代選家紛紛將其入選，三十三種古代唐詩選本中有十六種予以選錄：唐代兩種、宋金元四種、明代兩種、清代八種，入選率僅次於〈黃鶴樓〉，位居古代選本指標的亞軍。這是此詩能夠晉身十名左右的一個重要得分點。現當代三十七種選本中有二十三種選錄了此詩，排名第三十三，較古代入選率有所下降；再加上當代的研究文章篇數和文學史的錄入次數都偏低，反映出今人對此詩的熱情不如古人。不過，王灣能以「海日生殘夜，江春入舊年」二句讓這首詩晉身到十名左右，也足以感到自豪了。

潮平兩岸闊，風正一帆懸。

唐詩排行榜

第12名　楓橋夜泊①

唐人七絕佳作如林，獨此詩流傳日本，幾婦稚皆習誦之。
（俞陛雲《詩境淺說》續編）

張繼

【排行指標】

古代選本入選次數：一三　在一〇〇篇中排名：五
現代選本入選次數：二七　在一〇〇篇中排名：八
歷代評點次數：一五　在一〇〇篇中排名：五九
當代研究文章篇數：一一　在一〇〇篇中排名：一五
文學史錄入次數：二　在一〇〇篇中排名：八七
網路連結文章篇數：二〇三七〇〇　在一〇〇篇中排名：一一
綜合分值：〇．五五五一　總排名：一二

月落烏啼霜滿天，
江楓漁火對愁眠。
姑蘇城外寒山寺②，
夜半鐘聲到客船③。

【注釋】

①楓橋：在今江蘇蘇州閶門外楓橋鎮。

②姑蘇：蘇州的別稱。寒山寺：在楓橋附近，相傳因唐僧人寒山住此而得名。

③「夜半」句：當時僧寺有夜半敲鐘的習慣，也叫「無常鐘」。

解讀

〈楓橋夜泊〉約作於肅宗至德年間或其後不久，很快就成了名作。之後的韋應物、陸游、高啟、唐寅等人均有同類詩作。清代著名詩人王士禛二十八歲時曾泊舟楓橋，還專門仿照張繼的詩寫下兩首〈夜雨題寒山寺〉。六十年後又有位叫鮑鈖的詩人在重作〈夜雨題寒山寺〉時，很羨慕地說道：「路近寒山夜泊船，鐘聲漁火尚依然。好詩誰嗣唐張繼，冷落春風六十年。」因為張繼這首詩，寒山寺成了名剎，凡到寒山寺的人也都要聽一聽那夜半的鐘聲。一首詩可以成就一處名勝，詩歌的影響力可謂大矣！而且，這首詩還漂洋過海，為日本人所喜愛，甚至被選入日本的教科書中。近人俞陛雲《詩境淺說續編》說：「唐人七絕佳作如林，獨此詩流傳日本，幾婦稚皆習誦之。」中外共賞，足見此詩強烈的藝術感染力。當代著名聲樂歌唱家吳碧霞所演繹的〈楓橋夜泊〉，更用音樂的方式將人們帶回了一千多年前的那個不眠的夜晚。

既然是公認的名作，選家自然會另眼相看。在古今選本中，這首詩的入選率都很高。古代選本中入選十三次，單項名列第五；現當代選本入選二十七次，排名第八。選本在評價指標中的地位占了一半江山，故總得分較高。二十世紀的研究論文也有十一篇以此為研究對象，這也是一個重要的得分點。只是文學史對此詩不甚關注，九種文學史只有兩種提及，這一項和王灣的〈次北固山下〉情況相似。文學史向來「以人為本」，其人有地位才提及其詩，看來文學史這種寫作思路也許應該作些改變，否則這樣的好詩被文學史所遺落，那將是今後讀者的巨大損失。

月落烏啼霜滿天，江楓漁火對愁眠。

唐詩排行榜

第13名　終南山①

王維

神境。四十字中無一字可易，昔人所謂四十位賢人。（吳煊、胡棠《唐賢三昧集箋注》）

【排行指標】

古代選本入選次數：一三　在一〇〇篇中排名：五

現代選本入選次數：二三　在一〇〇篇中排名：四二

歷代評點次數：一八　在一〇〇篇中排名：三九

當代研究文章篇數：三　在一〇〇篇中排名：四一

文學史錄入次數：五　在一〇〇篇中排名：五一

網路連結文章篇數：一〇二四〇〇　在一〇〇篇中排名：四一

綜合分值：〇．五五三三　總排名：一三

太乙近天都②，連山到海隅③。
白雲回望合，青靄入看無④。
分野中峰變⑤，陰晴眾壑殊⑥。
欲投人處宿，隔水問樵夫。

【注釋】

①終南山：又名中南山、南山，在陝西西安南，是秦嶺山脈的一段。
②太乙：又名太一，為終南山主峰。天都：帝都，指長安。
③海隅：海邊。終南山並不到海，此為誇張之詞。
④青靄：山中的雲氣。
⑤分野：古時將天上的星宿與地上的州郡相對應，以劃分隸屬關係。
⑥壑：山谷。

解讀

王維詩中，最受古代選家青睞的兩首詩，一是〈送元二使安西〉，再就是這首〈終南山〉，當為王維隱居輞川時所作，入選都高達十三次，尤其以清代居多，高達八種，列該項指標的第五名，入選次數是該詩的主要得分點。

其實這首詩不只選家青睞，評家也多有讚譽。尤其是頷聯十字，蔣一梅稱其「畫出妙境」，張謙宜謂之「盡得看山之三昧」。吳煊、胡崇更謂全詩「神境」、「四十字中無一字可易」。對讀王維〈終南山〉和杜甫〈望嶽〉兩詩，前六句描寫山景有異曲同工之妙，但杜詩崢嶸畢露，王詩則閑淡悠遠；老杜裘馬輕狂之際要登上絕頂「一覽眾山小」，固然振奮，王維借「隔水問樵夫」一句描出的山林之深靜，也令人在畫一般的意境中領略作者蕭散疏宕的隱逸情懷。清人王夫之在《唐詩評選》中說「勿但作詩中畫觀也，此正是『畫中有詩』」，當是領會了此詩精髓的至評。

隔水問樵夫

由於沒有配樂傳唱或入畫傳播，〈終南山〉在影響力上稍遜於〈送元二使安西〉，到了現當代的入選率也有所下降，綜合排名僅居第十三名。但從整體來看，王維有十首詩歌入選百首名篇，其中五律就占了六首，而〈終南山〉首屈一指，由此也可見這首詩在王維五律中的經典地位。

唐詩排行榜

第14名　長信秋詞①

王昌齡

奇之又奇。而字字是女人眼底口頭語，不煩鉤索而出，怨而不怒，所以為絕調也。

（焦袁熹《此木軒論詩彙編》）

【排行指標】

古代選本入選次數：一四　在一〇〇篇中排名：四

現代選本入選次數：一六　在一〇〇篇中排名：六八

歷代評點次數：一九　在一〇〇篇中排名：三五

當代研究文章篇數：一　在一〇〇篇中排名：六二

文學史錄入次數：八　在一〇〇篇中排名：一三

網路連結文章篇數：三三二〇〇　在一〇〇篇中排名：七七

綜合分值：〇．五四七二　總排名：一四

奉帚平明金殿開②，
且將團扇暫徘徊。
玉顏不及寒鴉色，
猶帶昭陽日影來③。

【注釋】

①長信秋詞：《樂府詩集》編入〈相和歌辭．楚調曲〉，題作〈長信怨〉。長信，漢代有長信宮，太后所居。成帝時，班婕妤因趙飛燕、趙合德姊妹得寵而避居長信宮，侍奉太后，苦悶寂寞，作詩自傷，「長信怨」即由此而來。

②平明：指天剛亮。

③昭陽：漢宮殿名。趙飛燕姊妹得寵，居昭陽宮。

解讀

《唐才子傳》記載王昌齡「工詩，縝密而思清」，有「詩家夫子王江寧」之稱。明代王世貞在其《藝苑卮言》中也說王昌齡的七絕「與太白爭勝毫釐，俱是神品」。王昌齡入圍百首名篇的五首詩歌都是七絕，可見他的確是名副其實的「七絕聖手」；從題材看，有兩首邊塞詩，兩首閨怨詩，一首送別詩，這與當代文學史將其當作邊

長信宮燈

塞詩人來介紹的情況不完全相符。

〈長信秋詞〉組詩共五首，這是第三首。作為宮怨題材的詩歌，它不僅有感情細膩、體貼入微的共性，而且「怨而不怒，有風人之致」。所謂「且將團扇暫徘徊」，《樂府詩集》中〈相和歌辭．楚調曲〉中有〈怨歌行〉一首，又名〈團扇詩〉，相傳是班婕妤所作。詩云：「新裂齊紈素，皎潔如霜雪。裁為合歡扇，團團似明月。出入君懷袖，動搖微風發。常恐秋節至，涼飆奪炎熱。棄捐篋笥中，恩情中道絕。」借扇擬人，巧言宮怨，「怨深文綺」。而「玉顏」二句，謂寒鴉從昭陽宮飛來，因為還有日影的照耀而顯得羽毛豐潤；自己的美貌卻因失寵而憔悴，甚至不如寒

且將團扇暫徘徊

鴉。「觸緒生悲，寄情無奈」。試將這首詩和傳為晚唐孟遲所作的〈長信宮〉一詩對讀，王詩曰「玉顏不及寒鴉色，猶帶昭陽日影來」，孟詩曰「自恨身輕不如燕，春來猶繞御簾飛」。同為宮怨，同用比喻，而且都曰人不如物，但王詩以寒鴉比玉顏，比孟詩的以春燕比纖腰，更加出人意料；況孟詩明露「恨」意，有劍拔弩張之感，王詩始終含蓄不露，溫厚曲折，其怨情更深曲，也更加動人。正如清人潘德輿所說：「似一副言語，然厚薄遠近，大有殊觀。」「玉顏不及寒鴉色，猶帶昭陽日影來」一聯，也因此而成為宮怨詩中的名句。

這首詩在古代選本中的入選率很高，共有十四種入選，其中唐代就有三種，宋元之際三種，明代兩種，清代則高達六種，可見其影響強烈而持久。但這種勢頭在現當代選本中有所回落，僅有不到一半的選本入選，呈現出古熱今冷的現象。相比之下，他的兩首邊塞詩卻恰好呈現出古冷今熱的相反勢態，這說明古今對王昌齡詩歌題材的取向是有不同偏重的。

唐詩排行榜

第15名　登高

杜甫

高渾一氣，古今獨步，當為杜集七言律詩第一。（楊倫《杜詩鏡銓》）

【排行指標】

古代選本入選次數：七　在一〇〇篇中排名：五八

現代選本入選次數：二六　在一〇〇篇中排名：一五

歷代評點次數：二五　在一〇〇篇中排名：一〇

當代研究文章篇數：一〇　在一〇〇篇中排名：一七

文學史錄入次數：六　在一〇〇篇中排名：四二

網路連結文章篇數：一二三六四〇〇　在一〇〇篇中排名：七

綜合分值：〇．五四三一　總排名：一五

風急天高猿嘯哀，渚清沙白鳥飛回①。
無邊落木蕭蕭下②，不盡長江滾滾來。
萬里悲秋常作客，百年多病獨登台。
艱難苦恨繁霜鬢③，潦倒新停濁酒杯④。

【注釋】
①渚：水中的小沙洲。
②蕭蕭：風吹落樹葉的響聲。
③艱難：兼指國運和自身命運。繁霜鬢：形容白髮多，如鬢邊著霜雪。
④新停：剛剛停止。這時杜甫正因病戒酒。

解讀

此詩為代宗大曆二年（七六七）重陽節，杜甫在夔州（今重慶奉節）登高時所作，是杜甫晚年七律臻於奇境的一大傑作。如果說〈秋興八首〉奇在鋪排，奇在照應，那麼〈登高〉則在五十六字的範圍內極盡律詩變化齊整之能事。〈登高〉全篇對仗，以首聯為例，句間有對，當句有對，十四字中擷取六種典型秋景，就將秋之蕭瑟、衰颯、淒戚的氣氛營造得毫無剩義。一般來說，終章的對仗容易造成板滯之感，但杜甫此詩卻無絲毫凝重、做作的痕跡，這主要在於詩歌的情感溢出章法。詩人胸中一團元氣噴薄而出，並用極高妙的手法化於詩句之中，所以能給讀者氣勢高渾、奔騰流走之感。論詩重格律的人往往對次聯的「蕭蕭」、「滾滾」兩疊詞讚賞有加，清人沈德潛卻認為「不盡」、「無邊」更堪稱奇。這些評價對把握詩藝均有啟發，但頷聯十四字不可分拆，無邊落木蕭蕭而下，更顯出秋氣肅殺，不盡長江滾滾而來，彷彿在流逝中昭示自然的永恆。和首聯寫景以濃密見稱相比，次聯之景則勝在興象。頸聯由眼前之景轉入抒懷。宋人羅大經激讚頸聯「十四字之間，含有八意，而對偶又極精確」。杜甫用這兩句凝練地概括了其一生漂泊、憂心難釋的情懷，聯繫後來「親朋無一字，老病有孤舟」、「江漢思歸客，乾坤一腐儒」等詩句，可以更好地理解「萬里悲秋常作客，百年多病獨登台」這兩句。落句回到詩人當下狀況，自然之秋催促著人生之秋，國愁未已而鬢髮已蒼，欲以酒慰愁懷卻怎奈剛因病戒酒，「艱難苦恨」四字彷彿切齒而出，而常見的「潦倒」一詞由詩人自己口中說出，也別有一番自憐與自嘲的味道，詩歌在萬般惆悵中悠然而止，留給讀者難以平復的餘韻。

無邊落木蕭蕭下，不盡長江滾滾來。

從明代開始，這首詩在杜甫七律中的地位就十分凸顯。胡應麟稱其「通篇章法、句法、字法，前無昔人，後無來學」。周珽更稱其「章法句法，直是蛇神牛鬼佐其筆哉」。至清代以後它在老杜七律中的聲名更大。乾隆皇帝御批其為「氣象高渾，有如巫峽千尋走雲連風，誠為七律中稀有之作」；楊倫更稱其為「杜集七言律詩第一」，此外像沈德潛、施補華、方東樹等著名詩選家、詩評家都給予這首詩極高的讚譽，這些評價對引導後世讀者的接受發揮了巨大的作用。

〈登高〉一詩隨著時代的推進，在選本中的地位也越來越顯著。在古代，它只入選七次，位於〈登岳陽樓〉和〈旅夜書懷〉之下，甚至不如〈九日藍田崔氏莊〉，但在現當代入選率迅速攀升，躍居杜詩第二位，可與〈登岳陽樓〉比肩。再加上現當代的文學史教材也給予它相當高的地位。在杜甫入圍百首名篇的十七首作品中，〈登高〉是六首七律中的第一首，這樣看來，楊倫在《杜詩鏡銓》中認為這首詩是老杜七律第一的提法，是很有見地的。

唐詩排行榜

第16名 泊秦淮

通首音節神韻，無不入妙。宜沈歸愚歎為絕唱。
（李瑛《詩法易簡錄》）

杜牧

【排行指標】

古代選本入選次數：一一　在一〇〇篇中排名：一六

現代選本入選次數：二六　在一〇〇篇中排名：一五

歷代評點次數：一五　在一〇〇篇中排名：五九

當代研究文章篇數：一　在一〇〇篇中排名：六二

文學史錄入次數：八　在一〇〇篇中排名：一三

網路連結文章篇數：九三九〇〇　在一〇〇篇中排名：四四

綜合分值：〇．五四一五　總排名：一六

煙籠寒水月籠沙，
夜泊秦淮近酒家。
商女不知亡國恨①，
隔江猶唱〈後庭花〉②。

【注釋】

①商女：即歌女，在酒樓或船舫中以賣唱為生的女子。

②〈後庭花〉：即樂曲〈玉樹後庭花〉。以此曲填歌詞者以南朝陳後主陳叔寶所作最為有名。因其荒於聲色而亡國，故後人又把〈玉樹後庭花〉曲詞當作亡國之音的代名詞。

解讀

杜牧詩入圍百首名篇共有六首，數量上與李商隱齊平。這首〈泊秦淮〉是六首之冠，能取得這樣的名次，主要得力於選本的大力傳播，尤其是在古代，共有十一種選本入選，僅清代就占六種，直至現當代，仍有二十六種選本看中此詩。選本之外，文學史的屢次入選也擴大了它的影響力。這短短的二十八字究竟有何魅力能夠如此打動古今選家呢？分析起來，它將杜牧詩歌的三項長處匯於一身：寫景、詠史、七絕。杜牧摹物寫景，下字精準有神，詩畫相映；詠史弔古，眼光不落俗套，翻陳出新；而他的七絕俊逸風流，與李商隱、劉禹錫三足鼎立於中晚唐詩壇。這首七絕從眼前的麗景中擷取一段亡國的靡靡之音，聯繫古今，借責備商女來諷刺尋歡作樂的王公貴族，隔牆打棗，綿裡藏針，既犀利又不失蘊藉，難怪清人沈德潛歎為絕唱，甚至推為七絕壓卷。這首詩能夠取得這樣的名次，乃在情理之中。

唐詩排行榜

第17名 江雪

柳宗元

此詩讀之便有寒意，故古今傳誦不絕。
（劉永濟《唐人絕句精華》）

【排行指標】

古代選本入選次數：七　在一〇〇篇中排名：五八
現代選本入選次數：二五　在一〇〇篇中排名：二〇
歷代評點次數：二二　在一〇〇篇中排名：二〇
當代研究文章篇數：六　在一〇〇篇中排名：三二
文學史錄入次數：九　在一〇〇篇中排名：一
網路連結文章篇數：一五二三〇〇　在一〇〇篇中排名：一七
綜合分值：〇．五三四四　總排名：一七

千山鳥飛絕，
萬徑人蹤滅。
孤舟蓑笠翁①，
獨釣寒江雪。

【注釋】
①蓑笠翁：披蓑衣戴斗笠的漁翁。

解讀

這首短小的五絕，即使加上題目，也才二十二個字，卻給人尺幅千里之感。讀之眼前便會浮現一幅畫面：大片的青白底色上，隱約的層巒因為覆雪而模糊，廣闊的江面上唯有一個漁翁在孤獨垂釣，他的身影越是渺小，越襯托出這天地之廣闊，越襯托出氣候之清冷，越凸顯出漁翁堅守的執著。這首詩作於柳宗元貶居永州期間，那時候他的政治理想破滅，內心十分抑鬱，可是他並沒有用世俗的污濁自我寬解，而是依然堅守內心的清高和信念，所以在這首〈江雪〉中借獨釣寒江的漁翁寄託他傲然獨立的決心。有人認為他過於清冷，所以過於消極，但若沒有清冷到一種極致，則漁翁的獨釣也傳達不出孤傲的意味。詩人深省小大、冷熱的辯證關係，且能巧妙運用色調，安排疏密，雖使人「讀之便有寒意」，卻在極寒、極冷中蘊藏著一種近乎偏執的熾熱情感。

這首詩不大被古代選家重視，在唐五代、宋代的唐詩選本中都難覓蹤影，到了明代才有高棅的《唐詩品匯》選錄，清代的入選次數不過增至六次，各種評論也相對集中。但是到了現當代，這首詩名聲大起，文學史中更是將其視作柳宗元的代表作，不僅如此，研究它的單項論文也多達六篇，許多小學語文課本也常選這首詩作為教材。可以說這首詩能夠取得第十七名的地位，與現當代以來的重視有直接關係。

孤舟蓑笠翁，獨釣寒江雪。

唐詩排行榜

第18名 西塞山懷古[1]

劉禹錫

似議非議，有論無論，筆著紙上，神來天際，氣魄法律，無不精到，洵是此老一生傑作，自然壓倒元、白。（薛雪《一瓢詩話》）

【排行指標】

古代選本入選次數：五　在一〇〇篇中排名：八二
現代選本入選次數：二三　在一〇〇篇中排名：三三
歷代評點次數：二八　在一〇〇篇中排名：三
當代研究文章篇數：三　在一〇〇篇中排名：四一
文學史錄入次數：八　在一〇〇篇中排名：一三
網路連結文章篇數：三〇四〇〇　在一〇〇篇中排名：七九
綜合分值：〇．五二九一　總排名：一八

王濬樓船下益州②，金陵王氣黯然收。
千尋鐵鎖沉江底，一片降幡出石頭③。
人世幾回傷往事，山形依舊枕寒流。
今逢四海為家日，故壘蕭蕭蘆荻秋。

【注釋】

①西塞山：此指今湖北宜昌境內長江兩岸的荊門、虎牙山。

②「王濬」句：晉武帝謀伐吳，派王濬造大船，出巴蜀，船上以木為城，起樓，每船可容二千餘人。益州，晉時郡治在今成都。

③「千尋」二句：東吳末帝孫皓命人在江中置鐵錐，又用大鐵索橫於江面，攔截晉船，然而王濬用大火炬將其燒斷，攻破石頭城，孫皓投降。

解讀

劉禹錫擅長懷古詩，其中數首都以金陵為題，除七絕組詩〈金陵五題〉外，還有五律〈金陵懷古〉，但有「金陵懷古之冠」稱號的卻是七律〈西塞山懷古〉。

此詩為穆宗長慶四年（八二四），劉禹錫自夔州調任和州（今安徽和縣）刺史，出三峽經過西塞山時所作。前四句敘事，後四句抒懷。敘事不惜潑墨，抓住典型事件，語勢變化多端；抒情中夾雜議論，疏宕蕭散，尤其是「人世幾回傷往事」句，七字括盡西晉以後之事，與前四句形成明顯的繁簡對比，獲得歷代評論家的好評。清人何焯說它「筆力匹敵〈黃鶴樓〉」，施補華認為前四句「雖少陵動筆，不過如是」，評價可謂高矣。從這首詩的各項指標來看，二十八次的評點次數是它的主要得分點，僅次於崔顥的〈黃鶴樓〉和杜甫的〈九日藍田崔氏莊〉而名列第三。

與崔顥的〈黃鶴樓〉有李白為之擱筆的軼聞一樣，劉禹錫這首詩也曾讓元稹、白居易等人罷唱。據五代何光遠《鑑誡錄》記載，這首詩誕生於一次好友間的同題競作，劉禹錫此詩先成，他的好友白居易、元稹等人欣賞後連連嘆服。此事被宋人計有功鄭重其事地寫進《唐詩紀事》，從此聲名更加遠揚。可見軼聞趣事的確能為人們提供評點的契機，詩歌的生命在各種議論中被拉長放大。這首詩在古代的入選次數雖然很少，到了現當代才逐漸提升，但歷代評論家們的一致肯定，也足以使它成為劉禹錫詩中的經典之作。

人世幾回傷往事，山形依舊枕寒流。

唐詩排行榜

第19名　烏衣巷[1]

言王、謝家成民居耳，用筆巧妙，此唐人三昧也。
（沈德潛《唐詩別裁集》）

劉禹錫

【排行指標】

古代選本入選次數：一一　在一〇〇篇中排名：一六
現代選本入選次數：二五　在一〇〇篇中排名：二〇
歷代評點次數：一六　在一〇〇篇中排名：四九
當代研究文章篇數：一　在一〇〇篇中排名：六二
文學史錄入次數：五　在一〇〇篇中排名：五一
網路連結文章篇數：八二一〇〇　在一〇〇篇中排名：五二

綜合分值：〇·五一九四　總排名：一九

朱雀橋邊野草花②，
烏衣巷口夕陽斜。
舊時王謝堂前燕③，
飛入尋常百姓家。

【注釋】

①烏衣巷：在今江蘇南京東南文德橋南岸，是三國東吳時的禁軍駐地。由於當時禁軍身著黑色軍服，故此地俗稱烏衣巷。

②朱雀橋：其橋橫跨秦淮河。烏衣巷即在朱雀橋附近。

③王謝：東晉時王氏、謝氏兩大家族，都居住在烏衣巷。

解讀

同題唱和是文人墨客間常見的一種文學活動，有些和詩甚至遠遠高過原詩，劉禹錫的組詩〈金陵五題〉就是其中一例。

據組詩自序載，劉禹錫並沒有到過南京，一直引以為憾，後來有朋友作了一組〈金陵五題〉，他讀後深有感慨，遂憑藉自己深厚的歷史積澱和作了五首。此後文學史上只有劉禹錫的〈金陵五題〉流傳，原作卻早已湮沒無聞。這也是一個比較有趣的文學現象。劉禹錫〈金陵五題〉中的〈石頭城〉、〈烏衣巷〉和〈台城〉三首較為出眾，前兩首在本次名篇排行中皆榜上有名。

「興廢由人事，山川空地形」是劉禹錫懷古詩的一個基本思想。所以在表達興衰之感時，詩人常借亙古的河山、永恆的自然加以襯托，體現在詩歌中就是多次出現的「舊時」意象。〈石頭城〉中的「舊時月」、〈金陵懷古〉中的「舊煙青」、〈楊柳枝〉中的「舊板橋」，當然最著名的還是〈烏衣巷〉中的「舊時燕」。曾經在王公貴族的雕梁畫棟間棲身的燕子，今日只能在尋常百姓之家築窩搭巢，燕若有情，也應感到凋零和落寞，而無言的牠們只是飛來飛去，徒令人們沉浸在對歷史的思索中。明人唐汝詢曰：「借言於燕，正詩人托興玄妙處。」桂天祥讀出其中的諷刺感慨之意，幾乎淚下。「舊時燕」之所以比其他的「舊時」意象更能俘獲歷代選評家們的心，在於燕子乃是有生命之物，剪剪燕影，梁間呢喃，更像是代人立言，所以〈烏衣巷〉不僅得到了傳統詩評家們的一致好評，

舊時王謝堂前燕，飛入尋常百姓家。

而且據《江南志》記載，王謝舊居的匾額上還曾題有「來燕」二字，充分說明了此詩巨大的魅力。

〈烏衣巷〉和〈石頭城〉兩詩的歷代評價相當，但前者在古今選本中的入選率稍高一籌，因此它在綜合名次上領先於排名第三十六的〈石頭城〉。

唐詩排行榜

第20名　滁州西澗①

韋應物

閑淡心胸，方能領略此野趣。所難尤在此種筆墨，分明是一幅畫圖。
（黃叔燦《唐詩箋注》）

【排行指標】

古代選本入選次數：一二　在一〇〇篇中排名：九
現代選本入選次數：二六　在一〇〇篇中排名：一五
歷代評點次數：一〇　在一〇〇篇中排名：九〇
當代研究文章篇數：〇　在一〇〇篇中排名：七七
文學史錄入次數：七　在一〇〇篇中排名：三一
網路連結文章篇數：六四九〇〇　在一〇〇篇中排名：五八
綜合分值：〇・五一〇四　總排名：二〇

獨憐幽草澗邊生，
上有黃鸝深樹鳴。
春潮帶雨晚來急，
野渡無人舟自橫。

【注釋】

①此詩作於德宗貞元元年（七八五）韋應物罷滁州刺史閒居西澗時。滁州，今安徽滁州。西澗，滁州城西郊的一條小溪，俗稱上馬河，即今西澗湖。

解讀

提起韋應物，必繞不開他的〈滁州西澗〉，而這首詩最有名的就是「野渡無人舟自橫」一句。前人評價寫景之詩，非常重視詩中有畫、詩畫結合。這首七言絕句，若單就此點來看，已可列於上品。宋人魏慶之以末二句為入畫句法，明代周敬認為「一段天趣，分明寫出畫意」，清人黃叔燦也說「分明是一幅畫圖」，這都說明〈滁州西澗〉在寫景方面的高超造詣。宋代宮廷畫院還曾以「野水無人渡，孤舟盡日橫」為題，來選拔畫師，可見它深富意趣。

在這首詩的評價史上，有兩種意見頗受爭議。一是歐陽修關於「西澗」和「江潮」的實地考察，二是謝枋得

「微言大義」的解詩手法（高棅《唐詩品匯》）。前者過於「嚴謹」的學者態度多不為後世所取，因為它妨礙了詩情美感的體驗，以至於王士禛譏稱歐公為「癡人」。後者認為詩歌背後寄託了幽微的政治含義，雖有元人贊同，但仍遭到一些明清詩評家的非議，沈德潛甚至譏斥此輩「難與言詩」。究竟孰是孰非，讀者不妨見仁見智。其實，優秀的詩歌都不止一面，它往往能夠啟發讀者更深更遠的聯想。從傳播接受的角度來看，不同的聲音也提高了詩歌的受關注度。

〈滁州西澗〉是歷代選家都不會漏收的作品，僅在古代就有十二種選本入選，到現當代仍有二十六種選本入選，從古至今都維持著較高的入選率，這是它為人熟知的主要原因。現當代的文學史教材在介紹韋應物時，也都會提〈滁州西澗〉。從前人評價韋詩「情深雅麗」、「澄淡精緻」的特點來看，這首詩能夠成為韋應物的代表作，在排行榜中取得第二十位的名次，也屬實至名歸了。

野渡無人舟自橫

唐詩排行榜

第21名　夜雨寄北

即景見情，清空微妙，玉谿集中第一流也。
（屈復《玉谿生詩意》）

李商隱

【排行指標】

古代選本入選次數：七　在一〇〇篇中排名：五八
現代選本入選次數：二七　在一〇〇篇中排名：八
歷代評點次數：二〇　在一〇〇篇中排名：二九
當代研究文章篇數：五　在一〇〇篇中排名：三六
文學史錄入次數：六　在一〇〇篇中排名：四二
網路連結文章篇數：一七五五〇〇　在一〇〇篇中排名：一六
綜合分值：〇．五〇七二　總排名：二一

君問歸期未有期，
巴山夜雨漲秋池①。
何當共剪西窗燭②，
卻話巴山夜雨時？

【注釋】

①巴山：也叫大巴山，在今四川南江縣北。此處泛指巴蜀之地。漲秋池：因秋雨而池塘水漲。

②何當：什麼時候才能夠。

解讀

〈夜雨寄北〉為大中五年（八五一）七月至九月間作者入東川節度使柳仲郢梓州幕府時所作。詩中有兩個場景令人印象特別深刻，一是「巴山夜雨」，二是「西窗剪燭」。作者身處「巴山夜雨」的淒冷境況中回覆來信，卻幻想出一幅來日「西窗剪燭」的溫馨畫面，這既是安慰對方，也是慰藉自身。而幻想中挑燈夜話的話題不是其他，正是作者此刻淹留巴山、夜雨回信的場景。這種意味頗有點像「莊周夢蝶，不知莊周為蝶，蝶為莊周」的情景，清人何焯以李商隱自己的詩句「水精如意玉連環」來評價這種寫作手法，的確十分傳神巧妙。絕句篇幅短小，本該惜字如金，李詩卻兩用「巴山夜雨」，看似重複，但並不可厭，正是虛實相生，才使人產生「連環」之意，這首詩歌的大膽和出彩處正在於此。宋人范晞文認為

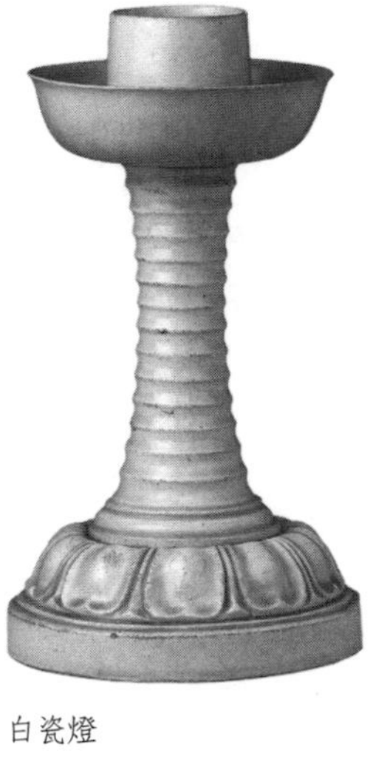

白瓷燈

〈夜雨寄北〉的手法出自賈島〈渡桑乾〉，但有出藍之勝。清人姚培謙也拿它和白居易的〈邯鄲冬至夜思家〉相比，說白詩是「魂飛到家裡去」，李詩卻是「預飛到歸家後也」，所以更加「奇絕」。換句話說，白詩僅僅穿越了空間，而李詩則同時跨越了時間和空間。三詩同出機杼，李詩無疑最負盛名。此外，人們喜愛它的原因，除去技巧外，詩中流露出的真摯情感更是打動人的力量。

巴山夜雨漲秋池

〈夜雨寄北〉雖然不乏詩評家的讚賞，但在選本中的入選情況卻呈現出較大的古今差異。最獲古代選家重視的義山詩首先是七律〈馬嵬〉，其次是〈夜雨寄北〉。二十世紀以來，後者一躍成為李商隱詩歌中「入選率」最高的作品。收錄〈夜雨寄北〉的選本多達二十七種，比〈馬嵬〉高出近一倍，連後來轉為研究熱點的「無題」詩，也不能與其比肩。正是現代選本的大量入選，奠定了〈夜雨寄北〉在李商隱詩歌中第一名篇的地位。

唐詩排行榜

第22名　燕歌行[1]

詞淺意深，鋪排中即為誹刺。此道自「三百篇」來，至唐而微，至宋而絕。（王夫之《唐詩評選》）

高適

【排行指標】

古代選本入選次數：八　在一〇〇篇中排名：四五

現代選本入選次數：二八　在一〇〇篇中排名：三

歷代評點次數：一二　在一〇〇篇中排名：八三

當代研究文章篇數：一二　在一〇〇篇中排名：一三

文學史錄入次數：八　在一〇〇篇中排名：一三

網路連結文章篇數：二一六四〇〇　在一〇〇篇中排名：一〇

綜合分值：〇．五〇一九　總排名：二二

開元二十六年，客有從元戎塞而還者②，作〈燕歌行〉以示適，感征戍之事，因而和焉。

漢家煙塵在東北③，漢將辭家破殘賊。
男兒本自重橫行，天子非常賜顏色。
摐金伐鼓下榆關④，旌旆逶迤碣石間⑤。
校尉羽書飛瀚海⑥，單于獵火照狼山⑦。
山川蕭條極邊土，胡騎憑陵雜風雨。
戰士軍前半死生，美人帳下猶歌舞。
大漠窮秋塞草腓⑧，孤城落日鬥兵稀。
身當恩遇常輕敵，力盡關山未解圍。
鐵衣遠戍辛勤久，玉箸應啼別離後⑨。
少婦城南欲斷腸，征人薊北空回首⑩。
邊庭飄颻那可度，絕域蒼茫更何有？
殺氣三時作陣雲，寒聲一夜傳刁斗⑪。
相看白刃血紛紛，死節從來豈顧勳？

【注釋】

①燕歌行：樂府舊題。多寫邊地征戰事以及思婦懷念征人之情。
②元戎：軍事統帥，此指幽州節度使張守珪。一般解詩者以本詩所諷刺的是玄宗開元二十六年（七三八），張守珪部將趙堪等矯命，逼平盧軍使擊契丹餘部，先勝後敗，守珪隱敗狀而妄奏功之事。
③漢家：漢朝，唐人詩中經常借漢說唐。
④摐：撞擊。金：指鉦、鈴一類的銅製打擊樂器。榆關：即今山海關，通往東北的要隘，在今秦皇島東北。
⑤旌旆：旌是竿頭飾羽的旗，旆是末端狀如燕尾的旗。這裡泛指各種旗幟。逶迤：蜿蜒曲折貌。碣石：山名，在河北昌黎北。
⑥校尉：次於將軍的武官，這裡泛指武將。羽書：羽檄，即緊急文書。瀚海：大沙漠。
⑦單于：匈奴首領稱號，也泛指北方少數民族首領。狼山：又稱狼居胥山，在今內蒙古克什克騰旗西北。
⑧腓：指枯萎。
⑨玉箸：比喻思婦的眼淚。
⑩薊北：唐代薊州在今天津以北一帶。

君不見沙場征戰苦，至今猶憶李將軍⑫。

⑪刁斗：軍用金屬工具，日以炊飯，夜以打更。

⑫李將軍：指漢朝李廣，他能捍禦強敵，愛撫士卒，匈奴稱他為漢之「飛將軍」。或曰指戰國時趙將李牧，亦是愛撫士卒，屢破匈奴的名將。

解讀

高適其人，不拘小節，壯心磊落；高適其詩，直舉胸臆，氣骨琅然。尤其是他的七古，得到後世詩評家的眾口交譽。陸時雍曰：「七言古盛於開元以後，高適當屬名手。」葉燮談「盛唐大家」一時，更將高適置於岑參、王維、孟浩然之前，並說：「高（適）七古為勝，時見沉雄，時見沖澹，不一色，其沉雄不減杜甫。」而這首〈燕歌行〉具有高適七古的典型風格，盛唐殷璠稱其「甚有奇句」。據作者自序，這是一首唱和作品，但其更深層的創作動機乃是他「感征戍之事」，以本詩諷刺玄宗開元二十

唐代武士俑

大漠窮秋塞草腓，孤城落日鬥兵稀。

六年（七三八），張守珪部將趙堪等矯命，逼平盧軍使擊契丹餘部，先勝後敗，守珪隱敗狀而妄奏功。詩人為情造文，時而慷慨、時而峻急，時而陰鬱、時而沉痛，時而帳下、時而軍前，時而沙場、時而城南，或敘述、或白描、或議論、或慨歎，變化多端的語勢流露出詩人的磊落情懷，冷峻警醒的議論凸顯出作者的深沉思想。語勢雖多轉折，行文卻極有脈理，「縱橫出沒如雲中龍」，應該說達到了詩意和詩體的完美結合。「戰士軍前半死生，美人帳下猶歌舞」一聯，以強烈的對比揭露了當時軍隊極端腐朽的狀況，成為盛唐邊塞詩中反思戰爭的名句。這兩句詩的藝術感染力，堪與杜甫的「朱門酒肉臭，路有凍死骨」相比肩。

高適是邊塞詩的大家，歌行是其擅長的詩體，詩中又有名句點睛，因此〈燕歌行〉在歷史上有「常侍第一大篇」的美稱。尤其是在現當代，它幾乎是唐詩選本的必選篇目，在文學史教材中也地位顯赫，二十世紀的高適研究也多集中在這首詩上，稱〈燕歌行〉為高適的代表作一點都不過分。它在本排行中位居第二十二名。遺憾的是，高適僅有〈燕歌行〉一首入圍唐詩百首名篇。今人非常熟悉的七絕〈別董大〉，因其入選率和評點率都不高而未能晉級百首名篇，居於第一百六十名。排在〈燕歌行〉和〈別董大〉之間的是〈送李少府貶峽中王少府貶長沙〉，這是今人比較陌生的一首作品，因為今天的選本和文學史幾乎對此詩隻字不提，事實上，它在高適詩歌古代選本中入選率最高，也最受詩評家關注，但是過於懸殊的古今落差，最終使它也未能晉級百首名篇，居於第一百三十五名。

唐詩排行榜

第23名　琵琶行

白居易

凡作長題，步步映襯，處處點綴，組織處，悠揚處，層出不窮，筆意鮮豔無過白香山者。

（鄒弢《精選評注五朝詩學津梁》）

【排行指標】

古代選本入選次數：四　在一〇〇篇中排名：八九

現代選本入選次數：二三　在一〇〇篇中排名：四二

歷代評點次數：一九　在一〇〇篇中排名：三五

當代研究文章篇數：六二　在一〇〇篇中排名：二

文學史錄入次數：八　在一〇〇篇中排名：一三

網路連結文章篇數：二九〇〇〇〇　在一〇〇篇中排名：五

綜合分值：〇．五〇一九　總排名：二三

元和十年，予左遷九江郡司馬①。明年秋，送客湓浦口②，聞舟中夜彈琵琶者。聽其音，錚錚然有京都聲。問其人，本長安倡女，嘗學琵琶於穆、曹二善才③。年長色衰，委身為賈人婦。遂命酒，使快彈數曲，曲罷憫默，自敘少小時歡樂事，今漂淪憔悴，轉徙於江湖間。余出官二年，恬然自安，感斯人言，是夕始覺有遷謫意④。因為長句⑤，歌以贈之，凡六百一十六言，命曰〈琵琶行〉。

潯陽江頭夜送客⑥，楓葉荻花秋瑟瑟⑦。
主人下馬客在船，舉酒欲飲無管弦。
醉不成歡慘將別，別時茫茫江浸月。
忽聞水上琵琶聲，主人忘歸客不發。
尋聲暗問彈者誰？琵琶聲停欲語遲。
移船相近邀相見，添酒回燈重開宴。

【注釋】

①「元和」二句：唐憲宗元和十年（八一五），藩鎮派人刺殺宰相武元衡，白居易因率先上疏請求急捕凶手，觸怒權貴，被貶為江州司馬。左遷，貶官，降職。九江郡，隋置，唐代叫江州或潯陽郡，治所在今江西九江。司馬，州刺史副職，時為閒職。
②湓浦口：湓江流入長江處，在九江西。
③善才：唐代琵琶師的稱謂。
④遷謫：降職外調。
⑤長句：指七言詩，唐人的習慣說法。
⑥潯陽江：即流經潯陽境內的一段長江。
⑦瑟瑟：形容楓樹、蘆荻被秋風吹動的聲音。

千呼萬喚始出來，猶抱琵琶半遮面。
轉軸撥弦三兩聲，未成曲調先有情。
弦弦掩抑聲聲思⑧，似訴平生不得意。
低眉信手續續彈，說盡心中無限事。
輕攏慢撚抹復挑，初為〈霓裳〉後〈綠腰〉⑨。
大弦嘈嘈如急雨⑩，小弦切切如私語⑪。
嘈嘈切切錯雜彈，大珠小珠落玉盤。
間關鶯語花底滑⑫，幽咽泉流冰下難⑬。
冰泉冷澀弦凝絕，凝絕不通聲暫歇。
別有幽愁暗恨生，此時無聲勝有聲。
銀瓶乍破水漿迸⑭，鐵騎突出刀槍鳴。
曲終收撥當心畫，四弦一聲如裂帛⑮。
東船西舫悄無言，唯見江心秋月白。
沉吟放撥插弦中，整頓衣裳起斂容。
自言本是京城女，家在蝦蟆陵下住⑯。
十三學得琵琶成，名屬教坊第一部⑰。
曲罷曾教善才服，妝成每被秋娘妒⑱。

---

⑧「弦弦」句：指用掩按遏抑的手法，聲調幽咽中飽含情思。
⑨〈霓裳〉：即〈霓裳羽衣曲〉，來自西域，本名〈婆羅門〉，後經唐玄宗潤色並製作歌辭，改用此名，是唐代歌舞的代表性作品。〈綠腰〉：唐代流行的大曲，此曲以琵琶領奏，故有琵琶獨奏曲。
⑩大弦：指琵琶最粗的弦。嘈嘈：聲音沉重舒長。
⑪小弦：指琵琶最細的弦。切切：聲音細促輕幽。
⑫間關：鶯語流滑叫「間關」。
⑬幽咽：形容阻塞不暢。冰下難：泉流冰下阻塞難通，形容樂聲由流暢變為冷澀。
⑭「銀瓶」句：形容寂靜之後，忽然又迸發出激越的聲音。迸，濺射。
⑮如裂帛：形容聲響清脆。
⑯蝦蟆陵：在長安城東南，曲江附近，是當時有名的歌樓酒館遊樂地區。
⑰教坊：唐代官辦管領音樂雜技、教練歌舞的機關。
⑱秋娘：唐時歌舞伎常用的名字。

五陵年少爭纏頭⑲，一曲紅綃不知數⑳。
鈿頭雲篦擊節碎，血色羅裙翻酒汙㉑。
今年歡笑復明年，秋月春風等閒度。
弟走從軍阿姨死，暮去朝來顏色故。
門前冷落鞍馬稀，老大嫁作商人婦。
商人重利輕別離，前月浮梁買茶去㉒。
去來江口守空船，繞艙明月江水寒。
夜深忽夢少年事，夢啼妝淚紅闌干。
我聞琵琶已歎息，又聞此語重唧唧㉓。
同是天涯淪落人，相逢何必曾相識。
我從去年辭帝京，謫居臥病潯陽城。
潯陽地僻無音樂，終歲不聞絲竹聲。
住近湓江地低濕，黃蘆苦竹繞宅生。
其間旦暮聞何物？杜鵑啼血猿哀鳴。
春江花朝秋月夜，往往取酒還獨傾。
豈無山歌與村笛？嘔啞嘲哳難為聽㉔。
今夜聞君琵琶語，如聽仙樂耳暫明。

---

⑲五陵：指長安城外，西漢五個皇帝的墓地和陵邑。纏頭：歌舞伎演奏完畢，贈以綾帛之類的財物。
⑳綃：一種精細輕美的絲織品。
㉑「鈿頭」二句：謂唱歌時，用髮飾代替木板打拍，打碎了也無所顧惜，和少年們戲謔，酒灑在紅裙上也不去理會，描摹縱樂的場面。鈿頭銀篦，鑲嵌著金屬和珠寶的髮篦。擊節，打拍子。
㉒浮梁：古縣名，今江西景德鎮。
㉓唧唧：歎息聲。
㉔嘔啞嘲哳：形容聲音雜亂，難以入耳。

莫辭更坐彈一曲，為君翻作〈琵琶行〉。
感我此言良久立，卻坐促弦弦轉急。
淒淒不似向前聲，滿座重聞皆掩泣。
座中泣下誰最多？江州司馬青衫濕㉕。

㉕青衫：唐朝八品、九品文官的服色。

解讀

盛年的白居易被貶為江州司馬，一腔怨忿無以排遣，當偶然聽到如泣如訴的琵琶曲時，不禁觸動心弦，有感而發，洋洋灑灑譜寫了這首六百餘言的長詩〈琵琶行〉。詩以敘事貫穿，卻以抒情動人，正所謂「以詩代敘記情興」。詩歌先鋪排琵琶女的精湛技藝，再以琵琶女之口詳述其生活經歷，最後落到詩人自身境況，一吐胸中塊壘。自「大弦嘈嘈如急雨」以下十六句，被後世稱為描寫音樂的經典文字；「同是天涯淪落人，相逢何必曾相識」，更是千古傳誦的名句。白居易去世後，唐宣宗李忱作詩悼念他說：「浮雲不繫名居易，造化無為字樂天。童子解吟〈長恨〉曲，胡兒能唱〈琵琶〉篇。」君王的稱賞之情於此可見，這也說明〈琵琶行〉在當時已經眾口傳唱。到了宋代，讀者仍「羨其風致，敬其詞章」。至明，李沂讚其「情文兼美」，唐汝詢對其逐句解析，愛其周詳之意溢於言表。至清，乾隆皇帝更激賞它為「千秋絕調」。

但對〈琵琶行〉持有微詞的亦不乏其人。陸時雍謂樂天「無簡練法」，鍾惺認為「我從去年辭帝京」以下皆為多餘之詞，清代徐增雖然讚它「鋪敘甚佳」、「頓挫有法」，但仍以其不夠「陡健」為憾。可見僅僅針對「周詳」一點，亦見仁見智。因為各家意見不同，這首詩的點評率雖然很高，而選入它的古代選本卻屈指可數，只有《唐詩品匯》、《而庵說唐詩》、《唐詩別裁集》和《唐詩三百首》四種選入。直到現當代，〈琵琶行〉在選本中才大放異彩，不僅入選率得到提升，二十世紀以來以它為研究對象的論文更多達六十二篇，成為白居易詩歌以至於整個唐詩單篇中炙手可熱的研究熱點。可以說，二十世紀的白居易研究，一部分在其「新樂府」，一部分來自於〈長恨歌〉，還有很大一部分緣於〈琵琶行〉。

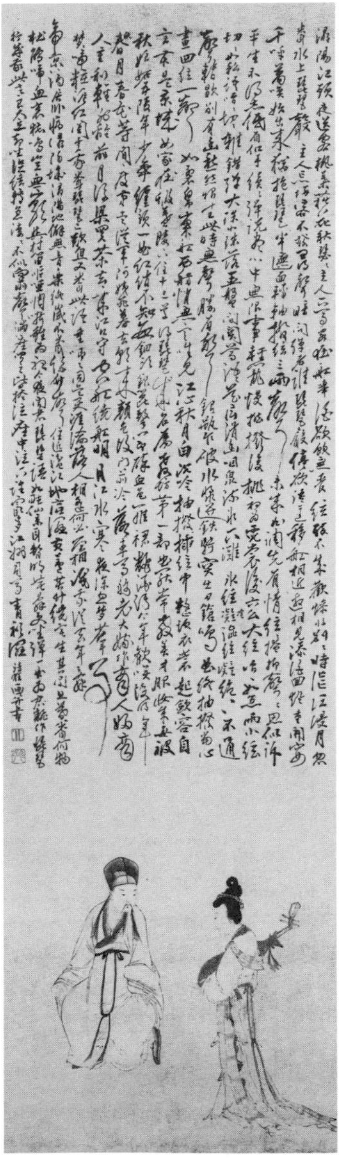

琵琶行圖

唐詩排行榜

第24名　觀獵

返虛積健，氣象萬千，與老杜〈房兵曹馬〉詩足稱匹敵。

（李因培《唐詩觀瀾集》）

王維

【排行指標】

古代選本入選次數：一一　在一〇〇篇中排名：一六

現代選本入選次數：二三　在一〇〇篇中排名：四二

歷代評點次數：一八　在一〇〇篇中排名：三九

當代研究文章篇數：二　在一〇〇篇中排名：五三

文學史錄入次數：三　在一〇〇篇中排名：七六

網路連結文章篇數：一二三四〇〇　在一〇〇篇中排名：二八

綜合分值：〇．五〇一〇　總排名：二四

風勁角弓鳴①，將軍獵渭城②。
草枯鷹眼疾，雪盡馬蹄輕。
忽過新豐市③，還歸細柳營④。
回看射鵰處，千里暮雲平。

【注釋】
①角弓：用獸角裝飾的弓。
②渭城：在今陝西咸陽東北，渭水北岸。
③新豐：故址在今陝西臨潼東北，是古代盛產美酒的地方。市：集市。
④細柳營：在今陝西長安，是漢代名將周亞夫屯軍之地。此處借指打獵將軍所居的軍營。

解讀

王維作詩眾體兼善，題材也不局限於山水田園，他的一些邊塞詩，置於高、岑集中亦毫無愧色。〈觀獵〉是王維早期作品，風格爽勁峭拔。首聯突兀而起，先用風聲、弓鳴營造出一種緊張氣氛，扣人心弦，然後再交代將軍狩獵之事。如此倒裝頗受說詩者稱讚，沈德潛謂：「起二句若倒轉便是凡筆，勝人處全在突兀也。」這和後來老杜的「花近高樓傷客心」、李賀

唐狩獵俑

的「黑雲壓城城欲摧」屬於同一手法。「草枯鷹眼疾，雪盡馬蹄輕」是本詩的警句，雪後狩獵之況傳神而出，「疾」、「輕」二字不僅體物精細，而且傳達出狩獵中昂揚奮發的興味。前半首細處著筆，後半首大處著眼，以「忽過」、「還歸」冠於兩地名之前，騰挪跌宕之勢頓起，令人讀來耳邊生風。結句生成一幅「淡而有味」的圖畫，韻味舒遠，與開頭的緊張激烈形成對比。人們但知王維山水詩中常有畫意，不知其詩畫

草枯鷹眼疾，
雪盡馬蹄輕。

融合的功夫已不自覺地滲透到他的所有創作中。周敬、周珽曰：「玩『回看』二字味深，轉出前此為目中所見，終不失『觀獵』題面。摩詰詩中盡畫，豈虛語者！」

〈觀獵〉古代共入選十一種選本，是唐詩百首名篇的十二首邊塞詩中入選率最高的一首。王之渙和王翰的兩首〈涼州詞〉都未得到選家如此青睞，高適、岑參的邊塞名作也難以匹敵。僅此一點，就可以說明王維的邊塞詩是何等技藝精湛。二十世紀以來〈觀獵〉的入選率有所下降，文學史在介紹王維邊塞詩時，將更多的篇幅給了以「大漠孤煙直，長河落日圓」聞名的〈使至塞上〉。實際上，若論手法和氣象，〈觀獵〉對杜甫的前後〈出塞〉組詩和盧綸〈塞下曲〉，都有顯著影響。

唐詩排行榜

第25名　出塞①

此詩可入神品。「秦時明月」四字，橫空盤硬語也，人所難及。（楊慎《升庵詩話》）

王昌齡

【排行指標】

古代選本入選次數：八　在一〇〇篇中排名：四五
現代選本入選次數：二九　在一〇〇篇中排名：二
歷代評點次數：一三　在一〇〇篇中排名：七五
當代研究文章篇數：三　在一〇〇篇中排名：四一
文學史錄入次數：九　在一〇〇篇中排名：一
網路連結文章篇數：一三一六〇〇　在一〇〇篇中排名：二六
綜合分值：〇．四九九三　總排名：二五

秦時明月漢時關，
萬里長征人未還。
但使龍城飛將在②，
不教胡馬度陰山③。

【注釋】
①出塞：樂府〈橫吹曲辭〉舊題，為唐代詩人寫邊塞生活的常用詩題。
②龍城：即黃龍城，在今遼寧朝陽。飛將：指漢之「飛將軍」李廣。
③胡：古人對西北少數民族的稱呼。陰山：在今內蒙古至河北境內，漢時匈奴常常從這裡南下侵擾中原地區，是古代游牧文化與農耕文化的分界線之一。

解讀

在王昌齡的邊塞詩中，「秦時明月漢時關」是最有名的一首。從結意看，它和高適的〈燕歌行〉有可比之處，但手法簡繁有別。絕句不能像歌行那樣長篇鋪排，夾敘夾議，它才起氣勢便近結束，所以不僅要凝練概括，而且對起句、落句要求更高。這首詩起句新奇突兀，次句七字括盡征戍之久，轉句積攢起十二分力量呼喚昔日飛將，落句設想，氣酣意長。「但」、「在」、「不」、「度」等去聲字，使詩歌語氣慷慨堅定，讀來盪氣迴腸。

王昌齡的邊塞詩，在古代並不比其宮怨閨情詩受關注。但自從楊慎將〈出塞〉列為神品、李攀龍以它為七絕壓卷之後，明代關於〈出塞〉的討論就十分熱烈。王世貞的含糊其辭加重了〈出塞〉的神祕感，但他的兄弟王世懋卻態度鮮明地認為要論壓卷，王之渙和王翰的兩首〈涼州詞〉

更有資格。胡應麟和胡震亨也對李攀龍的觀點持保留意見，認為有待商榷。清代以後，輿論多倒向〈出塞〉一邊，佳評時有，宋宗元認為它「高渾悲壯，應推絕唱」，施補華謂其「百讀不厭」。

二十世紀以來，王昌齡的邊塞詩受到了前所未有的重視，有的文學史在編寫時就將其作為邊塞詩人來介紹。〈出塞〉在選本中的入選率不僅大大高於其宮怨閨情詩，而且也超過其邊塞組詩〈從軍行〉，成了王昌齡的第一邊塞詩。

秦時明月漢時關

唐詩排行榜

第26名

過故人莊[1]

孟浩然

以古為律，得閒適之意。使靖節為近體，想亦不過如此而已。（屈復《唐詩成法》）

【排行指標】

古代選本入選次數：一〇　在一〇〇篇中排名：二六
現代選本入選次數：二五　在一〇〇篇中排名：二〇
歷代評點次數：一一　在一〇〇篇中排名：八六
當代研究文章篇數：九　在一〇〇篇中排名：二六
文學史錄入次數：八　在一〇〇篇中排名：一三
網路連結文章篇數：一〇四七〇〇　在一〇〇篇中排名：三八
綜合分值：〇．四九七〇　**總排名：二六**

故人具雞黍②，邀我至田家。
綠樹村邊合，青山郭外斜③。
開軒面場圃④，把酒話桑麻。
待到重陽日，還來就菊花⑤。

【注釋】
①過：拜訪，探訪。
②具：準備。雞黍：指農家待客的飯食。黍，黃米。
③郭：本指城郭，這裡指村莊的四周。
④場圃：打穀場和菜園。
⑤就：赴，這裡指欣賞。

解讀

一個誠懇的邀請，一幅清新的村景，一桌農家的酒菜，一段親切的家常，一次心靈的放鬆，加上一個重陽的約會，主客間的情誼在清淡的詩風中款款而出，這就是瀰漫著清新田園風情的〈過故人莊〉。紀曉嵐曰「孟清而切」，這首詩「清」的特點首先體現在選景上：村邊綠樹、郭外青山、農家臘酒、場圃桑麻，彷彿一幅清新的水墨畫，使人的視覺、膚覺、嗅覺都能感受到清新的味道。其次體現在手法上：因事而敘，移步換景，「句句自然，無刻畫之跡」。這首詩「切」的特點表現在敘事、寫景、抒情，都給人真切、具體之感，如臨其境。

首句「故人具雞黍」，注家都說此語是出自《論語．微子》的「止子路宿，殺雞為黍而食之」，其實，這裡暗用了「范張雞黍」的典故。謝承《後漢書》記載，東漢時范式與張邵是好朋友，春天在京城分別，約好秋天相見。到了九月十五日，張邵在家裡「殺雞為黍」準備接待范式。張家人將信將疑，張邵解釋說，范式是個守信用、講誠信的人，一定不會爽約。話音未落，范式就到了家門口。這個典故，不僅顯示出主客格調情操之高尚，而且與末句呼應，暗示重陽菊花之約一定也會實現。

末句「就」字是該詩最富神采的字眼，楊慎始因舊版脫落「就」字，費勁猜測，以「醉」、「賞」、「泛」、「對」等字填入，皆不如意，後來知曉原本為「就」字，激賞不絕。「就」不僅括盡以上眾字之意，而且有親暱的情態，能將作者對農家田園生活的喜愛、對主人的情意完全表現出來，的確是常人「百思不到」的妙字。

這首詩在古今選本中的入選率變化不大，一直維持在二十名左右。在古代共入選十種選本，排名第二十六，現當代入選二十五種選本，排名第二十，位置上稍有提升；但是較少的評點數量影響了它的最終名次。然而評點雖少卻精，都是一片褒揚

開軒面場圃，把酒話桑麻。

之聲，再加上當代許多研究者仍多次撰文專門探討此詩的藝術魅力，它還曾被選入中學語文教材，成為少年兒童繼〈春曉〉以後第二熟悉的孟浩然詩篇，其第二十六位的排名也算是比較合適的。

唐詩排行榜

第27名　長恨歌

樂天之妙，妙在全不用才學，一味以本色真切出之，所以感人最深。由是觀之，則老嫗解頤，談何容易！

（黃周星《唐詩快》）

白居易

【排行指標】

古代選本入選次數：二　在一〇〇篇中排名：九九

現代選本入選次數：一三　在一〇〇篇中排名：四二

歷代評點次數：二〇　在一〇〇篇中排名：二九

當代研究文章篇數：七〇　在一〇〇篇中排名：一

文學史錄入次數：九　在一〇〇篇中排名：一

網路連結文章篇數：三五七〇〇〇　在一〇〇篇中排名：二

綜合分值：〇・四八九七　總排名：二七

漢皇重色思傾國，御宇多年求不得。
楊家有女初長成，養在深閨人未識①。
天生麗質難自棄，一朝選在君王側。
回眸一笑百媚生，六宮粉黛無顏色。
春寒賜浴華清池②，溫泉水滑洗凝脂。
侍兒扶起嬌無力，始是新承恩澤時。
雲鬢花顏金步搖，芙蓉帳暖度春宵。
春宵苦短日高起，從此君王不早朝。
承歡侍宴無閒暇，春從春遊夜專夜。
後宮佳麗三千人，三千寵愛在一身。
金屋妝成嬌侍夜③，玉樓宴罷醉和春。
姊妹弟兄皆列土，可憐光彩生門戶。
遂令天下父母心，不重生男重生女。
驪宮高處入青雲④，仙樂風飄處處聞。
緩歌慢舞凝絲竹，盡日君王看不足。
漁陽鼙鼓動地來⑤，驚破〈霓裳羽衣曲〉。
九重城闕煙塵生，千乘萬騎西南行⑥。

【注釋】

①「楊家」二句：蜀州司戶楊玄琰，有女楊玉環，自幼由叔父楊玄珪撫養，十七歲被冊封為玄宗之子壽王李瑁妃。二十二歲時，玄宗命其出宮為道士，道號太真。二十七歲被玄宗冊封為貴妃。所謂「養在深閨人未識」，是作者有意為帝王避諱的說法。

②華清池：即華清池溫泉，在今陝西臨潼南驪山下。

③金屋：指楊貴妃的住所。據《漢武故事》載：漢武帝年幼時曾說，如果能娶表妹阿嬌為妻子，就給她造一座金房子住。

④驪宮：即華清宮，因在驪山下，故稱。

⑤漁陽：郡名，是范陽節度使轄區，今北京平谷和河北薊縣等地。玄宗天寶十四載（七五五）冬，安祿山在范陽起兵叛亂。鼙鼓：古代軍中的一種小鼓，此借指戰爭。

⑥「九重」二句：玄宗天寶十五載（七五六）六月，安祿山破潼關，逼近長安。玄宗帶領楊貴妃等向西南方向逃走。千乘萬騎，玄宗等出逃時隨行護衛並不多，「千乘萬騎」是誇大之辭。

翠華搖搖行復止，西出都門百餘里⑦。
六軍不發無奈何，宛轉蛾眉馬前死⑧。
花鈿委地無人收，翠翹金雀玉搔頭。
君王掩面救不得，回看血淚相和流。
黃埃散漫風蕭索，雲棧縈紆登劍閣⑨。
峨嵋山下少人行，旌旗無光日色薄。
蜀江水碧蜀山青，聖主朝朝暮暮情。
行宮見月傷心色，夜雨聞鈴腸斷聲。
天旋日轉回龍馭⑩，到此躊躇不能去。
馬嵬坡下泥土中，不見玉顏空死處。
君臣相顧盡沾衣，東望都門信馬歸。
歸來池苑皆依舊，太液芙蓉未央柳⑪。
芙蓉如面柳如眉，對此如何不淚垂？
春風桃李花開日，秋雨梧桐葉落時。
西宮南苑多秋草⑫，落葉滿階紅不掃。
梨園弟子白髮新⑬，椒房阿監青娥老⑭。
夕殿螢飛思悄然，孤燈挑盡未成眠。

---

⑦百餘里：馬嵬坡距長安一百多里。

⑧「六軍」二句：當護送唐玄宗的禁衛軍行至馬嵬坡時，不肯再走，先以謀反為由殺楊國忠，繼而請求處死楊貴妃。

⑨雲棧：高聳入雲的棧道。劍閣：又稱劍門關。

天生麗質難自棄，一朝選在君王側。

遲遲鐘鼓初長夜，耿耿星河欲曙天⑮。
鴛鴦瓦冷霜華重，翡翠衾寒誰與共？
悠悠生死別經年，魂魄不曾來入夢。
臨邛道士鴻都客⑯，能以精誠致魂魄。
為感君王輾轉思，遂教方士殷勤覓。
排空馭氣奔如電，升天入地求之遍。
上窮碧落下黃泉，兩處茫茫皆不見。
忽聞海上有仙山，山在虛無縹緲間。
樓閣玲瓏五雲起⑰，其中綽約多仙子⑱。
中有一人字太真⑲，雪膚花貌參差是。
金闕西廂叩玉扃⑳，轉教小玉報雙成㉑。
聞道漢家天子使，九華帳裡夢魂驚。
攬衣推枕起徘徊，珠箔銀屏迤邐開㉒。
雲鬢半偏新睡覺，花冠不整下堂來。
風吹仙袂飄飄舉，猶似〈霓裳羽衣舞〉。
玉容寂寞淚闌干，梨花一枝春帶雨。
含情凝睇謝君王㉓，一別音容兩渺茫。

---

⑩天旋日轉：指時局好轉。肅宗至德二載（七五七），郭子儀軍收復長安。龍馭：皇帝的車駕。
⑪太液：漢宮中有太液池。未央：漢有未央宮。此皆借指唐長安皇宮。
⑫西宮：太極宮。南苑：興慶宮。
⑬梨園弟子：指玄宗當年訓練的樂工舞女。梨園，玄宗時宮中教習音樂的機構。
⑭椒房：后妃居住之所。
⑮耿耿：明亮。
⑯臨邛：今四川邛崍。鴻都：東漢都城洛陽的宮門名，這裡借指長安。
⑰五雲起：聳立在五色彩雲之中。
⑱綽約：體態輕盈柔美。
⑲太真：楊玉環之道號。
⑳金闕：黃金裝飾的宮殿門樓。玉扃：玉石做的門環。
㉑小玉：吳王夫差女。雙成：傳說中西王母的侍女。這裡皆借指楊貴妃在仙山的侍女。
㉒珠箔：珠簾。迤邐：接連不斷地。
㉓凝睇：凝視。

昭陽殿裡恩愛絕，蓬萊宮中日月長㉔。
回頭下望人寰處，不見長安見塵霧。
惟將舊物表深情，鈿合金釵寄將去。
釵留一股合一扇，釵擘黃金合分鈿㉕。
但令心似金鈿堅，天上人間會相見。
臨別殷勤重寄詞，詞中有誓兩心知。
七月七日長生殿㉖，夜半無人私語時。
在天願作比翼鳥，在地願為連理枝㉗。
天長地久有時盡，此恨綿綿無絕期。

㉔蓬萊：傳說中的海上仙山。這裡指貴妃在仙山的居所。
㉕「釵留」二句：謂把金釵、鈿盒分成兩半，自留一半。
㉖長生殿：在驪山華清宮內，玄宗天寶元年（七四二）造。此處指貴妃的寢殿。
㉗「在天」二句：比翼鳥，傳說中的鳥名，據說只有一目一翼，雌雄併在一起才能飛。連理枝，兩棵樹的枝幹連在一起，叫連理。古人常用此二物比喻情侶相愛、永不分離。

解讀

「一篇〈長恨〉有風情，十首〈秦吟〉近正聲」，這是白居易詩集編成後自題的詩句。他在寫給元稹的〈與元九書〉中，又舉出歌姬因能唱〈長恨歌〉而增價的事例。這一方面生動地說明了〈長恨歌〉在當時民間的流行度，而作者既驚又喜的語氣也透露出他對〈長恨歌〉的自愛和自矜之情。唐玄宗和楊貴妃的甜蜜愛情，從李白的〈清平調〉和杜甫的〈麗人行〉中可見彷彿，而馬嵬之變為這段帝妃之戀匆匆畫上了句點。杜甫在〈北征〉詩中以「不聞夏殷衰，中自誅褒妲」

的詩句為帝王諱飾，而將楊貴妃等同於禍國的褒姒、妲己，也透露出當時大部分人對此段歷史的觀點。儘管楊鴻為〈長恨歌〉總結的旨意仍是「懲尤物，窒亂階，垂於將來」，但〈長恨歌〉卻並非一味地板起面孔來說教，充盈在字裡行間的淒婉迷離抒情，使讀者的感受始終徘徊在「一段毀於戀愛的政治」和「一場毀於政治的戀愛」之間，理不清、道不明。如此豐富的意味，使不同的讀者對〈長恨歌〉有不同的感受和評價，所以〈長恨歌〉在中國詩史上，永遠都是說不完的話題。

天長地久有時盡，此恨綿綿無絕期。

宋人魏泰拈出「六軍不發爭奈何，宛轉蛾眉死馬前」句，指斥「已失臣下事君之理」；宋人周紫芝則拈出「玉容寂寞淚闌干，梨花一枝春帶雨」句，認為「氣韻近俗」；明人唐汝詢更是全篇痛斥，稱其「格極卑庸，詞頗嬌豔；雖主譏刺，實欲借事以騁筆間之風流」，又稱其「肉多而少骨」。但清代以後，黃周星、徐增、沈德潛、宋宗元、趙翼等著名選家和說詩者幾乎全給予了〈長恨歌〉極高的評價，乾隆皇帝也對此詩逐句賞鑑，喜愛有加。而且，它對後世戲曲〈長生殿〉也產生過直接影響。

〈長恨歌〉在古代選本中的入選率極低，只有〈琵琶行〉的一半。二十世紀是這兩首歌行大放異彩的時代，不僅入選率迅速提升，各種文學史都給予它們濃墨重彩的介紹。〈長恨歌〉雖不是古代點評率最高的一首詩，但卻是二十世紀擁有專業研究論文最多的一首。豐富的主題、精湛的手法，仍不斷吸引人們喜愛它、研究它。清人趙翼曾說白居易之詩名，「在〈長恨歌〉一篇」，是「千古絕作」，白居易僅憑〈長恨歌〉和〈琵琶行〉就能聲名不朽，何況他還有三千餘首作品。

唐詩排行榜

第28名　聞官軍收河南河北

杜甫

一氣如注，並異日歸程一齊算出，神理如生，古今絕唱也。（張謙宜《絸齋詩談》）

【排行指標】

古代選本入選次數：三　　在一〇〇篇中排名：九五

現代選本入選次數：二八　　在一〇〇篇中排名：三

歷代評點次數：一二二　　在一〇〇篇中排名：二〇

當代研究文章篇數：二三　　在一〇〇篇中排名：六

文學史錄入次數：六　　在一〇〇篇中排名：四二

網路連結文章篇數：七二五〇〇　　在一〇〇篇中排名：五六

綜合分值：〇．四八八八　　總排名：二八

劍外忽傳收薊北①，初聞涕淚滿衣裳。
卻看妻子愁何在？漫卷詩書喜欲狂②。
白日放歌須縱酒，青春作伴好還鄉③。
即從巴峽穿巫峽④，便下襄陽向洛陽。

【注釋】

①劍外：劍門關以外，這裡指四川。當時杜甫流落在梓州（今四川三台），故云。薊北：今河北北部一帶，即叛軍的老巢范陽一帶。
②漫卷：胡亂捲起。
③青春：指春天的景色。
④巴峽：四川東北部巴江中之峽。巫峽：在今重慶巫山縣東，長江三峽之一。

解讀

代宗廣德元年（七六三）正月，安史之亂叛軍的根據地河南河北諸州郡為唐軍收復，延續八年的安史之亂結束，流寓梓州的杜甫聞知這一消息，走筆寫下此詩，在想像中出峽東下，由水路抵達祖籍襄陽，然後由陸路直奔故鄉洛陽。

常言道，「窮愁之詞易好，歡愉之詞難工」，杜甫感人至深的作品大多是「窮愁之詞」。而這首有老杜「生平第一首快詩」之稱的〈聞官軍收河南河北〉，則以輕快爽健的筆調把詩人喜極欲狂的情緒表達得淋漓盡致，連讀者似乎都要喜極而泣了。安史之亂結束時，老杜已年過五旬，長期漂泊輾轉加上沉重的心情使他看起來垂垂老矣。但是當他一聽說叛亂平復、河南河北相繼被收復的消息後，儼然一個大病初癒的爛漫少年，精神和身體都復甦了，喜悅得手足無措，苦難的日子終將結束，眼前即將展開一段嶄新的生活，漂泊的足跡終於可能踏上歸鄉的旅途。他的靈魂更是迅即穿越萬水千山，直奔故園！

這首詩雖以律詩寫成，但縱橫舒展，十分灑脫，情感奔走，環環相生，范溫云「如辯士之語」，「通暢而有條理」，黃周星云「有如長江放流，駿馬注坡，真是一往奔騰，不可收拾」。李因篤讚其為「七律絕頂之篇」。

劍門圖

此詩能夠位居排行榜第二十八名，主要與現當代選本的高入選率和二十世紀的論文研究兩項有關。從入選情況來看，它是杜甫詩歌中古今入選率變化最大的一首詩，古代僅有三種選本收入，而現當代則高達二十八種。在二十世紀的杜詩研究中，專業研究論文數量最多的除〈石壕吏〉外，就是這首〈聞官軍收河南河北〉了。現當代文學史提到杜甫詩，亦必提這首詩。它是現當代造就的杜甫名作之一。

唐詩排行榜

第29名　石壕吏

杜甫

語似樸俚，實渾然不可及。風人之體於斯獨至，讀此詩泣鬼神矣。
（桂天祥《批點唐詩正聲》）

【排行指標】

古代選本入選次數：七　在一〇〇篇中排名：五八
現代選本入選次數：二四　在一〇〇篇中排名：二六
歷代評點次數：一五　在一〇〇篇中排名：五九
當代研究文章篇數：三一　在一〇〇篇中排名：四
文學史錄入次數：七　在一〇〇篇中排名：三一
網路連結文章篇數：八八九〇〇　在一〇〇篇中排名：四七
綜合分值：〇．四八八六　總排名：二九

暮投石壕村，有吏夜捉人。
老翁逾牆走，老婦出門看。
吏呼一何怒，婦啼一何苦！
聽婦前致詞：三男鄴城戍①。
一男附書至，二男新戰死。
存者且偷生，死者長已矣②。
室中更無人，惟有乳下孫。
有孫母未去，出入無完裙。
老嫗力雖衰，請從吏夜歸。
急應河陽役③，猶得備晨炊。
夜久語聲絕，如聞泣幽咽。
天明登前途，獨與老翁別④。

【注釋】

①鄴城：即相州，在今河南安陽。
②已：停止，完結。
③河陽：在黃河北岸，今河南孟州。當時唐軍兵敗鄴城，退守河陽，抓去的兵丁都集中在那裡，官兵與叛軍在此對峙。
④「天明」二句：暗示老婦已經被捉去。

解讀

「三吏」、「三別」是杜甫新題樂府的兩組傳世名篇，詩人抓取徵兵這一戰亂年代典型的事例，反映了安史之亂期間兵荒馬亂的社會現實，一首首詩歌如同一幅幅動態的圖畫，真實地再現了那個時代百姓的苦難生活。〈石壕吏〉是其中最著名的一首，它在古今選本中的入選率為「三吏」、「三別」之冠，二十世紀的論文研究數量也多達三十一篇，是杜詩此項指標之最，而且這首詩還被收錄進中學語文課本，成為了解杜甫「詩史」的主要作品。

肅宗乾元二年（七五九）三月，九節度使圍攻安史叛軍潰敗，洛陽一帶形勢緊張，唐王朝為兵力而強行徵兵，杜甫由洛陽趕回華州，以親見親聞而作此詩。該詩圍繞「有吏夜捉人」一事展開，以「吏」和「老婦」的對話作為詩歌的主體部分，交代了老婦一家三子兩死、媳弱孫幼的狀況，老婦為保家人之命，主動請求赴軍為炊，「急應河陽役，猶得備晨炊」兩句，將老婦的果敢堅毅和無奈刻畫得催人淚下，夜半時分壓抑的抽泣之聲寫出了兒媳的悲痛。逾牆逃走的老翁命運如何，詩中沒有交代，讀者可以從〈垂老別〉中推斷出其難逃被徵的厄運。〈石壕吏〉從始至終沒有一句議論，但詩人對無休止徵兵制度的憤慨之情和對百姓悲慘生活的同情已充溢詩間，這也是它不同於「三吏」、「三別」中其他詩歌夾敘夾議的獨特之處。

勞作女泥俑群

唐詩排行榜

第30名　早發白帝城①

李白

讀者為之駭極，作者殊不經意，出之似不著一點氣力。阮亭推為三唐壓卷，信哉！（宋顧樂《唐人萬首絕句選評》）

【排行指標】

古代選本入選次數：五　在一〇〇篇中排名：八二
現代選本入選次數：二七　在一〇〇篇中排名：八
歷代評點次數：二〇　在一〇〇篇中排名：二九
當代研究文章篇數：一〇　在一〇〇篇中排名：一七
文學史錄入次數：七　在一〇〇篇中排名：三一
網路連結文章篇數：一四〇四〇〇　在一〇〇篇中排名：一九
綜合分值：〇．四八六八　**總排名：三〇**

朝辭白帝彩雲間，
千里江陵一日還②。
兩岸猿聲啼不住，
輕舟已過萬重山。

【注釋】
①詩題一作〈白帝下江陵〉。白帝城，在今重慶奉節城東白帝山上，乃西漢末年割據蜀地的公孫述所建。傳說當年有白龍出井中，公孫述自以為承漢土運，故稱白帝。
②江陵：今湖北江陵。

解讀

許學夷《詩源辨體》曾曰：「太白五七言絕，多融化無跡而入於聖。」唐詩中如果少了李白的絕句，必定會大為失色。橫向來看，他的絕句堪與其歌行平分秋色；縱向來看，他的絕句則和王維、王昌齡等人共同代表了盛唐絕句的最高成就。再細分起來，王昌齡七絕注重起承轉合之法，易為後人宗之，而太白七絕更似歌行之體，一氣貫注，難以捉摸，更令世人仰慕。

〈早發白帝城〉是李白晚年的作品。當詩人高唱「但用東山謝安石，為君談笑淨胡沙」，準備在永王李璘府一展宏圖時，他無論如何也想不到短短的幾個月內，竟經歷了下獄、免死、流放夜郎等一連串事件，何況此時他已年逾六旬。更出乎他意料的是，一年多後（乾元二年，七五九）肅宗竟大赦天下，使他再次逃過了客死異鄉的命運。這時他才行至奉節白帝城，得到消息後立刻掉頭東返，揚帆江陵，在途中以無比輕鬆的心情寫下了這首千古七絕。

太白作詩好誇張，然而此詩前兩句卻誇中有實。〈荊州志〉曰：「朝發白帝，暮到江陵。」

兩岸猿聲啼不住，輕舟已過萬重山。

太白用其成句，綴以「彩雲間」、「一日還」便化文為詩，成為名句。後人多評價第三句為全詩最顯功夫處，貴在能於迅疾之中點插一二畫筆，以緩襯急，波瀾跌宕。而素來使人聞之「淚沾裳」的三峽猿聲，在此時亦顯出幾分歡快，成為旅途中令人留戀又來不及欣賞的風景。行舟之輕快和心情之輕快，共同融於詩句之輕快中，融成一片化境，與杜甫〈聞官軍收河南河北〉的峻急筆勢相仿。

這首七絕被評選家們正式關注始於明清之際，被廣泛地選入選本則是近現代的事情。它和〈夢遊天姥吟留別〉一詩在現當代均入選二十七種選本，是李白詩歌中的入選之冠。此外，它還是專業研究者們的熱點選題。再加上多次被編入小學語文教材，更加強了它的知名度。

唐詩排行榜

第31名　靜夜思

李白

思鄉詩最多，終不如此四語真率而有味。此信口語，後人復不能摹擬，摹擬便醜。（朱之荊《增訂唐詩摘鈔》）

【排行指標】

古代選本入選次數：九　在一〇〇篇中排名：三八

現代選本入選次數：一八　在一〇〇篇中排名：六三

歷代評點次數：二二　在一〇〇篇中排名：二〇

當代研究文章篇數：七　在一〇〇篇中排名：二九

文學史錄入次數：三　在一〇〇篇中排名：七六

網路連結文章篇數：二二〇六〇〇　在一〇〇篇中排名：九

綜合分值：〇．四八五八　總排名：三一

床前明月光①，
疑是地上霜。
舉頭望明月，
低頭思故鄉。

【注釋】
①床：古代坐具。一說指井台。

解讀

李白詩有許多與月亮有關，「呼作白玉盤」是兒童的稚語，「玲瓏望秋月」是少女的情懷，「長安一片月」是思婦的怨歌，「舉杯邀明月」則是醉者的奇想……在這些月歌中，有一首不加雕琢卻最為深情的詩歌，它是夜闌人靜時分客子心頭最溫柔的一片鄉情，它就是〈靜夜思〉。

這首小詩只有二十個字，卻明白如話，自然清新。胡應麟曾說：「太白五言絕，自是天仙口語。」明代鍾惺亦評價此詩：「忽然妙境，目中口中，湊泊不得，所謂不用意得之者。」所謂「口語」、「不用意」者，乃指此詩絕去雕琢，一派天然。「不用意」三字除了可指煉句修辭外，也可指「不經意」間的睹物傷情。隱藏在潛意識中的情感，被觸動時才具有動人心魄的力量。〈靜夜思〉和〈閨怨〉，都是寫「不經意」之情的佳作。但「悔教夫婿覓封侯」仍傷於直露，相比之下「低頭思故鄉」則含蓄多情，餘味更長。

王績的〈在京思故園見鄉人問〉一詩和〈靜夜思〉亦可對讀。前者以一連串問句為主體，具體到舊園、柳樹、青竹、梅花、水渠、石苔、院果、林花等事物；後者僅凝結成一句「低頭思故鄉」。同為懷鄉之作，卻有繁簡之分。王詩動人處在細緻，李詩動人之處在渾融，以王詩之追問填補李詩的言外之思，會更有情味。

〈靜夜思〉在明清之際多有好評，高棅評其說盡「百千旅情」，胡應麟稱其「妙絕千古」。古代選錄該詩的選本也多集中在明清兩朝。被清人孫洙的《唐詩三百首》選錄之後，〈靜夜思〉遂成為兒童啟蒙詩歌之一，人人皆能脫口而出。不僅如此，它還是遊子華僑心中永遠抹不去的鄉思。

舉頭望明月，低頭思故鄉。

唐詩排行榜

第32名　咸陽城東樓

許渾

首尾全是思鄉，卻插入五六七三句縱橫出入，全不礙手，唯老杜有此筆力。（黃生《唐詩摘鈔》）

【排行指標】

古代選本入選次數：九　在一〇〇篇中排名：三八

現代選本入選次數：一三　在一〇〇篇中排名：七九

歷代評點次數：二六　在一〇〇篇中排名：五

當代研究文章篇數：一　在一〇〇篇中排名：六二

文學史錄入次數：四　在一〇〇篇中排名：六四

網路連結文章篇數：一五〇三〇　在一〇〇篇中排名：九一

綜合分值：〇．四七九三　總排名：三二

一上高樓萬里愁，蒹葭楊柳似汀洲②。
溪雲初起日沉閣③，山雨欲來風滿樓。
鳥下綠蕪秦苑夕，蟬鳴黃葉漢宮秋。
行人莫問當年事④，故國東來渭水流⑤。

【注釋】

①咸陽：在今陝西咸陽東，隔渭水與長安相望。
②蒹葭：蘆荻。
③溪：指磻溪。閣：指慈福寺閣。作者自注：「（咸陽城）南近磻溪，西對慈福寺閣。」
④當年：前朝事，這裡指秦漢的興亡。
⑤渭水：一稱渭河，在陝西中部，東流至潼關入黃河。

解讀

許渾的詩歌自古就爭議不斷。雖然當其在世時詩人杜牧和韋莊都有詩評贊，如韋詩贊曰「字字清新句句奇」，但五代孫光憲卻激烈貶斥道：「許渾詩，不如不做。」後世一些著名的評選家，如方回、楊慎、王夫之、紀曉嵐等人對許渾的詩評價也很低，其中以楊慎的批判最力。而范晞文、劉克莊、高棅、楊士弘、許學夷、胡應麟、薛雪等同樣資深的評選家卻對許詩或選或評，大力肯定。責之者責其工於技巧，格調不高，愛之者又愛其寫景俊麗，且對偶精切。評價的標準不同，結論自然有所分歧。

〈咸陽城東樓〉是一首懷古詩，體裁和題材都是許渾所長，有憑弔之情，有對偶之工，評論家們雲集於此紛紛申述己見，雖褒貶不一，但對其中「溪雲初起日沉閣，山雨欲來風滿樓」一聯，卻是人所共賞，連紀曉嵐都說「原自不惡」。它是公認的警句，傳播甚廣。歷來選本選許渾詩，也以此詩為多，連批判許渾「體格太卑，對偶太切」的方回都將這首〈咸陽城東樓〉選入他的〈瀛奎律髓〉，於是，這首詩在古代選本中以九種的數目排名第三十八。但到了現當代，它的入選率有所下降，而文學史教材也只對許渾略作提及，並不引人注目。〈咸陽城東樓〉能夠取得排行榜三十二名的成績，很大程度是依賴古代評選家們的爭議和關注。

唐詩排行榜

第33名　山居秋暝①

王維

右丞本從工麗入，晚歲加以平淡，遂到天成。如「明月松間照，清泉石上流」，此非復食煙火人能道者。

（黃生《唐詩矩》）

【排行指標】

古代選本入選次數：八　在一〇〇篇中排名：四五

現代選本入選次數：二五　在一〇〇篇中排名：二〇

歷代評點次數：一五　在一〇〇篇中排名：五九

當代研究文章篇數：四　在一〇〇篇中排名：三八

文學史錄入次數：七　在一〇〇篇中排名：三一

網路連結文章篇數：一〇二七〇〇　在一〇〇篇中排名：四〇

綜合分值：〇．四七八四　總排名：三三

空山新雨後，天氣晚來秋。
明月松間照，清泉石上流。
竹喧歸浣女，蓮動下漁舟。
隨意春芳歇，王孫自可留②。

【注釋】

①暝：指傍晚。

②「王孫」句：《楚辭．招隱士》：「王孫兮歸來，山中兮不可以久留。」這裡反用其意。王孫，原指貴族子弟，後來也泛指隱居的人，此處指詩人自己。留，居。

解讀

〈山居秋暝〉是王維最著名的山水詩之一，它通過描寫隱幽的林泉景致，表達了詩人閒逸安適的情懷。作者筆下的山水不僅逼真如畫，而且富有意趣。宋人劉辰翁評價這首詩說：「總無可點，自是好。」這正是領略到詩歌渾融意境後的不評之評。由此也可看出它與六朝時代模山範水、追求形似、有佳句而無佳篇的山水詩是何等面目迥異。之所以「總無可點」，還在於它句句皆好。張謙宜云：「起法高潔，帶得通篇俱好。」「明月松間照，清泉石上流」一聯，無字可摘，無字可易，彷彿天成之文，在看似平常、隨意中道出人人心中有而人人口中無之情景，清代詩評家黃生評此聯云：「非復食煙火人能道之。」再加之頸聯又體物細膩，用字工確，「喧」、「歸」、「動」、「下」等字極傳神。尾聯流露隱逸之志，化用《楚辭》而不覺斧痕，高妙自然。

這首詩不僅情境俱佳，而且格律工整，常被當作學習五言律詩的典範。它在現當代選本中的入選率遠勝古代，也超越了〈終南別業〉、〈過香積寺〉、〈終南山〉等王維同類題材的詩歌，成為他山水詩的代表作。它在王維詩中的經典地位，隨著時間的積累越來越顯著、越牢固。

空山新雨後天氣晚來秋
明月松間照清泉石上流
竹喧歸浣女蓮動下漁舟
隨意春芳歇王孫自可留
馬駘寫王維句

明月松間照，清泉石上流。

唐詩排行榜

第34名 錦瑟

義山晚唐佳手，佳莫佳於此矣。意致迷離，在可解不可解之間，於初盛諸家中得未曾有。三楚精神，筆端獨得。

（陸次雲《五朝詩善鳴集》）

李商隱

【排行指標】

古代選本入選次數：五　在一〇〇篇中排名：八二

現代選本入選次數：一八　在一〇〇篇中排名：六三

歷代評點次數：二五　在一〇〇篇中排名：一〇

當代研究文章篇數：一七　在一〇〇篇中排名：一〇

文學史錄入次數：八　在一〇〇篇中排名：一三

網路連結文章篇數：一八六九〇〇　在一〇〇篇中排名：一四

綜合分值：〇．四七六〇　**總排名：三四**

錦瑟無端五十弦，一弦一柱思華年。
莊生曉夢迷蝴蝶①，望帝春心托杜鵑②。
滄海月明珠有淚③，藍田日暖玉生煙④。
此情可待成追憶，只是當時已惘然。

【注釋】

①「莊生」句：《莊子・齊物論》記載，莊子一日夢見自己身為蝴蝶，醒後不知自己是蝴蝶，還是蝴蝶是自己。

②「望帝」句：相傳蜀帝杜宇，號望帝，死後其魂化為杜鵑鳥。

③珠有淚：傳說南海外有鮫人，淚化為珠。

④「藍田」句：戴叔倫曰：「詩家之景，如藍田日暖，良玉生煙，可望而不可置於眉睫之前也。」藍田，藍田山，一名玉山。

解讀

「一曲〈錦瑟〉解人難」，「獨恨無人作鄭箋」，關於〈錦瑟〉的旨趣，從宋迄今眾說紛紜。宋人劉攽以「錦瑟」為青衣之名，以豔情解之；蘇東坡則主詠物一說，以「清怨適和」解之。明人胡應麟附和青衣之說，胡震亨又否定青衣之說及詠物之解，但仍肯定其為豔情，而將其歸於商隱「無題」詩一類。清人朱彝尊以其為悼亡之作，何焯則釋以自傷之詞，清末吳汝倫疑其為「感國祚興衰而作」，近代史學家岑仲勉先生亦云乃「傷唐室之殘破，與戀愛無關」。直到今天，仍有許多學者就〈錦瑟〉一詩專門撰文，探討它朦朧神祕的意旨。時過千年，〈錦瑟〉始終對世人保持著它的神祕感和吸引力。王世貞曾說這樣的詩「不解則涉無謂，既解之則意味都盡」。它雖然難解卻並不艱澀，意象華美卻並非一覽無餘，所謂在「可解與不可解之間」，正是它魅力常存的主要原因。《李義山詩集》的編排以〈錦瑟〉為壓卷之作，可見這首詩在李詩中的地位。

〈錦瑟〉和李商隱的無題詩在古代選本中並不常見。二十世紀以後，〈錦瑟〉和「無題」詩成為李商隱詩歌研究中的熱點，不僅在選本中的入選率大幅提高，文學史也給予較多的篇幅加以介紹，專業性的研究論文則數量更多。加之李商隱對二十世紀七八〇年代出現的「朦朧詩派」有一定的影響，所以很多現代讀者喜歡稱李商隱為古代的「朦朧詩人」。

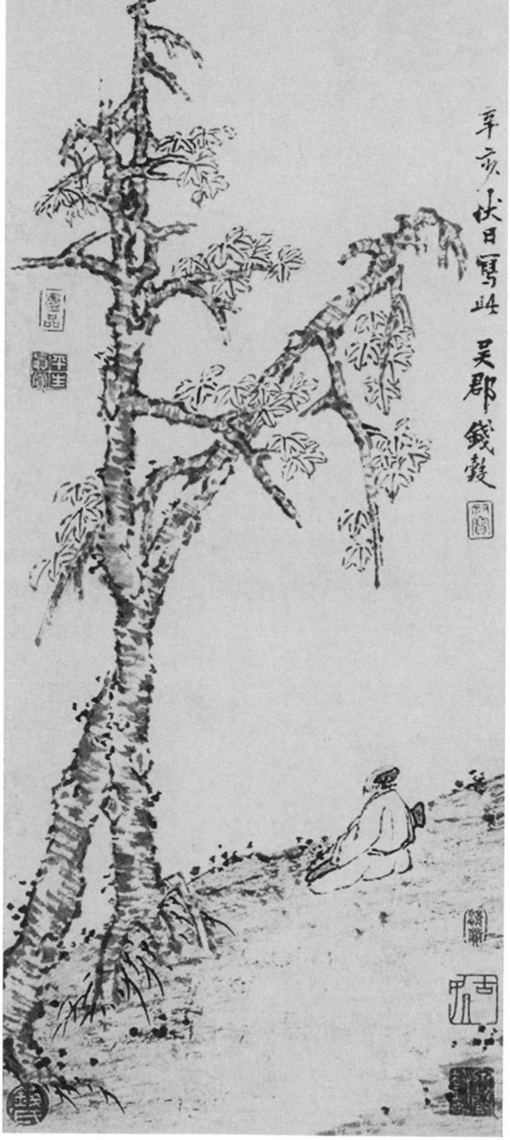

錦瑟無端五十弦，一弦一柱思華年。

唐詩排行榜

第35名　寒食①

韓翃

二十八字中，想見五都春濃，八荒無事，宮廷之閒暇，貴族之沾恩，皆在詩境之內。以輕麗之筆，寫出承平景象，宜其一時傳誦也。（俞陛雲《詩境淺說》續編）

【排行指標】

古代選本入選次數：一二　在一〇〇篇中排名：九
現代選本入選次數：二〇　在一〇〇篇中排名：五八
歷代評點次數：一三　在一〇〇篇中排名：七五
當代研究文章篇數：〇　在一〇〇篇中排名：七七
文學史錄入次數：四　在一〇〇篇中排名：六四
網路連結文章篇數：四一〇〇〇　在一〇〇篇中排名：七〇

綜合分值：〇．四七四八　總排名：三五

春城無處不飛花，
寒食東風御柳斜②。
日暮漢宮傳蠟燭③，
輕煙散入五侯家。

【注釋】

① 寒食：我國的傳統節日，一般在冬至後一百零五天，清明前兩天。每年的這一天禁火，只吃冷食，故名寒食。

② 御柳：皇城裡的柳樹。寒食日有折柳插門的習俗。

③ 傳蠟燭：《西京雜記》載：「寒食禁火日，賜侯家蠟燭。」

解讀

韓翃是大曆十才子中官位最高的一位。在他的仕途上，這首〈寒食〉詩扮演了重要的角色。據《本事詩》記載，當時有兩個同名同姓的韓翃，都在知制誥的補闕名單中，中書省不知德宗皇帝意指哪一個，遂請旨聖上，德宗皇帝批曰：「『春城無處不飛花』，與此韓翃。」連皇上都有耳聞並如此賞識的詩，在當時的知名度可想而知。同時，皇帝的讚賞擴大了詩歌的知名度，也使更多人參與到對這首詩的討論和評價中。從古代選本選詩來看，唐代計一種選本入選，宋元三種，明代兩種，清代則高達六種，總計十二種，入選率頗高。

這首詩只有四句二十八字，但內涵卻極其豐富。首先它有一種雍容的氣度，明代顧璘美稱其乃「大家語」，桂天祥亦曰：「禁體不事雕琢語，富貴閒雅自見。」這恐怕也是德宗皇帝賞識的一個重要原因。其次，「富貴閒雅」背後隱約露出托諷之意，對「五侯」的箋注是理解托諷之意的關鍵。漢成帝時，曾將自己的舅舅王譚、王立、王根、王逢時、王商同日封侯，世謂之「五侯」。又，東漢外戚梁冀擅權，其家族中也有五人封侯，稱「五侯」。清人賀裳認為其詩乃「借漢王氏五侯」之煊赫以喻天寶年間楊氏一族的「豪貴榮盛」，故以「賜火」一事暗諷，所以「寓意遠，托興微，得風人之遺」。但是此詩究竟是否作於天寶年間尚不確定，所以賀裳之解未免有坐實之嫌。沈德潛曰「五侯」乃泛指「貴近家」，這種解法寓意更廣，所以有更普遍的諷喻意義。正因為這首詩內涵豐富，所以在古代頗受人們的關注。不過韓翃其人在現當代文學史上的地位整體來說不夠顯著，其詩的知名度也隨之下降，這首〈寒食〉在現當代選本和文學史上的「出鏡率」大不如前，更無專門性的論文成果。可以說，〈寒食〉一詩能夠進入排行榜，主要依賴於古代廣大選家的青睞。

寒食東風御柳斜

唐詩排行榜

第36名　石頭城

劉禹錫

淒絕。興亡百感集於毫端，乃有此種佳製。（史承豫《唐賢小三昧集》）

【排行指標】

古代選本入選次數：九	在一〇〇篇中排名：三八
現代選本入選次數：二三	在一〇〇篇中排名：四二
歷代評點次數：一六	在一〇〇篇中排名：四九
當代研究文章篇數：二	在一〇〇篇中排名：五三
文學史錄入次數：五	在一〇〇篇中排名：五一
網路連結文章篇數：四〇一〇〇	在一〇〇篇中排名：七二
綜合分值：〇・四七三六	**總排名：三六**

山圍故國周遭在①，
潮打空城寂寞回。
淮水東邊舊時月②，
夜深還過女牆來③。

【注釋】

①故國：即舊都。石頭城在六朝時代一直是國都。周遭：環繞。
②淮水：指貫穿石頭城的秦淮河。
③女牆：指城上的矮城。

解讀

〈石頭城〉是劉禹錫〈金陵五題〉中的第一首，不僅令白居易十分歎賞，連作者本人也自矜其為五題之冠。劉禹錫「興廢由人事，山川空地形」的懷古主題有時以議論的方式而出，如〈西塞山懷古〉中的「人世幾回傷往事，山形依舊枕寒流」、〈台城〉中的「萬戶千門成野草，只緣一曲後庭花」，有時並不著議論，只以白描的方式寓情於景，如〈烏衣巷〉和〈石頭城〉。前者以穿越時空的「舊時燕」、後者以多情如舊的「舊時月」來表現滄桑之感，而興亡之理、懷古之情和垂鑑之意，都意在言外，深長雋永。清人沈德潛的評價簡潔精到：「只寫山水明月，而六代繁華，俱歸烏有，令人於言外思之。」

〈石頭城〉和〈烏衣巷〉之所以能夠成為〈金陵五題〉中最著名的兩首詩，與二者不假議論、以情景取勝有直接關係。這兩首詩在名篇排行榜中均榜上有名，只是曾經最為白居易和作者本人鍾愛的〈石頭城〉一詩，落後於〈烏衣巷〉十多個名次，這主要是由於後者在古今選本中的入選率更勝一籌。除此之外，兩首詩其他指標勢均力敵，所以常被人們相提並論，成為中晚唐懷古絕句中不可或缺的名篇。

山圍故國周遭在，潮打空城寂寞回。

唐詩排行榜

第37名　鹿柴①

景到處有情，情到處生景，可思不可象，摩詰真五絕聖境。
（吳瑞榮《唐詩箋要》）

王維

【排行指標】

古代選本入選次數：九　在一〇〇篇中排名：三八
現代選本入選次數：二一　在一〇〇篇中排名：五一
歷代評點次數：一五　在一〇〇篇中排名：五九
當代研究文章篇數：〇　在一〇〇篇中排名：七七
文學史錄入次數：七　在一〇〇篇中排名：三一
網路連結文章篇數：一三〇〇〇〇　在一〇〇篇中排名：二七
綜合分值：〇·四六七七　總排名：三七

空山不見人，
但聞人語響。
返景入深林②，
復照青苔上。

【注釋】
①鹿柴：王維隱居的輞川別墅勝景之一。以木柵為欄，謂之「柴」，同「寨」。鹿柴乃鹿居住的地方。
②返景：夕陽返照的光。景，同「影」。

解讀

王維的《輞川集》二十首，既是他山水詩歌的重要組成部分，也代表了盛唐五絕的最高成就，明人王鏊《震澤長語》評《輞川集》「以淳古淡泊之音，寫山林閒適之趣」，「真一篇水墨不著色畫」。王維為輞川二十處勝景一一賦詩，每首詩都是一副小畫，不僅「小畫有遠景」，而且畫中有禪意，是山水五絕中不可多得的奇觀。二十首詩中，以〈鹿柴〉、〈竹裡館〉和〈辛夷塢〉三首最著名，清人施補華曾將〈鳥鳴澗〉一詩誤入《輞川集》，認為此「四首尤妙，學者可以細參」。從排行榜來看，這四首詩中都在三百首名篇之內，而且〈鹿柴〉和〈鳥鳴澗〉都入圍了百首名篇。

〈鹿柴〉是《輞川集》中獲得佳評最多的一首，在古今選本中的入選率亦高居第一，古代選本中入選九種，現當代入選二十一種，相比〈竹裡館〉和〈辛夷塢〉都略勝一籌。詩人深諳「鳥鳴山更幽」之理，以喧襯靜，而且以「人語」替代「鳥鳴」，使山林帶有人的意趣，而不致落入寂滅之荒境。這種以人物聲響襯托山林深幽的手法，在「欲投人處宿，隔水問樵夫」一詩中也得到過應用。「返景入深林，復照青苔上」兩句寫空山之景，體物極細密，對於夕陽斜照青苔，近人俞陛雲先生曰：「此景無人道及，惟妙心得之，詩筆復能寫出。」可知「妙心」比「詩筆」更加可貴，這是王維常年習佛心境寧靜淡泊的體現，也正是王維山水詩之所以耐讀、生動的妙訣所在。

唐詩排行榜

第38名　春江花月夜①

張若虛

此詩如連環鎖子骨，節節相生，綿綿不斷，使讀者眼光正射不得，斜射不得，無處尋其端緒。「春江花月夜」五個字，各各照顧有情。詩真豔詩，才真豔才也。（徐增《而庵說唐詩》）

【排行指標】

古代選本入選次數：七　在一〇〇篇中排名：五八
現代選本入選次數：二三　在一〇〇篇中排名：三三
歷代評點次數：一六　在一〇〇篇中排名：四九
當代研究文章篇數：一〇　在一〇〇篇中排名：一七
文學史錄入次數：八　在一〇〇篇中排名：一三
網路連結文章篇數：一三五八〇〇　在一〇〇篇中排名：二一
綜合分值：〇．四六七六　總排名：三八

春江潮水連海平，海上明月共潮生。
灩灩隨波千萬里②，何處春江無月明。
江流宛轉繞芳甸③，月照花林皆似霰④。
空裡流霜不覺飛⑤，汀上白沙看不見⑥。
江天一色無纖塵，皎皎空中孤月輪。
江畔何人初見月？江月何年初照人？
人生代代無窮已，江月年年只相似。
不知江月待何人，但見長江送流水。
白雲一片去悠悠，青楓浦上不勝愁⑦。
誰家今夜扁舟子？何處相思明月樓⑧？
可憐樓上月徘徊⑨，應照離人妝鏡台。
玉戶簾中卷不去，擣衣砧上拂還來。
此時相望不相聞，願逐月華流照君。
鴻雁長飛光不度，魚龍潛躍水成文⑩。
昨夜閑潭夢落花，可憐春半不還家。
江水流春去欲盡，江潭落月復西斜。
斜月沉沉藏海霧，碣石瀟湘無限路⑪。

【注釋】

①春江花月夜：樂府〈清商曲辭．吳聲歌曲〉舊題，曲調豔麗，創始於南朝陳後主。
②灩灩：波光閃動的光彩。
③芳甸：遍生花草的原野。
④霰：雪珠、小冰粒。形容月光下花朵的潔白。
⑤流霜：飛霜，這裡比喻月光皎潔流蕩。
⑥汀：水邊的平地。
⑦青楓浦：在今湖南瀏陽境內瀏水中。這裡泛指遊子所在的地方。
⑧明月樓：月夜下的閨樓，此指閨中思婦。
⑨徘徊：指月光流動。
⑩「鴻雁」二句：暗示音信不通。鴻雁、魚龍，傳說鴻雁和魚可以傳信。
⑪碣石：山名，在今河北昌黎北渤海邊上。瀟湘：二水名，在今湖南境內。此處泛指天南地北。

不知乘月幾人歸，落月搖情滿江樹。

解讀

《全唐詩》中張若虛僅存詩兩首，一首是〈代答閨夢還〉，另一首就是〈春江花月夜〉，而正是後面這一首，成就了張若虛的千古詩名，他的「傳奇」程度甚至比存詩六首而留名的王之渙還要勝過一籌。以今人的目光看來，這樣能夠以一抵百的作品必定是自一誕生就不同凡響、驚世駭俗，事實卻並非如此。從唐初至元代幾百年的歷史中，在所有唐詩選本中幾乎都難覓〈春江花月夜〉的影子，評點資料也十分稀少。直到明代才有高棅的《唐詩品匯》、李攀龍的《唐詩選》、鍾惺、譚元春的《唐詩歸》等幾種選本將其選入。與此同時，評論家們才逐漸關注起這首長詩來。到了清代，〈春江花月夜〉聲名鵲起，不僅選家眾多，而且好評如潮，王闓運的八字大評「孤篇橫絕，竟為大家」正式奠定了張若虛

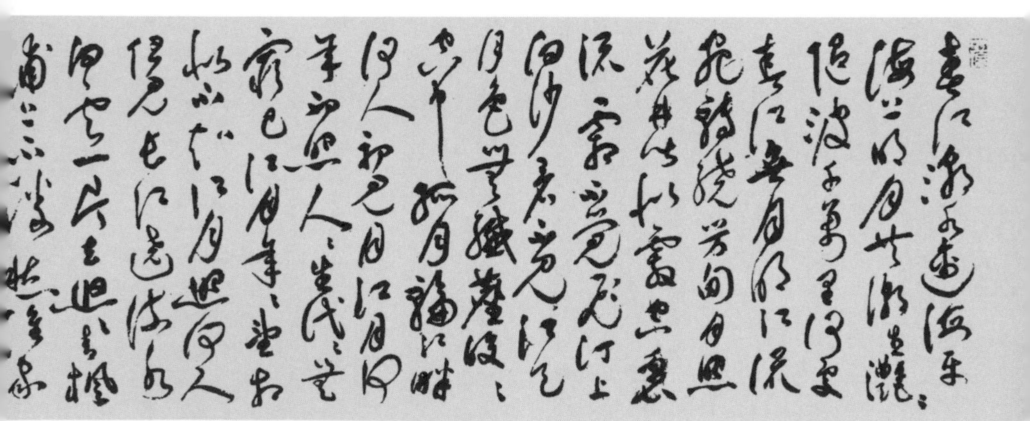

的「大家」地位。到了二十世紀，聞一多專門為〈春江花月夜〉撰文，在〈宮體詩的自贖〉一文中稱讚它是「詩中的詩，頂峰上的頂峰」，無與倫比的讚歎使〈春江花月夜〉、使張若虛，達到了一種炙手可熱的地步。於是，現當代唐詩選本爭相選錄此詩，文學史上也給予極高的評價，各種研究論文也如雨後春筍般多了起來。如果說，張若虛和他的〈春江花月夜〉是在明代才開始受到關注的，那麼其經典地位則是在到了近代才確立的。

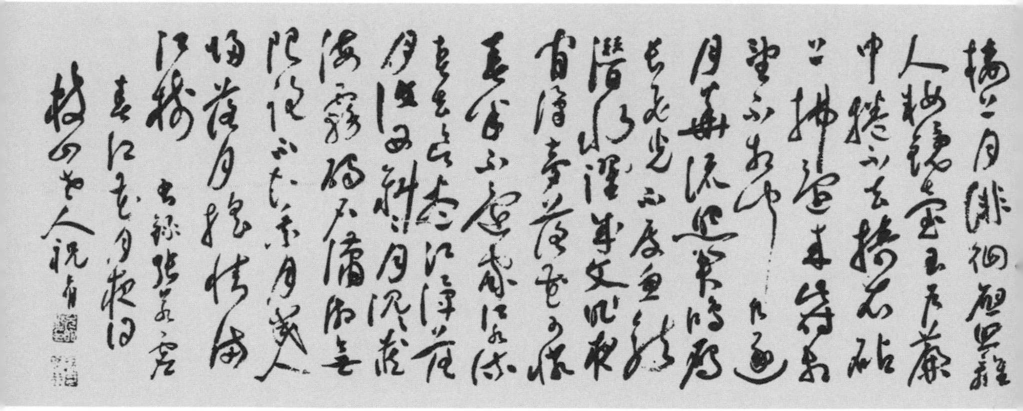

祝允明草書〈春江花月夜〉

唐詩排行榜

第39名　赤壁①

杜牧

牧之詩意……惟借「銅雀春深鎖二喬」說來，便覺風華蘊藉，增人百感，此正是風人巧於立言處。（賀貽孫《詩筏》）

【排行指標】

古代選本入選次數：八　在一〇〇篇中排名：四五

現代選本入選次數：二四　在一〇〇篇中排名：二六

歷代評點次數：一六　在一〇〇篇中排名：四九

當代研究文章篇數：三　在一〇〇篇中排名：四一

文學史錄入次數：六　在一〇〇篇中排名：四二

網路連結文章篇數：二〇〇一〇〇　在一〇〇篇中排名：一二

綜合分值：〇．四六六四　總排名：三九

折戟沉沙鐵未銷，
自將磨洗認前朝。
東風不與周郎便，
銅雀春深鎖二喬②。

【注釋】

①詩題一作〈赤壁懷古〉。

②銅雀：即曹操在鄴城（今河北臨漳）建造的銅雀台，是曹操的享樂之處和建安鄴下文人的活動中心，因樓頂有大銅雀而得名。二喬：東吳喬公的兩個女兒，一嫁孫策，稱大喬，一嫁周瑜，稱小喬。

解讀

武宗會昌二年（八四二）四月，杜牧出任黃州刺史，遊赤壁（黃岡的赤鼻磯，因聳立江邊，山岩呈赭紅色，所以稱「赤壁」，並非曹操與孫劉聯軍赤壁大戰之處），感漢末戰事，遂作此詩。

假若歷代的詩評家們能夠濟濟一堂，那麼杜牧的〈赤壁〉可以舉辦一場主題辯論會了。宋人許認為赤壁之戰這樣嚴肅的歷史事件，不該落腳到兩個女人的命運上，「孫氏霸業繫此一戰，社稷存亡、生靈塗炭都不問，只恐捉了二喬，可見措大不識好惡」。清人沈德潛雖然承認杜牧的絕句「遠韻遠神」，但對〈赤壁〉的看法和許同出一轍，認為此乃「輕薄少年語」。

相較而言，反對許論斷的聲音更多一點。宋朝、明朝已有人為此詩辯護，到了清代更是擁護如潮，吳喬評賞此詩「用意隱然，最為得體」；賀貽孫稱讚它「風華蘊藉，增人百感，正風人巧於立言處」；連一度非常欣賞許論詩的紀昀也認為許氏此解有失杜牧之本意。到了近代，劉永濟的點評更加清晰明瞭：「大抵詩人每喜以一瑣細事來指點大事。即如此詩，二喬不曾被捉去，固是一小事，然而孫氏霸權，決於此戰，正與此小事有關。家國不保，二喬又何能安然無恙？二喬未被捉去，則家國鞏固可知。寫二喬正是寫國家大事。且以二喬立意，可以增加詩之情趣。」以小見大，旁敲側擊，才能夠引人深思，如果真如許所說大談社稷存亡，那將失卻多少韻味和情趣！

正因為歷來爭論熱烈，所以這首詩在現當選本中的入選率有所提升，文學史上也為其留有一席，由此可見，有沒有話題可談，也是一首佳作揚名的重要契機。

赤壁圖（局部）

唐詩排行榜

第40名

黃鶴樓送孟浩然之廣陵[1]

送別詩之祖，情意悠渺，可想不可說。
（周敬、周珽《唐詩選脈會通評林》）

李白

【排行指標】

古代選本入選次數：八　在一〇〇篇中排名：四五
現代選本入選次數：二三　在一〇〇篇中排名：三三
歷代評點次數：一七　在一〇〇篇中排名：四六
當代研究文章篇數：三　在一〇〇篇中排名：四一
文學史錄入次數：四　在一〇〇篇中排名：六四
網路連結文章篇數：一三五六〇〇　在一〇〇篇中排名：二三
綜合分值：〇．四六〇一　**總排名：四〇**

故人西辭黃鶴樓，
煙花三月下揚州②。
孤帆遠影碧空盡，
惟見長江天際流。

【注釋】
①廣陵：即揚州。
②煙花：指豔麗的春景。下：順流東下。武昌位於揚州之西。

解讀

李白曾因崔顥的〈黃鶴樓〉擱筆而去，但〈黃鶴樓送孟浩然之廣陵〉仍為他留下了不朽的盛名。今天，當人們登樓臨江時，嘴角不自覺吟出的還是李白的「故人西辭黃鶴樓」。

有過江行經歷的人大概都有這樣的體會，行船之人在順流而下時感受到的可能是「兩岸青山相對出」的江景和「輕舟已過萬重山」的速度，但從送別之人極高極遠的視角來看，本來疾速的行船也只是漸漸地變遠、縮小。以黃鶴樓之高，憑眺長江之遠，孟浩然的船帆要經過多久才能從李白的視線中

消失，真是「可想不可說」。行船已消失於天際，多情的詩人仍佇立凝望，清人吳烶說得好：「孤帆遠影，以目送也，長江天際，以心送也。」李白對孟浩然的情意，遠非普通友誼可比。李白出蜀時，年長他十多歲的孟浩然早已憑「微雲淡河漢，疏雨滴梧桐」一聯名動京師，但孟更鍾情於山水，蕭散疏闊，胸懷灑脫，這與李白希望自己功成名就後「泛五湖，戲滄州」的人生理想頗為相像。「吾愛孟夫子，風流天下聞。紅顏棄軒冕，白首臥松雲。」此詩就道出了李白對孟浩然的情意，對李白來講，孟浩然不僅是前輩，是友人，更是一種理想的化身。

在古代，入選它的選本多集中在明清兩代，詩評者或稱其為「送別詩之祖」、或贊其「語近情遙」、「真仙筆也」。二十世紀以來，它的入選率有所提高，成為李白七絕的代表作之一。

孤帆遠影碧空盡，惟見長江天際流。

唐詩排行榜

第41名　旅夜書懷

杜甫

看他眼中但見星垂、月湧，不見平野、大江；心頭但為平野、大江，不為星垂、月湧。千錘萬煉，成此奇句，使人讀之，咄咄乎怪事矣！

（金聖歎《杜詩解》）

【排行指標】

古代選本入選次數：一〇	在一〇〇篇中排名：二六
現代選本入選次數：一四	在一〇〇篇中排名：七七
歷代評點次數：二〇	在一〇〇篇中排名：二九
當代研究文章篇數：二	在一〇〇篇中排名：五三
文學史錄入次數：五	在一〇〇篇中排名：五一
網路連結文章篇數：六二四〇〇	在一〇〇篇中排名：六〇
綜合分值：〇・四五三三	**總排名：四一**

細草微風岸，危檣獨夜舟①。
星垂平野闊，月湧大江流。
名豈文章著？官應老病休。
飄飄何所似？天地一沙鷗。

【注釋】
①危：高。檣：船上的桅杆。

解讀

如果要為晚年的杜甫作一幅畫，那麼「飄飄何所似？天地一沙鷗」是再合適不過的詩意畫。代宗永泰元年（七六五）四月，嚴武病卒，杜甫失去依靠，五年多來的蜀中生活自此畫上句號，遂於五月攜家乘舟離開成都。此時的杜甫已是疾病纏身，風燭殘年，〈旅夜書懷〉就是詩人旅途漂泊、孤立無依的真實寫照。明代周敬評價這首詩：「寫景妙，傳情更妙。」其刻畫旅夜之景，著重於遠近對比，大小相襯。一起句便以「細草」、「微風」、「危檣」、「獨舟」勾勒出孤旅情狀，但就在這極淒苦、極清冷之際，詩人卻突然吟出了「星垂平野闊，月湧大江流」這極開闊、極雄渾的千古名句。

聯繫王維的「大漠孤煙直，長河落日圓」和李白的「山隨平野盡，江入大荒流」兩詩，對杜甫這兩句詩當有更深的體會。三詩興象皆大，煉字俱工，王詩「直」、「圓」看似平常卻韻味深厚；李詩「隨」、「入」貼切山形、水流；杜詩「垂」、「湧」則推陳出新，新奇非常。從句式來看，杜受李的影響更為明顯，但變地上之「山」、「江」為天際之「星」、「月」，更「盡」為「闊」，眼界極於天地，胸次大而無形，所以胡應麟稱太白雖「壯語」，但杜詩「骨力過之」。王、杜二詩，都勾畫出天際相接之景，但王詩二句可以各自獨立，杜詩則互文生義；王詩之情形常人可見，但其用字常人道不出，杜詩之情形既非尋常心胸能感知，其用字更非常人可想可道；兩詩均為旅途寫照，但王詩為出塞而作，情豪景

飄飄何所似？
天地一沙鷗。

闊，屬於寫作的順勢心理，杜甫則亂世飄零，能於悲戚情境中展開襟懷，抒寫闊景，如此逆勢心理在創作中更加難得。

頷聯轉入議論，「名豈文章著」，體現了老杜人生價值的取向。儒家的「三不朽」以「立德」為首，「立言」殿後，所以儘管曹丕說過「文章經國之大業，不朽之盛事」的話，但歷來以「修身齊家治國平天下」為人生理想的儒士莫不更加認可曹植的話：「戮力上國，流惠下民，建永世之業，流金石之功，豈徒以翰墨為勳績，辭賦為君子哉？」辛棄疾如此，陸游如此，「詩聖」杜甫亦如此。「文章之名」於杜甫不足為重，一生不能釋懷的「天下之心」或許才是「詩聖」的真正涵義。「官應老病休」既是寫實，又是牢騷，既有嗟歎，又有自嘲。孟浩然曾曰「不才明主棄，多病故人疏」，老杜眼見所謂的「明主」玄宗和「中興之主」肅宗雙雙入土，他不是被「棄」，實在是「明主」自身也不能挽狂瀾於既倒而自棄於世；故人並未疏遠他，實在是亂離之中親朋「難」為字，「訪舊半為鬼」，只有他自身一介「腐儒」，仍空懷理想，飄零於世，像天地間飛來飛去的沙鷗一般，孤苦、彷徨，卻仍然不肯、不忍落地墮俗，隨波逐流。始終如一的素志、高潔深沉的情懷才是老杜最閃光、也最動人的地方。

〈旅夜書懷〉在古代的入選率極高，和後期的〈登岳陽樓〉都是古代選家不會漏選的名作。但是二十世紀以來，它的入選率大不如〈登岳陽樓〉，也不及杜甫的記事樂府和七言律詩，〈旅夜書懷〉是杜詩中不可輕視的篇章，如此現狀似應得到糾正。

唐詩排行榜

第42名　馬嵬

李商隱

逐層逆敘，勢極錯綜。「此生休」三字倏然落下，非杜詩無此筆力。（高士奇輯，何焯評《唐三體詩評》）

【排行指標】

古代選本入選次數：一〇　在一〇〇篇中排名：二六

現代選本入選次數：一五　在一〇〇篇中排名：七四

歷代評點次數：一八　在一〇〇篇中排名：三九

當代研究文章篇數：三　在一〇〇篇中排名：四一

文學史錄入次數：四　在一〇〇篇中排名：六四

網路連結文章篇數：三七六〇〇　在一〇〇篇中排名：七四

綜合分值：〇．四四九九　總排名：四二

海外徒聞更九州，他生未卜此生休。
空聞虎旅傳宵柝①，無復雞人報曉籌②。
此日六軍同駐馬，當時七夕笑牽牛。
如何四紀為天子③，不及盧家有莫愁④。

【注釋】
①虎旅：指禁軍。宵柝：夜間巡邏報警的梆子。
②雞人：皇宮中負責報告時間的人，到了雞叫時，向宮中報曉。
③四紀：古代以十二年為一紀，唐玄宗在位四十五年，將近四紀。
④莫愁：古代女子名，洛陽人，後嫁盧家為婦。此句諷刺唐玄宗身為帝王，反而不如民間夫婦能夠白頭相守。

解讀

歷來以明皇和楊妃之戀為素材的作品，前人論述多歸罪貴妃，斥其禍國。李商隱的〈馬嵬〉詩卻別出心裁，自成機杼，它一起言就否決了方士蓬萊求仙的徒勞和虛無，又選取極富對比和反諷的兩組畫面，以揭示「此生情休」的既成事實。落句不言妃子，而將諷刺的矛頭直指帝王，諷刺其以天子之身竟不能庇一女子，反不如民間夫婦，真是可歎可悲至極。如此論調敢發前人所未發，警醒非常。這首詩歷來佳評不絕，除深刻的主旨外，奪人的起勢和工極的對偶也堪稱典範。它在古代選本中的入選率非常高，共有十種選本入選，不僅創下了李詩在古代選本中的入選之冠，而且遠遠超過白居易〈長恨歌〉的入選次數，可見古代選家對它何其鍾愛。但現當代以後選家對這首詩的熱情大不如前，它在選本、文學史和學界的影響，遠遠不及李商隱的「無題」詩，也再難與〈長恨歌〉相提並論。

華清出浴圖

唐詩排行榜

第43名

和晉陵陸丞早春遊望

意起筆起，意止筆止，真自蘇、李得來，不更問津建安。看他一結，卻有無限。（王夫之《唐詩評選》）

杜審言

【排行指標】

古代選本入選次數：一一　在一〇〇篇中排名：一六

現代選本入選次數：一五　在一〇〇篇中排名：七四

歷代評點次數：一五　在一〇〇篇中排名：五九

當代研究文章篇數：一　在一〇〇篇中排名：六二

文學史錄入次數：五　在一〇〇篇中排名：五一

網路連結文章篇數：四〇七九　在一〇〇篇中排名：九八

綜合分值：〇・四四八八　總排名：四三

獨有宦遊人，偏驚物候新①。
雲霞出海曙，梅柳渡江春。
淑氣催黃鳥②，晴光轉綠蘋③。
忽聞歌古調④，歸思欲沾襟。

【注釋】
①物候新：由四季景物的不同反映出季節的變化，這裡指春天來臨。
②淑氣：溫暖的氣候。
③蘋：一種生在淺水中的小草。
④古調：這裡指陸丞的詩。〈早春遊望〉是陸丞原詩的題目，杜審言作此詩和之。

解讀

今天的文學史在提到杜審言時，一稱其為「文章四友」之一，二稱之為詩聖「杜甫」之祖。這兩個標籤大抵以後者更為出名。關於他的詩歌，今人卻了解不深。審言其人其實非常自負，《唐才子傳》稱他「恃高傲才世見疾」，他不僅多次大放厥詞，凌轢同輩，甚至對屈原、宋玉都不屑一顧，如此鮮明的個性、驚世的言語使他在當時成為不折不扣的「話題人物」。他的五律也曾得到許學夷的極力稱賞，許在《詩源辨體》中說：「審言較沈、宋復稱俊逸，而體自整栗，語自雄麗，其氣象風格自在，亦是律詩正宗。」後人談論五律，多言及沈、宋，而不提審言，是許學夷十分不滿意的。

這首〈和晉陵陸丞早春遊望〉是杜審言最負盛名的一首五律，它妙在起句有警拔之氣，體物有用字之妙，能以實字煉意，以虛字寫情，其布局謀篇、聲調格律亦可圈可點。「雲霞出海曙，梅柳渡江春」一聯因傳南國早春之神而被後世稱為名句。「出」、「渡」、「催」、「轉」等實字是煉就了詩之「骨」，「獨」、「偏」、「忽」、「欲」等虛字，包蘊了詩之「氣」。這雖然是一首唱和詩，但作者能將異鄉人的宦遊之情融於對早春的細微體會中，不同於一般的枯燥應景之作。這首詩在明清兩代都獲得很高的評價，選家也紛紛投以關注。但是到了現當代，杜審言的綜合影響力明顯下降，許多文學史都只是對其一筆帶過，所以〈和晉陵陸丞早春遊望〉一詩的入選率比在古代降低不少，專業學者們也很少將研究的目光投向它。有時候名篇可以為詩人挽回一些地位，但有時候詩人的綜合影響力下降，也會妨礙名篇的流傳，名家和名篇之間的關係，也有微妙的一面。

雲霞出海曙，
梅柳渡江春。

唐詩排行榜

第44名　蜀相①　杜甫

邵子湘云：牢壯渾勁，此為七律正宗。自始至終，一生功業心事，只用四語括盡（後四句）。俞犀月云：真正痛快激昂，八句詩便抵一篇絕大文字。

（楊倫《杜詩鏡銓》）

【排行指標】

古代選本入選次數：四　在一〇〇篇中排名：八九

現代選本入選次數：二三　在一〇〇篇中排名：三三

歷代評點次數：二六　在一〇〇篇中排名：五

當代研究文章篇數：一〇　在一〇〇篇中排名：一七

文學史錄入次數：一　在一〇〇篇中排名：九五

網路連結文章篇數：一〇八四〇〇　在一〇〇篇中排名：三五

綜合分值：〇．四四七二　**總排名：四四**

丞相祠堂何處尋？錦官城外柏森森②。
映階碧草自春色，隔葉黃鸝空好音。
三顧頻繁天下計③，兩朝開濟老臣心④。
出師未捷身先死⑤，長使英雄淚滿襟。

【注釋】
①蜀相：指諸葛亮。
②森森：樹木茂盛繁密的樣子。
③三顧：指劉備三顧茅廬，請諸葛亮出山事。
④兩朝開濟：指幫助劉備開國和輔佐劉禪當政。
⑤出師未捷：指北定中原，興復漢室，還於舊都的理想未能實現。

解讀

諸葛亮是杜甫一生最崇拜的歷史人物之一，尤其是當他年近半百入蜀之後和滯留夔州之際，頻頻以孔明入詩，詠歎不絕，正方回所謂「子美流落劍南，拳拳於武侯不忘」。〈蜀相〉是杜甫初至成都後拜謁武侯祠的一首七律，詩人從尋覓古跡寫起，前四句寫武侯祠之景，引起後四句對孔明的議論。「三顧頻繁天下計，兩朝開濟老臣心」兩句容量極大，選取兩典型事例，一具體而微，一宏觀博大，將孔明之雄才大略和忠君之德凝練地概括出來。最後一聯是全詩的情感高潮。孔明功蓋一世，卻未能匡復漢室，最終因過度勞累病死於軍中，這樣的結局難道不令天下英雄為之扼腕歎息麼？其實杜甫亦知漢家命運並非孔明可以扭轉，他後來也說：「運移漢祚終難復，志決身殲軍務勞。」孔明的「有才無命」，才是他一生悲劇的根源，才是「英雄淚滿巾」的遺恨所在。「身先死」的「先」字值得品味，彷彿後來歷史真有「王師北定中原日」的那天，這就加重了遺恨的力度，言已盡而「恨」仍無窮。

〈蜀相〉偏重詠懷，寫景清麗，對仗工整，情感動人，在後世有「七律正宗」之稱。但這首詩在古代的入選率並不高，到了二十世紀以後才被廣泛選入選本。遺憾的是，文學史教材對這首詩仍然比較冷落。〈蜀相〉在杜甫十七首入圍詩歌中排名第六。除〈蜀相〉之外，杜甫還有五絕〈八陣圖〉、七古〈古柏行〉和七律〈詠懷古跡〉之五，可與〈蜀相〉並讀。

三顧頻繁天下計，兩朝開濟老臣心。

唐詩排行榜

第45名　望薊門①

祖詠

壯健之氣，直欲與衛、霍同出塞上。

（桂天祥《批點唐詩正聲》）

【排行指標】

古代選本入選次數：八　在一〇〇篇中排名：四五
現代選本入選次數：一三　在一〇〇篇中排名：七九
歷代評點次數：二六　在一〇〇篇中排名：五
當代研究文章篇數：一　在一〇〇篇中排名：六二
文學史錄入次數：二　在一〇〇篇中排名：八七
網路連結文章篇數：四三二〇〇　在一〇〇篇中排名：六八
綜合分值：〇・四四六一　總排名：四五

燕台一去客心驚②，笳鼓喧喧漢將營。
萬里寒光生積雪，三邊曙色動危旌③，
沙場烽火侵胡月，海畔雲山擁薊城。
少小雖非投筆吏④，論功還欲請長纓⑤。

【注釋】

①薊門：薊門關。在今河北境內。
②燕台：戰國時燕昭王所築的台，指燕地。
③三邊：漢幽、并、涼三州，後泛指邊疆。危旌：高掛的旗幟。
④投筆吏：指漢人班超，投筆從軍，以功封定遠侯。
⑤請長纓：主動請求從軍報國。漢時書生終軍曾向漢武帝請發長纓，縛番王來朝，立下奇功。

解讀

祖詠在盛唐算不上詩壇大家，存詩量不多，其生平資料也不夠翔實。但就是這位在文學史幾乎不被提起的詩人，卻有兩首詩歌榜上有名。排在前面的這首〈薊門行〉一般讀者可能不很熟悉，但對它的尾聯一定不會感到陌生。「少小雖非投筆吏，論功還須請長纓」，常被人們和王翰的「醉臥沙場君莫笑」、王昌齡的「不破樓蘭終不還」等名句並舉，標榜為盛唐邊塞詩昂揚奮進的精神代表。明人桂天祥曰：「壯健之氣，直欲與衛、霍同出塞上。」清代唐汝詢、胡以梅等人也都稱其是「盛唐格調」、「盛唐正聲」。〈望薊門〉是祖詠現存詩歌中被評點次數最多的一首詩，也是古代選家頻頻入選的作品，歷代選評家對它的賞識可見一斑。但是到了現當代，由於祖詠其人受到的關注十分微弱，所以他詩歌的入選率也隨之下降，與這首〈望薊門〉有關的專業論文也僅有一篇。文學史很多時候對祖詠並不提及，即使有所提及，也大都是將其作為山水詩人一帶而過。這首詩能夠出現在本排行榜中，主要依賴於它在古代的影響力。

唐詩排行榜

第46名　古意呈補闕喬知之①

高古渾厚，絕不似唐人所為。三、四迴出常度，結更雄厚深沉。
（陸時雍《唐詩鏡》）

沈佺期

【排行指標】

古代選本入選次數：七　在一〇〇篇中排名：五八
現代選本入選次數：二〇　在一〇〇篇中排名：五八
歷代評點次數：一九　在一〇〇篇中排名：三五
當代研究文章篇數：〇　在一〇〇篇中排名：七七
文學史錄入次數：六　在一〇〇篇中排名：四二
網路連結文章篇數：二三六〇　在一〇〇篇中排名：一〇〇

綜合分值：〇．四四五五　總排名：四六

盧家少婦鬱金堂②，海燕雙棲玳瑁梁。
九月寒砧催木葉，十年征戍憶遼陽。
白狼河北音書斷③，丹鳳城南秋夜長④。
誰為含愁獨不見，更教明月照流黃⑤。

【注釋】

①題目又作〈獨不見〉。

②「盧家」句：用蕭衍「河中之水向東流，洛陽女兒名莫愁。……十五嫁為盧家婦，十六生兒字阿侯。盧家蘭室桂為梁，中有鬱金蘇合香」詩意。

③白狼河：即今遼寧境內的大凌河。

④丹鳳城：因秦穆公女吹簫，鳳降其城，故名。後為京城別稱。

⑤流黃：此處指帷帳。

解讀

古今說詩者談起沈佺期的〈獨不見〉時，都迴避不開崔顥的〈黃鶴樓〉。宋代著名詩歌理論家嚴羽曾推〈黃鶴樓〉為「唐人七律第一」，而明代「前七子」的領袖何景明卻獨自標榜〈獨不見〉方可稱冠。由此導致了沈詩和崔詩在後世的優劣之爭。明代的胡應麟和胡震亨兩人，一謂其「起句千古驪珠，結語幾成蛇足」，一謂其「六朝樂府變聲，非律詩正格」，總之對沈詩頗有微詞，認為其難稱「第一」。而清代的幾位大詩評家卻都力挺沈詩，如沈德潛稱其「骨高、氣高、色澤情韻俱高」，方東樹則稱它「曲折婉圓轉，如彈丸脫手，遠包齊梁，高振唐音」，王夫之更是對何景明做出隔代回應，稱〈獨不見〉為「古今絕唱」。實際上，崔詩、沈詩各有所長，沈詩由樂府化出，崔詩則半古半律，二者雖然都不是律詩的正格，但各有令人稱賞處。李白、嚴羽的推崇使〈黃鶴樓〉大放異彩，何景明敢於打破權威，獨標沈詩，亦極大提高了〈獨不見〉的受關注度。

若對比二詩的各項資料，便可看出〈獨不見〉的知名度和影響力難敵〈黃鶴樓〉。入選前者的古代選本只有七種，而入選後者的則高達十七種，二十世紀以來前者的入選率雖有所增加，但仍低於後者。〈獨不見〉的歷代評點資料也只有〈黃鶴樓〉的一半，這些都導致沈佺期這首七律僅位於排行榜第四十六名。它之所以能夠為今天的讀者所知，除了其自身的藝術魅力之外，與何景明的標榜有斬不斷的關係。當然，如果沒有與〈黃鶴樓〉高下之爭的這段「公案」，〈獨不見〉恐怕早已被歷史淡忘了。可見名作的誕生，需要必然性，也有不少偶然性。

九月寒砧催木葉，十年征戍憶遼陽。

唐詩排行榜

第47名　獨坐敬亭山①

李白

白七言絕，佳；而五言絕，尤佳。此作於五言絕中，尤其佳者也。（徐增《而菴說唐詩》）

【排行指標】

古代選本入選次數：九　在一〇〇篇中排名：三八
現代選本入選次數：一四　在一〇〇篇中排名：七七
歷代評點次數：二三　在一〇〇篇中排名：二〇
當代研究文章篇數：〇　在一〇〇篇中排名：七七
文學史錄入次數：四　在一〇〇篇中排名：六四
網路連結文章篇數：六八三〇〇　在一〇〇篇中排名：五七
綜合分值：〇．四四四九　總排名：四七

眾鳥高飛盡，
孤雲獨去閑。
相看兩不厭②，
只有敬亭山。

【注釋】
①敬亭山：在今安徽宣城北。《江南通志》卷一六：「（敬亭山）古名昭亭，東臨宛、句二水，南俯城，煙市風帆，極目如畫。」
②厭：滿足。

解讀

這是李白的一首山水小絕。與〈蜀道難〉和〈夢遊天姥吟留別〉等長篇七古的奇譎瑰麗、崢嶸氣象相比，〈獨坐敬亭山〉則寫景淡雅明麗，情調悠閒自得。如跟王維的輞川絕句相比，便可以看出，這淡雅明麗的寫景中包含著詩人孤獨的情懷，而瀟灑閒適的情調中也暗湧出一腔桀驁之氣，與王維恬淡安適的心境大有不同。它與後來柳宗元的〈江雪〉更加神似。在寫景方面，白詩用鳥飛雲去表現敬亭山的高遠、清曠，柳詩同樣用鳥飛徑滅狀出雪山的冥浩、孤寂。李白對坐看山，柳州獨釣寒江，二人在詩的後半首都塑造了一個「孤獨的自我」，而這「孤獨」又都是以不屈為骨，以傲世為氣。不同的是，李白以山為友，以「相看」寫「獨」，他的孤獨感更加飄逸、疏宕，而柳州則將整個世界排拒於內心之外，以「獨釣」寫「獨」，他的孤獨感便更加倔強、逼仄。兩人稟性不同，選字用音也有差別。白詩「閑」、「山」的平聲韻給人悠長之感，柳詩「滅」、「雪」的入聲韻給人狠重之氣。這樣兩相對比，或許可以更好地把握李白其人其詩的氣質和精神。

應該說，〈獨坐敬亭山〉得到了歷代評論家的一致讚賞，沈德潛稱其「傳獨坐之神」。此外，「相看兩不厭，只有敬亭山」的詩意還被宋代大詞人辛棄疾化用，寫出了「我見青山多嫵媚，料青山，見我應如是」的絕佳詞句。這首詩在古代有九種選本入選，這一成績和〈靜夜思〉等量，都是李白五絕入選率最高的作品。但是二十世紀以來的入選率有所下降，所以不如〈靜夜思〉的聲名遠播。於是，它的綜合名次位於李白詩歌的第五位。

相看兩不厭，只有敬亭山。

唐詩排行榜

第48名

不說我想他，卻說他想我，加一倍淒涼。（張謙宜《繭齋詩談》）

九月九日憶山東兄弟①

王維

【排行指標】

古代選本入選次數：一一　在一〇〇篇中排名：一六
現代選本入選次數：一六　在一〇〇篇中排名：六八
歷代評點次數：一六　在一〇〇篇中排名：四九
當代研究文章篇數：一　在一〇〇篇中排名：六二
文學史錄入次數：三　在一〇〇篇中排名：七六
網路連結文章篇數：一一八七〇〇　在一〇〇篇中排名：三一
綜合分值：〇．四四三八　總排名：四八

獨在異鄉為異客，
每逢佳節倍思親。
遙知兄弟登高處，
遍插茱萸少一人②。

【注釋】

①詩題下原注：「時年十七。」當為王維少年時代的作品。山東，指華山以東（今山西），王維的家鄉就在這一帶。

②茱萸：又名越椒，一種香氣濃烈的植物，傳說重陽節插配茱萸，登高飲菊花酒，可避災。

解讀

七絕篇幅短小，直敘容易寡味，騰挪才會生姿。王維這首重陽節懷親之作，既從我處寫思親之情，又從兄弟處寫念我之意，親情在我和兄弟之間往回流轉，言簡意長，感人至深。首句不避重疊，「異」字兩出，聲調直厲，強化了詩人他鄉為客的孤獨感、生疏感。次句緣於人們「逢節思親」的普遍感受，但嵌入「每」、「倍」兩個程度副詞，說明詩人無時不思親念故，到了佳節尤其敏感，「每逢佳節倍思親」超越時空，成為世世代代傳誦不衰的詩句。後兩句詩人的思緒飛回到故鄉，想當年每逢重陽，兄弟們結伴登高，插配茱萸，而今年卻唯獨少了我的身影。同時不同地，一片情相通。後人有謂王詩出於「〈陟岵〉之思」，其實人之常情，自然流露，又何必非學《詩經》才有。杜甫詩：「今夜鄜州月，閨中只獨看。」白居易詩：「想得家中夜深坐，還應說著遠行人。」皆是從對方著筆的佳構。王維這首七絕不僅設想新穎，更重要的是以情感真摯動人，所以這首少年之作的分量一點也不輕。

這首詩被古代選本多次選入，僅在清代就有七種入選，尤其是借家喻戶曉的《唐詩三百首》的推廣，更使得它聲名遠揚。不過相比之下，它在近現代的受關注程度有所下降，這是該詩僅僅名列排行榜第四十八名的原因所在。雖然現代選本、文學史不常提及它，但很多兒童從小都能背誦它，它和〈靜夜思〉一樣，在許多遊子、華僑心中永遠占有特殊的位置，這些都將延續它作為經典的生命力。

遙知兄弟登高處，
遍插茱萸少一人。

唐詩排行榜

第49名　夢遊天姥吟留別①

〈夢遊天姥吟〉胸次皆煙霞雲石，無分毫塵濁，別是一副言語，故特為難道。

（桂天祥《批點唐詩正聲》）

李白

【排行指標】

古代選本入選次數：四　在一〇〇篇中排名：八九

現代選本入選次數：二七　在一〇〇篇中排名：八

歷代評點次數：一三　在一〇〇篇中排名：七五

當代研究文章篇數：二三　在一〇〇篇中排名：六

文學史錄入次數：九　在一〇〇篇中排名：一

網路連結文章篇數：一四三六〇〇　在一〇〇篇中排名：一八

綜合分值：〇．四四〇〇　總排名：四九

海客談瀛洲②，煙濤微茫信難求。
越人語天姥，雲霓明滅或可睹。
天姥連天向天橫，勢拔五嶽掩赤城③。
天台四萬八千丈④，對此欲倒東南傾。
我欲因之夢吳越，一夜飛度鏡湖月⑤。
湖月照我影，送我至剡溪⑥。
謝公宿處今尚在⑦，淥水蕩漾清猿啼⑧，
腳著謝公屐⑨，身登青雲梯⑩。
半壁見海日，空中聞天雞⑪。
千岩萬轉路不定，迷花倚石忽已暝。
熊咆龍吟殷岩泉⑫，栗深林兮驚層巔。
雲青青兮欲雨，水澹澹兮生煙⑬。
列缺霹靂⑭，丘巒崩摧。
洞天石扉，訇然中開⑮。
青冥浩蕩不見底⑯，日月照耀金銀台⑰。
霓為衣兮風為馬，雲之君兮紛紛而來下⑱。
虎鼓瑟兮鸞回車，仙之人兮列如麻。

【注釋】

①詩題又為〈夢遊天姥山別東魯諸公〉等。天姥，天姥山，在今浙江新昌東，東接天台山。
②瀛洲：傳說中的仙山。
③赤城：山名，為天台山南門，土色皆赤。
④天台：山名。
⑤鏡湖：又名鑑湖，在今浙江紹興南。
⑥剡溪：水名。
⑦謝公：指謝靈運，東晉末年至劉宋初年詩人。
⑧淥水：清水。
⑨謝公屐：指謝靈運游山時穿的一種特製木鞋，鞋底下安著活動的鋸齒，上山時抽去前齒，下山時抽去後齒。
⑩青雲梯：形容高聳入雲的山路。
⑪天雞：《述異記》卷下：「東南有桃都山，上有大樹名曰桃都，枝相去三千里，上有天雞。日初出照此木，天雞則鳴，天下之雞皆隨之鳴。」
⑫殷：這裡作動詞，震響。
⑬澹澹：水波動盪貌。
⑭列缺：閃電。
⑮訇然：形容聲音很大。

忽魂悸以魄動，怳驚起而長嗟⑲。
惟覺時之枕席，失向來之煙霞⑳。
世間行樂亦如此，古來萬事東流水。
別君去兮何時還？
且放白鹿青崖間，須行即騎訪名山。
安能摧眉折腰事權貴㉑，使我不得開心顏！

⑯青冥：青天。
⑰金銀台：神仙所居之處。《史記．封禪書》載：蓬萊仙境「黃金銀為宮闕」。
⑱雲之君：指乘風雲而降的仙人。
⑲怳：猛然。
⑳向來：剛才。
㉑摧眉：低頭。折腰：彎腰，委屈自己。陶淵明曾歎：「吾不能為五斗米折腰，拳拳事鄉里小人邪？」

解讀

〈夢遊天姥吟留別〉是一首奇詩。它記夢而落筆於世間，遊仙卻並非要尋求長生，想像奇特但並非全是虛托。從詩境來看，它「恍恍惚惚，奇奇幻幻」，但「詩境雖奇，脈理極細」；從句式來看，雖句法、音節極其變化，「然實自然入拍，非任意參差」。它的浪漫主義想像和誇張的手法將人們帶入夢幻之境，但其中又融入了詩人對名山大川壯麗之景的真實感受。亦幻亦真，虛實萬變，跌宕起伏堪比〈蜀道難〉，恍惚迷離比肩〈遠別離〉，這首詩是體現太白飄逸之風的典型篇章。落句「安能摧眉折腰事權貴，使我不得開心顏」，橫空而來，戛然而止，突兀非常，卻耐人尋味。

李白長安三年，看似享盡尊榮，實則一介詞臣，但他豪蕩不羈、恃才放曠的個性難容於廊廟之下，於是，天寶三載（七四四）被玄宗賜金放還。離開長安後，詩人曾和杜甫、高適等人同遊梁宋，排遣愁緒。在東魯的家中生活過一段時間，終究無處安放飛揚的靈魂，遂決定再次辭家漫遊。〈夢遊天姥吟留別〉中上天入地的夢境是詩人心靈的躁動，也是抒泄心中長期鬱積的愁緒。了解了這樣的背景，便可知這不是一首逞才為景的詩篇，若只以華麗的辭藻、豐富的想像嘉許它，便體察不到詩人的深意。

〈夢遊天姥吟留別〉在古代的入選率並不高，只有四種選本入選，和〈遠別離〉、〈蜀道難〉差不多，但是

天姥連天向天橫，勢拔五嶽掩赤城。

二十世紀以來，它的入選率迅速攀升，不僅遠遠超過〈遠別離〉，甚至比同樣迅速拔起的〈蜀道難〉更勝一籌，一躍成為李白詩歌在選本中的入選之冠。除選本的大量選介外，〈夢遊天姥吟留別〉還是高校文學史教材中不會漏掉的篇目，甚至在許多中學語文教材中，也能時常看到它的身影。於是，這首詩成為李白七古中最耀眼的篇章之一。

唐詩排行榜

第50名　隋宮

李商隱

此詩全以議論驅駕事實，而復出以嵌空玲瓏之筆，運以縱橫排宕之氣，無一筆呆寫，無一句實砌，斯為詠史懷史之極。
（楊逢春《唐詩繹》）

【排行指標】

古代選本入選次數：六	在一〇〇篇中排名：七三
現代選本入選次數：一七	在一〇〇篇中排名：六七
歷代評點次數：二五	在一〇〇篇中排名：一〇
當代研究文章篇數：〇	在一〇〇篇中排名：七七
文學史錄入次數：四	在一〇〇篇中排名：六四
網路連結文章篇數：二八二〇〇	在一〇〇篇中排名：八〇
綜合分值：〇．四三九六	**總排名：五〇**

紫泉宮殿鎖煙霞①，欲取蕪城作帝家②。
玉璽不緣歸日角③，錦帆應是到天涯。
於今腐草無螢火，終古垂楊有暮鴉。
地下若逢陳後主，豈宜重問後庭花④？

【注釋】

①紫泉：即紫淵，因避唐高祖名李淵諱而改。代指長安宮殿。
②蕪城，今揚州。
③日角：謂額骨中央部分隆起如日，古人附會是帝王之相。此指李淵。
④「地下」二句：傳說煬帝在江都曾夢見和陳後主相遇，席間曾請其寵妃張麗華表演〈玉樹後庭花〉舞蹈。陳後主，即南朝陳的亡國之君陳叔寶。

解讀

李商隱的詠史懷古詩，往往同題而不同體，如〈馬嵬二首〉、〈隋宮二首〉、〈南朝二首〉等，均以七律和七絕各賦一首，其中七律之作多為名篇。除居於排行榜第四十二名的〈馬嵬〉（海外徒聞更九州）外，這首〈隋宮〉亦上榜居於第五十名。〈隋宮〉以隋煬帝楊廣為題材，指出腐朽荒淫必導致國破家亡的道理，寓有深刻的歷史教訓。李商隱懷古詩有兩個特點，一是用典密實，二是長於議論。但其用典化而不泥，議論措辭深婉，言簡義豐。這首〈隋宮〉句句用典，如「玉璽不緣歸日角，錦帆應是到天涯」一聯，「玉璽歸日角」乃實，「錦帆到天涯」為虛，「不緣」二字設想大膽，「應是」二字則以「推算語，便連未有之事，一併托出」。溫庭筠亦有「十幅錦帆風力滿，連天展盡金芙蓉」的詩句，但賀裳認為：「雖竭力描寫豪奢，不及李語更能狀其無涯之欲。」落句典出《隋遺錄》，但變「夢中」為「地下」，可謂辛辣之極、沉痛之極，而「若逢」、「豈宜」等揣測的語氣，亦有四兩撥千斤之勢，平淡中極有深意。

於今腐草無螢火，終古垂楊有暮鴉。

這首詩是李商隱詠史詩的代表作之一，也是七律中的範例。王安石曾曰：「唐人知學老杜而得其藩籬，唯義山一人而已。」方回亦曰：「義山詩感事托諷，運意深曲，佳處往往逼杜。」以這首〈隋宮〉來看，頓挫沉著、深僻透徹，確有老杜之風。古今評家對該詩讚賞頗多，選家亦常青眼相加，遂多次選入選本。但是現當代文學史未給予很高的重視，專業研究論文一項亦無甚成果，導致其總體知名度不如古代。

唐詩排行榜

第51名

奉和賈至舍人早朝大明宮①

岑參最善七言，興意音律不減王維，乃盛唐宗匠。此篇頡頏王、杜，千古膾炙，貴乎皆見「早朝」二字。中間二聯分大小景，結引故實，親切條暢。

（顧璘《批點唐音》）

岑參

【排行指標】

古代選本入選次數：一二　在一〇〇篇中排名：九

現代選本入選次數：二　在一〇〇篇中排名：九九

歷代評點次數：二七　在一〇〇篇中排名：四

當代研究文章篇數：〇　在一〇〇篇中排名：七七

文學史錄入次數：〇　在一〇〇篇中排名：九七

網路連結文章篇數：三一五二　在一〇〇篇中排名：九九

綜合分值：〇．四三八三　總排名：五一

雞鳴紫陌曙光寒②，鶯囀皇州春色闌。
金闕曉鐘開萬戶，玉階仙仗擁千官③。
花迎劍珮星初落，柳拂旌旗露未乾。
獨有鳳凰池上客④，陽春一曲和皆難。

【注釋】

①賈至：唐代文學家，天寶末任中書舍人。大明宮：唐代長安的主要宮殿之一，自高宗起，唐朝的帝王們大都在大明宮居住和處理朝政。
②紫陌：京都的道路。
③仙仗：指皇帝的儀仗。
④鳳凰池：也稱鳳池，指中書省。

解讀

岑參是盛唐著名的邊塞詩人，但他在百首名篇中的第一首詩，不是今人所熟悉的那些描寫邊塞奇景的詩篇，卻是一首典重華貴、格律精嚴的宮廷奉和詩，這樣的結果多少有點令人詫異。這首奉和詩之所以能夠成為岑參的第一名篇，直接原因是歷代選家和詩評家的大力推崇。在岑參詩歌中，它是歷代點評率和古代選本中入選率最高的一首。而之所以如此受到關注，與它的「身分」大有關係。

原本這是一首唱和賈至舍人早朝詩的作品，同題唱和的還有杜甫和王維，加上賈至原作，同題之作共四首，而且都是大家手筆。所以四詩孰優孰劣便為後世詩評家們提供了一個絕佳的話題。大致認為「賈作平平」，「杜公不足驂駕」，惟岑、王二詩「力量相當」，難分軒輊。明代胡應麟也說王、岑二詩「力量相當」，但岑詩頷聯「氣勢迫促」，「遂令全篇音韻乖覺」，王詩頷聯則「高華博大」，「遂令全首改色」，總評「岑以格勝，王以調勝；岑以篇勝，王以句勝」。又有後世不少詩評家認為岑詩更勝一籌，可為第一，如明代的周敬、周珽、陸時雍、邢昉等人，清代的黃生、吳昌祺、方東樹、施補華等人。周敬甚至認為岑詩可為「唐七律壓卷」，能夠凌駕杜甫、比肩王維甚至有所超越，擁有這些讚譽，岑參這首詩自然贏得了不少選家的青睞，於是成為岑詩入選率最高的一首。

奇怪的是，二十世紀以來，這首詩幾乎在選本和文學史中銷聲匿跡了，以至於提起岑參，對這首〈奉和賈至舍人早朝大明宮〉知者寥寥。事實上，岑參的應制詩如五律〈寄左省杜拾遺〉等，在古代的入選率也很高，大大超過了今人熟悉的〈白雪歌〉、〈輪台歌〉等邊塞詩。現當代學界過分強調岑參邊塞詩的成就，而對他那些雍容典雅、渾厚持重的奉和詩、應制詩評價很低。其實，這些五、七言格律詩代表著岑參詩歌的另一面成就，今人不應如此輕視。

大明宮含元殿復原圖

唐詩排行榜

第52名　春宮怨

杜荀鶴

杜荀鶴詩鄙俚近俗，惟〈宮詞〉為唐第一。故諺云：「杜詩三百首，惟在一聯中，風暖鳥聲碎，日高花影重」是也。
（畢仲詢《幕府燕閑錄》）

【排行指標】

古代選本入選次數：一〇　在一〇〇篇中排名：二六
現代選本入選次數：六　在一〇〇篇中排名：九四
歷代評點次數：二六　在一〇〇篇中排名：五
當代研究文章篇數：〇　在一〇〇篇中排名：七七
文學史錄入次數：三　在一〇〇篇中排名：七六
網路連結文章篇數：一一〇三〇　在一〇〇篇中排名：九三
綜合分值：〇．四三七〇　總排名：五二

早被嬋娟誤①，欲妝臨鏡慵。
承恩不在貌，教妾若為容？
風暖鳥聲碎，日高花影重。
年年越溪女②，相憶采芙蓉。

【注釋】
①嬋娟：容貌美好。
②越溪女：指西施浣紗時的女伴。越溪，即若耶溪，今名平水江，在浙江紹興，是當年西施浣紗的地方，這裡借指宮女的家鄉。

解讀

「杜詩三百首，惟在一聯中，風暖鳥聲碎，日高花影重。」這是晚唐五代流行的一句俗諺。「杜」乃杜荀鶴，他的詩集《唐風集》共收詩三百餘首，但最為世人稱賞的「風暖鳥聲碎，日高花影重」一聯，出於壓卷之作〈春宮怨〉。杜荀鶴的詩歌在後世毀譽參半，或云其「詩句鄙惡」，或云其「直入風雅，亦工部之的派也」，但無論褒貶，〈春宮怨〉這首詩卻得到了歷代評選家們的一致稱讚。

頸聯是這首詩的名句，近人俞陛雲曰：「用『碎』字、『重』字，固見體物之工，更見宮女無聊，借春光以自遣，故鳥聲花影體會入微。」作為宮怨詩，這首詩最大的亮點應是頷聯。後宮佳麗三千，獨以容貌邀寵，總有色衰之時，況且擅寵之人無不工於心計、巧言令色，作者不曾道破此理，只云「承恩不在貌，教妾若為容」，便覺深婉含蓄，陸時雍稱其「善怨」，賀裳激讚此乃「千古透論」。從題面來看，這是一首宮怨詩，而其中何嘗沒有君臣之理？江盈科即曰：「君臣上下遇合處，情皆若此。」黃生亦云：「此感士不遇之作也。」

此詩體物精微，善寫怨情，而且托興深婉，《唐詩匯評》收錄有關此詩的歷代評論多達二十六條，而且它在古代選本中的入選率也很高。但是到了現當代，杜荀鶴其人其詩都不大受重視，唐詩選本不甚關注他的詩歌，文學史教材在提到他時，一般也只是提到〈山中寡婦〉、〈再經胡城縣〉這些現實主義題材的詩歌，這和王昌齡的宮怨閨情詩在現當代不如他的邊塞詩著名同出一轍。文學史觀的褊狹，會遮蔽許多名篇佳作。

承恩不在貌，教妾若為容？

唐詩排行榜

第53名　望嶽①

杜甫

〈望嶽〉詩云「齊魯青未了」，〈洞庭〉詩云「吳楚東南坼，乾坤日月浮」，語既高妙有力，而言東嶽與洞庭之大，無過於此。後來文士極力道之，終有限量，益知其不可及。

（范溫《潛溪詩眼》）

【排行指標】

古代選本入選次數：七　在一〇〇篇中排名：五八

現代選本入選次數：二三　在一〇〇篇中排名：四二

歷代評點次數：一七　在一〇〇篇中排名：四六

當代研究文章篇數：九　在一〇〇篇中排名：二六

文學史錄入次數：四　在一〇〇篇中排名：六四

網路連結文章篇數：一八〇五〇〇　在一〇〇篇中排名：一五

綜合分值：〇．四三六三　總排名：五三

岱宗夫如何②？齊魯青未了。
造化鍾神秀，陰陽割昏曉。
蕩胸生層雲，決眥入歸鳥③。
會當凌絕頂，一覽眾山小④。

【注釋】
①嶽：此指東嶽泰山，在今山東泰安城北。
②岱宗：泰山亦名岱山或岱嶽，古代以泰山為五嶽之首，諸山所宗，故又稱「岱宗」。歷代帝王凡舉行封禪大典，皆在此山。夫：發語詞，無實義。
③眥：眼角。
④「會當」二句：此處化用《孟子．盡心上》「孔子登東山而小魯，登泰山而小天下」句意。

解讀

玄宗開元二十四年（七三六），應試落第的杜甫開始了漫遊生活，此詩為他山東省親時所作。

據兩《唐書》記載，杜詩原有六十卷，但至宋代王洙編訂杜詩時僅有二十卷。早期詩篇大量散佚，現存的一千四百餘首詩，多為杜甫中後期作品。五律〈望嶽〉是杜甫現存的早期詩篇之一。杜甫生於唐玄宗登基之年，可以說是伴隨著「開元盛世」成長的。早期的他，豪邁樂觀、充滿建功立業的熱情，一心想著「致君堯舜上，再使風俗淳」。

仇兆鰲〈杜詩詳注序〉曰：「甫當開元全盛時，南遊吳越，北抵齊趙，浩然有跨八荒、凌九霄之志。」雖然杜甫寫此詩之前才經歷了應舉落榜，但詩中沒有絲毫怨艾和失落，反而充盈著勃勃的雄心和自信的情緒。他雖未實際登山，但泰山之綿延萬里、高聳入雲和靈秀所鍾，已在「望」和遙想中化為詩句。「齊魯青未了」是歷代詩評家們讚賞不已的一句，劉辰翁曰「五字雄蓋一世」，沈德潛曰「五字已盡泰山」，明代莫如忠的〈登東郡望岳樓〉詩則曰：「齊魯到今青未了，題詩誰繼杜陵人？」更道出了這五字對造化之功的永恆摹寫。中間兩聯境界開闊、煉字工確，已顯示出杜甫過人的才華，而落句擲地有聲的十字，更像是意氣風發的詩人勇攀高峰、志在建立豐功偉業的誓詞。這一聯不僅為早年杜甫昂揚意氣的狀態做了最好的注腳，也激勵著世世代代的讀

岱宗夫如何？齊魯青未了。

者不懈地追求人生理想，勇攀事業的高峰。該詩雖是杜甫少年之作，但筆力雄健，氣骨崢嶸，其才華和胸襟，令後世詠泰山之人望塵莫及。它不但得到了歷代詩評家們的眾口交譽，也是詩歌選本中的常見作品。這首詩在本排行榜中位列第五十三，是杜甫十七首入圍名篇中的第七首。除這首望泰山的〈望嶽〉外，杜甫還有兩首同題之詩，乃是望西嶽華山和南嶽衡山，分別作於中年和暮年。三詩相比，詩人之經歷和心境已發生重大變化，不可同日而語。早年的這首〈望嶽〉不僅是三首中最馳名的一首，也是杜集中最膾炙人口的名篇之一。

唐詩排行榜

第54名　賦得古原草送別①

極平淡，亦極新異，宜顧況之傾倒也。（范大士《歷代詩發》）

白居易

【排行指標】

古代選本入選次數：七　在一〇〇篇中排名：五八
現代選本入選次數：二三　在一〇〇篇中排名：三三
歷代評點次數：一六　在一〇〇篇中排名：四九
當代研究文章篇數：一　在一〇〇篇中排名：六二
文學史錄入次數：五　在一〇〇篇中排名：五一
網路連結文章篇數：七九七〇〇　在一〇〇篇中排名：五三

綜合分值：〇．四三五四　**總排名：五四**

離離原上草②，一歲一枯榮。
野火燒不盡，春風吹又生。
遠芳侵古道，晴翠接荒城。
又送王孫去，萋萋滿別情③。

【注釋】

①賦得：借古人詩句或成語命題作詩，詩題前一般都冠以「賦得」二字。

②離離：繁茂的樣子。

③「又送」二句：化用《楚辭．招隱士》：「王孫遊兮不歸，春草生兮萋萋。」

解讀

經典的背後大多有一段故事，李白〈蜀道難〉傳出賀知章「金龜換酒」的佳話，王之渙〈涼州詞〉有段「旗亭畫壁」的趣談，白居易的這首少年之作也有一則軼聞廣為流傳。相傳少年白居易曾帶著自己的詩集去拜謁大詩人顧況，顧況一看他的名字就調侃道：「長安米價很貴的，要想居住可不容易哩！」但當他翻開詩集第一頁時，未及讀完一首五律，便馬上改口讚道：「能寫出這樣的詩，在長安居住也不成問題！」令顧況對白居易刮目相看的正是這首〈賦得古原草送別〉。後來，《新唐書》又將這則軼聞收錄，極大地擴大了這首詩的知名度。

白居易的存詩數量相當多，有「詩王」之稱，所以選家在編選詩集時，對白詩的選擇範圍十分寬泛，因而詩歌的重複率不是很高。但這首〈賦得古原草送別〉被七種選本入選，「出鏡率」相對已經很高了。現當代的唐詩選本也基本不會漏收這首詩，有多達二十三種選本入選，文學史上也都會提及它。這一切固然取決於詩歌本身的藝術成就，但也與那則軼聞不無關係。名流的印可往往能夠吸引眾多選家和評家的目光，也更容易被廣大的讀者了解和喜愛。現在我們還可以從小學生的語文教材中時常見到這首詩，尤其是前四句，幾乎人人能誦。當年白居易編撰詩集時，就以這首詩作為壓卷之作，看來是很有預見的。

唐詩排行榜

第55名　逢入京使①

敘事真切，自是客中絕唱。（唐汝詢《唐詩解》）

岑參

【排行指標】

古代選本入選次數：一〇　在一〇〇篇中排名：二六

現代選本入選次數：二〇　在一〇〇篇中排名：五八

歷代評點次數：一〇　在一〇〇篇中排名：九〇

當代研究文章篇數：〇　在一〇〇篇中排名：七七

文學史錄入次數：六　在一〇〇篇中排名：四二

網路連結文章篇數：二八一〇〇　在一〇〇篇中排名：八一

綜合分值：〇・四三五四　總排名：五五

故園東望路漫漫，
雙袖龍鍾淚不乾②。
馬上相逢無紙筆，
憑君傳語報平安。

【注釋】
①入京使：回長安的使者。
②龍鍾：沾濕的意思。

解讀

岑參有長期塞外生活的經歷，雖然大多時候是出於建功立業的主動追求，但他對故鄉的留戀和對親人的思念並不因此而減淡。玄宗天寶八載（七四九），他自長安赴安西四鎮節度使高仙芝幕充任掌書記，途中遇使者入京，欲修家書使其捎回，但客途匆忙，無紙無筆，只能改傳平安口信，七絕〈逢入京使〉就是旅途中這一經歷的剪影。前兩句以詩人對故鄉的不捨之情作鋪墊，「馬上相逢無紙筆」七字一轉，直敘旅況，妙語天成，狀盡客途情景。落句「憑君傳語報平安」使全詩情感達到高潮。詩人「不報客況而報平安」，不僅僅是因為家書難修不便報告客況，更是因為遊子在外，千言萬語都不抵「平安」二字，所以「報平安」是客子對家人最好的慰藉。岑參另有〈赴北庭度隴思家〉詩曰：「隴山鸚鵡能言語，為報家人數寄書。」也表達了同樣的詩意，但遠不如「憑君傳語報平安」這七字來得自然、顯得天成。

〈逢入京使〉句短意長，和岑參雍容華貴的應制律詩、飛揚奇麗的邊塞歌行相比，它沒有刻意的布局，也沒有華麗的辭藻，它只是一味「真率」，但正是這再平凡不過的事件、再常見不過的情感，詩人用「家常話」道出，便說出了「人人胸臆中語」，沈德潛因此推為「絕唱」。所以，當岑參的應制律詩和邊塞歌行在詩歌史的評價上隨著朝代的更迭忽起忽落時，〈逢入京使〉這首小詩卻從未離開過人們的視線，至今仍在選本和文學史上保留著一定的地位，是人們經常吟誦的詩篇。

唐詩排行榜

第56名 春望

此第一等好詩，想天寶、至德以至大曆之亂，不忍讀也。
（方回《瀛奎律髓》）

杜甫

【排行指標】

古代選本入選次數：七　在一〇〇篇中排名：五八
現代選本入選次數：二四　在一〇〇篇中排名：二六
歷代評點次數：一二　在一〇〇篇中排名：八三
當代研究文章篇數：一二　在一〇〇篇中排名：一三
文學史錄入次數：五　在一〇〇篇中排名：五一
網路連結文章篇數：三〇四二〇〇　在一〇〇篇中排名：四
綜合分值：〇．四三四三　總排名：五六

國破山河在，城春草木深。
感時花濺淚，恨別鳥驚心①。
烽火連三月，家書抵萬金。
白頭搔更短，渾欲不勝簪②。

【注釋】

①「感時」二句：指詩人因感傷時事，牽掛親人，所以見花開而落淚，聞鳥鳴也心驚。一說，因為感時，花也濺淚，因為恨別，鳥也驚心。時，時局。

②渾：簡直。勝：能承受。

解讀

杜甫的許多詩歌可以當作歷史來讀，這首〈春望〉就是肅宗至德二載（七五七）三月，杜甫在淪陷的長安城中所作，真實記錄下了長安被安史叛軍洗掠一空後的春景。開篇沒有鋪墊，劈頭便是「國破山河在」，一個「破」字直擊人心，而大自然卻始終是「山形依舊枕寒流」，春風一到，草木抽芽，而一個「深」字又透出多少荒涼與衰敗！這和南宋姜夔的〈揚州慢〉有異曲同工之妙：「過春風十里，盡薺麥青青。自胡馬，窺江去後，廢池喬木，尤厭言兵。」春景與衰景對舉，更令人觸目。頷聯的修辭很新穎別致：花鳥乃無情之物，所謂「感時」、「濺淚」都只是詩人的移情而已。頸聯是這首詩最真摯動人之處，在烽火連天、歷久不絕的戰亂年代，試問還有什麼能比一封家書更值得人們期盼？平常的情感最打動人，鍾惺評頸聯雖「爛熟」，卻「入口不厭」，原因正在此。這一聯也因此成為戰亂中人們經常吟誦的兩句詩。在古代選本中，〈春望〉的入選率平平，但隨著時代推進，它越來越受到選家們的喜愛。除了文學史經常提及它以外，許多中學語文教材也常將其編入。二十世紀以它為主題的專業論文亦多達十二篇。這一切都與二十世紀前期中國社會的歷史背景有直接聯繫，它讓我們從老杜身上領略到了詩人沉痛的愛國情懷，具有深刻的教育意義。這首詩在杜甫十七首上榜詩歌中排在第八名。

唐詩排行榜

第57名

九日齊山登高①

杜牧

一句七字，寫出當時一俯一仰，無限神理。異日東坡〈後赤壁賦〉「人影在地，仰見明月」，便是一付印板也。（金聖歎《貫華堂選批唐才子詩》）

【排行指標】

古代選本入選次數：八　在一〇〇篇中排名：四五

現代選本入選次數：一一　在一〇〇篇中排名：八六

歷代評點次數：二五　在一〇〇篇中排名：一〇

當代研究文章篇數：一　在一〇〇篇中排名：六二

文學史錄入次數：四　在一〇〇篇中排名：六四

網路連結文章篇數：二七四〇〇　在一〇〇篇中排名：八三

綜合分值：〇．四三三三　總排名：五七

江涵秋影雁初飛，與客攜壺上翠微。
塵世難逢開口笑，菊花須插滿頭歸。
但將酩酊酬佳節②，不用登臨恨落暉。
古往今來只如此，牛山何必獨沾衣③。

【注釋】

①九日：九月九日重陽節。齊山：在今安徽貴池東南。

②酩酊：大醉。

③「牛山」句：《晏子春秋．內篇諫上》：「（齊）景公遊於牛山，北臨其國城而流涕曰：『若何滂滂去此而死乎？』艾孔、梁丘據皆從而泣。」牛山，在今山東淄博南。

解讀

這首詩寫於作者任池州刺史之時，詩中的客是比杜牧年長的朋友張祜，他詩名早著卻一直仕途不順，此次來訪杜牧，二人於重陽佳節登臨齊山，俯察秋水，仰觀秋雁；遠望秋山，近賞秋菊；齊飲美酒，共話人生。作者借詩勸解友人，也未嘗不是自我排解。杜牧本有「平生五色衣，願補舜衣裳」的遠大抱負，但終究只能在一些無關痛癢的職位上蹉跎歲月。讀這首詩，我們會從詩歌的用典和用詞中明顯感受到作者情感的起伏跌宕。「塵世難逢開口笑」，《莊子》：「上壽百歲，中壽八十，下壽六十，除病瘦死喪憂患，其中開口而笑者，一月之中，不過四五日而已矣。」情調壓抑；後緊補一句「菊花須插滿頭歸」，《藝文類聚》卷四引《續晉陽秋》：「陶潛嘗九月九日無酒，宅邊菊叢中摘菊盈把，坐其側，久留，見白衣至，乃王弘送酒也。即便就酌，醉而後歸。」借陶潛事典極寫清狂之態，逸興如飛，這比宋代隱逸詞人朱敦儒的「且插梅花醉洛陽」更加疏狂和熱烈；緊接著又說「酩酊大醉」，看似放達到極限，卻透出悲憤與淒涼景象；後句果然補出一個「恨」字，卻冠以奪目的「不用」二字，「只如此」三字寫出古今幾多無奈；「牛山沾衣」中又嵌入「何必」一詞，虛詞的頻繁使用透露出作者複雜矛盾的心理。作者的失落、鬱憤都在看似放達又不乏冷嘲的感慨中結束，餘味無窮。

這首詩在後世評價頗高，只首句就博得不少讚譽，清代大才子金聖歎說它「一俯一仰，無限神理」，周詠棠說它「尤畫手所不到」，潘德輿直將首句列為晚唐五七律名句中的第一等，說它「風力鬱盤」，而清末吳汝綸對其整體評價則更高：「此等詩，自杜

塵世難逢開口笑，菊花須插滿頭歸。

公外，蓋不多見，當為小杜七律中第一。」翻檢各種唐詩選本，會發現它在宋元之際的入選率很高，難怪有人說這首詩是「真正宋調之祖」。總體上看，它在現當代的影響力明顯不如古代，無論是選本的入選率，還是研究論文的關注度，或者在文學史中的地位。這首詩的經典地位，是古代評選家們奠定的，今後如何定位這首詩，令人期待。

唐詩排行榜

第58名

閨怨①

宮情閨怨作者多矣，未有如此篇與〈青樓曲〉二首，雍容渾含，明白簡易，真有雅音，絕句中之極品也。
（桂天祥《批點唐詩正聲》）

王昌齡

【排行指標】

古代選本入選次數：一〇　在一〇〇篇中排名：二六
現代選本入選次數：一八　在一〇〇篇中排名：六三
歷代評點次數：一一　在一〇〇篇中排名：八六
當代研究文章篇數：二　在一〇〇篇中排名：五三
文學史錄入次數：八　在一〇〇篇中排名：一三
網路連結文章篇數：四三一〇〇　在一〇〇篇中排名：六九

綜合分值：〇・四三二三　總排名：五八

閨中少婦不知愁，
春日凝妝上翠樓。
忽見陌頭楊柳色②，
悔教夫婿覓封侯。

【注釋】
①閨怨：古人「閨怨」之作，一般是寫少女的青春寂寞或少婦的離別相思之情。閨，女子的居室。
②陌頭：大路上。楊柳：柳諧音「留」，古人離別時有折柳相贈的習俗。

解讀

《詩經．伯兮》有詩句曰：「自伯之東，首如飛蓬。豈無膏沐？誰適為容！」但〈閨怨〉中的少婦好像並不在意「女為悅己者容」的道理，她在春光明媚之時精心打扮一番，登上翠樓賞玩春色，似有意與姹紫嫣紅媲美。直到當她瞥見「陌頭楊柳色」，眼前彷彿浮現出當年她與丈夫柳下相別時的情景。春色年年，年年春色，丈夫一去經年，自身卻煢煢孑立，眼看韶光難再，真悔當初不該勸夫辭家、覓功封侯。

唐人〈遠將歸曲〉末句云：「去願車輪遲，回思馬蹄速。但令在家相對貧，不願離家金繞身。」王昌齡取此詩意，但在布局謀篇上卻巧有安排。欲言愁，卻先以「不愁」襯托，陡轉直下，生動有致，蔣仲舒稱其「有轉折，是章法」。事實上，「少婦」若真「不知愁」，便不會因物而感，因感而「悔」。這和李白的〈靜夜思〉一樣，潛意識中的情感一經觸動，便波瀾迭起。

〈閨怨〉能於極短的篇幅中變幻章法，又透露出輕快活潑的韻律，這樣的「閨怨」彷彿只是春風裡的一點憂傷，和那些沉重淒婉、令人愁腸難遣的宮怨詩自不相同。從歷代選本選詩來看，它在古代選本中的入選率僅次於〈長信秋詞〉，超過了王昌齡的邊塞詩。但是二十世紀以來，王昌齡的邊塞詩成了他的研究熱點，宮怨閨情詩的關注度卻大幅下降，可見不同時期的接受史對於王昌齡詩的關注點自是不同。

忽見陌頭楊柳色，悔教夫婿覓封侯。

唐詩排行榜

第59名　終南別業①

行所無事，一片化機。右丞五言律有二種：一種以清遠勝，如「行到水窮處，坐看雲起時」是也；一種以雄渾勝，如「天官動將星，漢地柳條青」是也。

（沈德潛《唐詩別裁集》）

王維

【排行指標】

古代選本入選次數：一二　在一〇〇篇中排名：九

現代選本入選次數：四　在一〇〇篇中排名：九六

歷代評點次數：二一　在一〇〇篇中排名：二五

當代研究文章篇數：〇　在一〇〇篇中排名：七七

文學史錄入次數：五　在一〇〇篇中排名：五一

網路連結文章篇數：一三五五〇〇　在一〇〇篇中排名：二四

綜合分值：〇．四三一〇　總排名：五九

中歲頗好道②，晚家南山陲。
興來每獨往，勝事空自知③。
行到水窮處，坐看雲起時。
偶然值林叟④，談笑無還期⑤。

【注釋】

①終南別業：指終南山上作者的別墅。
②道：這裡指佛理。
③勝事：快意的事。
④林叟：老翁。
⑤無還期：無一定時間。

解讀

〈終南別業〉與〈終南山〉都是王維寫終南山的名作。但〈終南山〉六句寫景，落句抒懷，謀篇與杜甫的〈望嶽〉相似；〈終南別業〉則重在寫意，嵌以景句，格局與王維自己的〈酬張少府〉如出一轍。「行到水窮處，坐看雲起時」既是〈終南別業〉中唯一的景句，也是全詩意境所在，和〈酬張少府〉中「松風吹解帶，山月照彈琴」一聯，都景中藏禪，堪稱「化機」。杜甫的「水流心不競，雲在意俱遲」或可與其共讀。結尾曰「偶然值林叟，談笑無還期」，便將中年王維閒適、朗達的心境托於眼前，這比〈山居秋暝〉中「隨意春芳歇，王孫自可留」的孤高更達觀，也比〈酬張少府〉中「君問窮通理，漁歌入浦深」的意境更明朗。「談笑」的內容使人聯想起陶潛的「相見無雜言，但道桑麻長」，「無還期」又讓人浮想起王質觀棋爛柯於山中的高情神韻。〈終南別業〉表現了王維隱居終南山時恬靜的中年心境，是他山水詩中不可缺少的名篇。

〈終南別業〉在古代的入選率，僅次於〈送元二使安西〉和〈終南山〉，評點率則是王維詩作之冠。在古人眼裡它絕對堪稱王維山水詩的代表作，其影響力也在〈山居秋暝〉等詩之上。但是二十世紀以來，這首詩不僅入選率一落千丈，幾乎有淡出唐詩選本的趨勢，甚至沒有一篇研究論文與其相關。它的古今落差比〈過香積寺〉更嚴重。這其中的變遷，值得研究。

行到水窮處，坐看雲起時。

唐詩排行榜

第60名　無題

玉谿〈無題〉諸作，深情麗藻，千古無雙，讀之但覺魂搖心死，亦不能明言其所以佳也。（周詠棠《唐賢小三昧集續集》）

李商隱

【排行指標】

古代選本入選次數：二　在一〇〇篇中排名：九九
現代選本入選次數：二四　在一〇〇篇中排名：二六
歷代評點次數：一八　在一〇〇篇中排名：三九
當代研究文章篇數：一八　在一〇〇篇中排名：九
文學史錄入次數：九　在一〇〇篇中排名：一
網路連結文章篇數：二六〇六〇〇　在一〇〇篇中排名：六
綜合分值：〇．四二九一　**總排名：六〇**

相見時難別亦難，東風無力百花殘。
春蠶到死絲方盡，蠟炬成灰淚始乾。
曉鏡但愁雲鬢改①，夜吟應覺月光寒。
蓬山此去無多路②，青鳥殷勤為探看③。

【注釋】

①雲鬢：青年女子的頭髮，濃密如雲。代指青春年華。

②蓬山：即蓬萊山，傳說中的海上有三神山：蓬萊、方丈、瀛洲。這裡指思念者所在的地方。

③青鳥：神話中的鳥，是女神西王母的信使，指傳遞消息的人。

解讀

李商隱以〈無題〉為名的詩歌有近二十首，如「相見時難別亦難」、「昨夜星辰昨夜風」、「來是空言去絕蹤」、「颯颯東風細雨來」、「鳳尾香羅薄幾重」、「重幃深下莫愁堂」和「萬里風波一葉舟」等，都是七律中的名作。這還不包括許多取全詩首字為題的詩歌，如〈碧城三首〉、〈碧瓦〉、〈為有〉、〈日射〉、〈一片〉和〈玉山〉等等，它們亦是變形的無題詩。李商隱的「無題」詩中，數「解人難」的〈錦瑟〉最為著名，其次就是這首「相見時難別亦難」了。該詩的主旨雖不如〈錦瑟〉撲朔迷離，但要給出確解亦屬不易。表面上看，它似乎描寫的是戀人之間沉重的分別和別後徹骨的相思，但也有詩評家以為其乃隱喻「感士不遇」或隱曲地表達求薦之意。「春蠶到死絲方盡，蠟炬成灰淚始乾」是全詩的名句，正如蘅塘退士《唐詩三百首》所言：「一息尚存，志不稍懈，可以言情，可以喻道。」無論是言情或是喻道，這兩句詩都可以用來表現至死不渝的信念。

這首詩在後世，尤其是在清代評價頗高，被陸次雲評為「〈無題〉諸篇之冠」，主言情之說的趙臣瑗贊其為「驚天地泣鬼神」之文，與《玉台新詠》、《香奩集》等判若天壤。梅成棟在《精選七律耐吟集》中稱：「鏤心刻骨之詞，千秋情語，無出其右。」讚美之詞，無以復加。

這首〈無題〉詩在古代選本中僅入選兩種，比入選五次的〈錦瑟〉更少，但在現當代驟增至二十四種，比入選十七次的〈錦瑟〉上升得更快，而且文學史上對這首詩幾乎是全篇引用，作為〈無題〉詩的代表作來介紹。〈錦瑟〉和這首〈無題〉詩能夠進入排行榜，並取得這樣的名次，一是與歷代評家們的熱中探討有關，二是與李商隱「無題詩」在現當代的研究熱度有關。

曉鏡但愁雲鬢改，
夜吟應覺月光寒。

唐詩排行榜

第61名　江南春絕句

二十八字中寫出江南春景，真有吳道子於大同殿畫嘉陵山水手段，更恐畫不能到此耳。（宋顧樂《唐人萬首絕句選評》）

杜牧

【排行指標】

古代選本入選次數：八　在一〇〇篇中排名：四五

現代選本入選次數：二三　在一〇〇篇中排名：四二

歷代評點次數：一四　在一〇〇篇中排名：七〇

當代研究文章篇數：三　在一〇〇篇中排名：四一

文學史錄入次數：五　在一〇〇篇中排名：五一

網路連結文章篇數：四六五〇〇　在一〇〇篇中排名：六六

綜合分值：〇．四二五四　總排名：六一

千里鶯啼綠映紅，
水村山郭酒旗風。
南朝四百八十寺①，
多少樓台煙雨中。

解讀

這是杜牧又一首膾炙人口的七絕，至今還經常被小學生們背誦。它雖然只有短短四句，但呈現出來的內涵卻相當豐富。這幅「江南煙雨圖」，不僅景色秀麗，還富有聲響，清脆婉轉的鶯啼露出一片生機，翠葉映襯著紅花，春水倒映著畫船，轉過青綠的山郭，忽見一面酒旗在村頭迎風招展，使人頓時感到一陣愜意和喜悅。如此細密景物排列，不由使人想起張繼的〈楓橋夜泊〉和馬致遠的〈天淨沙．秋思〉。然而後二句的「四百八十寺」才是作者要重點展現給讀者的，他在輕快的景物描寫中忽然一筆勾勒出寺廟的飛簷翔宇，輕問一句：「多少樓台煙雨中？」是唏噓繁華的不再？還是諷刺今天的覆轍重蹈？作者並未說明，只留待讀者在煙雨中體會、深思。杜牧的懷古詩經常採用景中藏諷的手法，尤其是在樂景中藏哀情，發人深省，〈泊秦淮〉如此，本詩亦如此。

這首詩在歷史上還引發過一場穿越時空的辯論。明代楊慎認為杜牧「千里」用詞不準，遂改

【注釋】

①南朝：東晉後在建康（今南京）建都的宋、齊、梁、陳四朝合稱南朝。四百八十寺：當時的統治者都好佛，修建了大量寺院。這裡說四百八十寺，是約數。

為「十里」，清人何文煥對此激烈反對，認為杜牧詩題曰〈江南春〉，「意既廣，不得專指一處」，曰「千里」是「詩家善立題者也」。近代學者劉永濟雖然對何文煥所謂的「詩家善立題」稍有異議，但同樣認為楊慎解詩「拘泥可笑」。可見，過分執著於字面的現實意義，妨礙了詩歌的形象美感。歐陽修對「夜半鐘」和「滁州西澗」的考察和楊慎改「千里」為「十里」的做法，都引起了後世許多詩評家的不滿。但是從詩歌接受史的角度來看，不同的聲音也為詩歌帶來持久的活力。從各項指標來看，這首詩主要是靠在選本中的高入選率而進入前百名的，排名一直維持在四十名左右，文學史上也有它的一席之地，出色的寫景和巧妙的諷刺使它雅俗共賞，稱其為經典是情理之中的事。

南朝四百八十寺，多少樓台煙雨中。

唐詩排行榜

第62名　春曉

孟浩然

此古今傳誦之作，佳處在人人所常有，唯浩然能道出也。聞風雨而惜落花，不但可詩人清致，且有屈子「哀眾芳之零落」之感也。

（劉永濟《唐人絕句精華》）

【排行指標】

古代選本入選次數：七　在一〇〇篇中排名：七二
現代選本入選次數：二一　在一〇〇篇中排名：五一
歷代評點次數：一三　在一〇〇篇中排名：七五
當代研究文章篇數：六　在一〇〇篇中排名：三二
文學史錄入次數：六　在一〇〇篇中排名：四二
網路連結文章篇數：一九六五〇〇　在一〇〇篇中排名：一三

綜合分值：〇・四二一四　總排名：六二

春眠不覺曉，處處聞啼鳥。
夜來風雨聲，花落知多少。

解讀

〈春曉〉是連尚未識字的孩童都能倒背如流的一首小詩，它文字清透，並不高深，卻清淡雅致，惹人喜愛。詩人被清晨的鳥鳴從夢中喚醒，是他貪睡嗎？不是。原來是昨晚的風雨聲擾了他的睡眠，他在徹夜為院中的花兒擔心，所以天明才睡

夜來風雨聲，花落知多少。

去，可是才一醒來，就關切地念起花來，不知被風雨吹落幾何？惜春情緒在輕輕一問中流露，沒有「癡心兒女挽留春」的執著，只有一種淡淡的惋惜之情。嚴羽曾說孟浩然詩「一味妙悟而已」，如此等在夜雨中洞察春花的凋零，非僅有才力者能夠感於心並形諸於言。雖然這首小詩在古今選本中的入選率並不是很高，但它的詩意卻常在後人的詩詞中延伸：如晚唐韓偓的〈懶起〉：「昨夜三更雨，今朝一陣寒。海棠花在否？側臥捲簾看。」乃襲〈春曉〉詩意而來，宋代才女李清照的〈如夢令〉在此基礎上更為細膩、曲折地道出了惜花人的心情：「昨夜雨疏風驟。濃睡不消殘酒。試問捲簾人，卻道海棠依舊。知否？知否？應是綠肥紅瘦。」還有著名詞人辛棄疾的〈摸魚兒〉：「惜春長怕花開早，何況落紅無數。」都多少受到〈春曉〉詩意的浸潤。二十世紀，孟浩然的詩歌以〈過故人莊〉擁有的單篇論文最多，其次便是〈春曉〉，這首小兒能誦的作品受到專業研究者的如此關注，這證明它的確是一首雅俗共賞的作品。

唐詩排行榜

第63名　九日藍田崔氏莊

老杜七言律全篇可法，……〈九日〉、〈登高〉……氣象雄蓋宇宙，法律細入毫芒，自是千秋鼻祖。（胡應麟《詩藪》）

杜甫

【排行指標】

古代選本入選次數：八　在一〇〇篇中排名：四五
現代選本入選次數：四　在一〇〇篇中排名：九六
歷代評點次數：三二　在一〇〇篇中排名：二
當代研究文章篇數：〇　在一〇〇篇中排名：七七
文學史錄入次數：〇　在一〇〇篇中排名：九七
網路連結文章篇數：六〇三〇　在一〇〇篇中排名：九七
綜合分值：〇．四二〇五　總排名：六三

老去悲秋強自寬，興來今日盡君歡。
羞將短髮還吹帽①，笑倩旁人為正冠。
藍水遠從千澗落②，玉山高並兩峰寒③。
明年此會知誰健？醉把茱萸仔細看。

【注釋】
①吹帽：用「孟嘉落帽」的典故。孟嘉為桓溫參軍，九月九日，溫集群僚燕集龍山，風吹孟嘉帽落，孟嘉舉止自若。
②藍水：藍田有水，出玉石。
③玉山：即藍田山。

解讀

杜甫七律佳篇眾多，這首〈九日藍田崔氏莊〉只能算一首「過氣」的名篇。它在古代是杜詩入選率第三的詩作，僅次於〈登岳陽樓〉和〈旅夜書懷〉，更是杜詩評點率之冠，在百首名篇中僅次於崔顥的〈黃鶴樓〉。檢閱歷代評點，會發現它曾經是杜甫七律中最負盛名的詩章。宋人楊萬里是較早將其從杜律中拈出並極力推崇的人，後世詩評家至有稱其「古今絕調」、「杜律第一」者。頷聯是評述的熱點之一，詩人巧用古事，翻出新意，極為宋人稱讚，但亦有人指出「脫帽」、「正冠」有合掌之嫌，或褒或貶，眾說紛紜。頸聯寫藍田壯觀之景，回到題面，深受清人稱讚，浦起龍評為「截斷眾流句」。落句歸至「九日」，「借山水無恙，襯人事難知」，意味深長，評家所謂「歎老」、「不服老」、「善怨」之意，皆包容於此聯中，「醉」字極有神理。唐人九日詩甚多，如高適曰：「縱使登高只斷腸，不如獨坐空搔首。」杜牧曰：「但將酩酊酬佳節，不用登臨恨落暉。」皆是因愁而發，但高適之愁逼仄難遣，杜牧之愁放蕩激切，和杜甫曠達的哀愁畢竟不同。

遺憾的是，這首〈九日藍田崔氏莊〉在二十世紀的唐詩選本中已很少見到，三十七種選本中僅有四種將其選入，九種文學史對此詩也隻字不提，研究論文中無一篇以該詩為對象。古時之顯赫和今日之落寞，在這首詩的接受史上體現得竟是如此明顯。

藍水遠從千澗落，玉山高並兩峰寒。

唐詩排行榜

第64名　商山早行①

溫庭筠

此詩三、四二語，庭筠以之名於世，信古今絕唱。（周敬、周珽《唐詩選脈會通評林》）

【排行指標】

古代選本入選次數：五　在一〇〇篇中排名：八二

現代選本入選次數：一八　在一〇〇篇中排名：六三

歷代評點次數：二三　在一〇〇篇中排名：二〇

當代研究文章篇數：一　在一〇〇篇中排名：六二

文學史錄入次數：五　在一〇〇篇中排名：五一

網路連結文章篇數：四〇三〇〇　在一〇〇篇中排名：七一

綜合分值：〇．四一八二　總排名：六四

晨起動征鐸②，客行悲故鄉。
雞聲茅店月，人跡板橋霜。
槲葉落山路③，枳花照驛牆④。
因思杜陵夢⑤，鳧雁滿回塘⑥。

【注釋】

①商山：位於陝西丹鳳城西。
②征鐸：遠行馬車所掛的鈴。
③槲：一種落葉喬木。
④枳：一種落葉灌木或小喬木。驛：古代供傳遞政府文書的人中途更換馬匹或休息、住宿的地方。
⑤杜陵：漢宣帝劉詢的陵邑。在今西安東南。
⑥鳧：野鴨。

解讀

提起溫庭筠，人們首先想到的是詞史上的「花間鼻祖」和他那些綺麗精緻的詞句。而在晚唐，他亦以詩名聞於天下，與當時詩風綺豔的李商隱並稱「溫李」。「雞聲茅店月，人跡板橋霜」是溫庭筠最負盛名的兩詩句。詩人在宣宗大中末年離開長安，經過商山時宿於驛站，聞雞上路，早行之景在筆下鋪成一幅天然圖畫，梅堯臣認為此二句「狀難寫之景，如在目前」，而「道路辛苦、羈旅愁思」又能見於言外。歐陽修還仿作了兩句詩：「鳥聲梅店雨，野色柳橋春。」但顯然有效顰之嫌。溫詩十字所用意象全為羈旅早行常見之物：雞聲、茅店、曉月、人跡、板橋、清霜，清代盛傳敏云：「非行路之人，不知此景之真。」看似寓目即景，不費安排，實則暗藏機巧。明人李東陽曰：「二句中不用一二閒字，止提掇出緊關物色字樣。」所謂「閒字」，乃形容

雞聲茅店月，人跡板橋霜。

詞、動詞等，所謂「緊關物色字樣」，乃名詞。這只要讀一下張繼的「月落烏啼霜滿天，江楓漁火對愁眠」和馬致遠的「枯藤老樹昏鴉，小橋流水人家」就可知曉，這些名句都以巧妙地羅列意象而著稱，但相較而言，只有溫庭筠的「雞聲茅店月，人跡板橋霜」一聯純用名詞，所以更覺天然。

晚唐寫景佳句多從小處著眼，體物精細，這與盛唐詩人從大處落筆，惟寫氣象不同。胡應麟曾拈出三聯景句：「海日生殘夜，江春入舊年」、「風兼殘雪起，河帶斷冰流」和「雞聲茅店月，人跡板橋霜」，認為「皆形容景物，妙絕千古，而盛、中、晚界限斬然」，可見溫詩的典型性。雖然這首詩的評點率很高，但全篇採錄的古代選本卻很少，這與它有句無篇不無關係。儘管二十世紀以來這首詩的入選率多有提高，但文學史對溫詩的重視仍遠不如溫詞。其實，溫庭筠除了〈商山早行〉外，他的樂府詩亦有頗高的成就，如「象尺熏爐未覺秋，碧池已有新蓮子」、「荷心有露似驪珠，不是真圓亦搖盪」等，均體物細膩，搖曳多姿，清人薛雪甚至說：「溫飛卿，晚唐之『李青蓮』也，其樂府最精，義山亦不及。」而像「百舌問花花不語，低迴似恨橫塘雨。蜂爭粉蕊蝶分香，不似垂楊惜金縷」這樣的詩句，已十分接近他的詞調。所以，溫詩應該得到一定的重視。

唐詩排行榜

第65名　使至塞上

王維

右丞每於後四句入妙，前以平語養之，遂成完作。一結平好，蘊藉遂已迥異。蓋用景寫意，景顯意微，作者之極致也。（王夫之《唐詩評選》）

【排行指標】

古代選本入選次數：六　在一〇〇篇中排名：七三

現代選本入選次數：二四　在一〇〇篇中排名：二六

歷代評點次數：一四　在一〇〇篇中排名：七〇

當代研究文章篇數：〇　在一〇〇篇中排名：七七

文學史錄入次數：六　在一〇〇篇中排名：四二

網路連結文章篇數：三三三九〇〇　在一〇〇篇中排名：三

綜合分值：〇．四一五〇　總排名：六五

單車欲問邊，屬國過居延①。
征蓬出漢塞，歸雁入胡天。
大漠孤煙直，長河落日圓。
蕭關逢候騎②，都護在燕然③。

【注釋】

①屬國：指附屬於中原朝廷的少數民族。居延：地名，在今內蒙古額濟納旗北境。

②蕭關：古關名，故址在今寧夏固原東南。候騎：負責偵察、通訊的騎兵。

③都護：官名。唐朝在西北置六大都護府，每府設都護負責轄區事務。燕然：古山名，即今蒙古國境內杭愛山。這裡代指前線。

解讀

開元二十五年（七三七），河西節度副大使崔希逸戰勝吐蕃，朝廷命王維以監察御史的身分出使邊塞，慰問將士，查訪軍情。在赴涼州途中，王維遇到通訊的騎兵，得知主帥破敵之後尚在前線未歸。面對奇異的邊地之景，懷著壯偉的凱旋心情，詩人寫下了五律〈使至塞上〉。這首詩以「大漠孤煙直，長河落日圓」一聯聞名遐邇，它境界壯闊，氣象渾融，畫面簡朗，字煉意工。《紅樓夢》中香菱學詩一回對此有非常精采的點評：「想來煙如何直？日自然是圓的。這『直』字似無理，『圓』字似太俗。合上書一想，倒像是見了這景的。若說再找兩個字換這兩個，竟再找不出兩個字來。」比起前代說詩者的點到即止，香菱的鑑賞更能激發讀者的切身體會。「無理」、「太俗」，的確是「直」、「圓」給人的第一印象，但她結合經歷，仔細尋味，終於認識到它們的傳神之處，「不琢而佳」，妙語天成。

和〈觀獵〉、〈出塞〉等邊塞詩相比，〈使至塞上〉沒有激烈的場面，而以寫景勝出，和岑參主寫景的邊塞歌行更為接近。這首詩在古代的入選率並不算高，僅有六種選本入選，既不能和王維那些澄明精緻的山水詩相比，也不及〈觀獵〉受選家重視。但是二十世紀以來，〈使至塞上〉的入選率迅速攀升，僅次於〈送元二使安西〉和〈山居秋暝〉，躋身王維詩歌中入選率的前三甲。

唐詩排行榜

第66名 夜上受降城聞笛①

李君虞絕句，專以此擅場，所謂率真語，天然畫也。

（黃叔燦《唐詩箋注》）

李益

【排行指標】

古代選本入選次數：七　在一〇〇篇中排名：五八

現代選本入選次數：二三　在一〇〇篇中排名：三三

歷代評點次數：一一　在一〇〇篇中排名：八六

當代研究文章篇數：二　在一〇〇篇中排名：五三

文學史錄入次數：六　在一〇〇篇中排名：四二

網路連結文章篇數：二一〇〇〇　在一〇〇篇中排名：八六

綜合分值：〇．四一三二　總排名：六六

回樂烽前沙似雪②，
受降城外月如霜。
不知何處吹蘆管③，
一夜征人盡望鄉。

【注釋】

①受降城：景龍二年（七〇八）唐中宗命於黃河以北築東、中、西三座受降城，用以防備突厥侵擾，鞏固北部邊疆。此指西受降城，在今內蒙古杭錦後旗烏加河北岸。
②回樂烽：指受降城附近的烽火高台。
③蘆管：即蘆笳。古代的一種管樂器。

解讀

李益是中唐著名的邊塞詩人，《唐才子傳》稱他「二十三受策秩，從軍十年，運籌決勝，尤其所長。往往鞍馬間為文，橫槊賦詩，故多抑揚激勵悲壯之作，高適、岑參之流也」。他所作的從軍詩，悲壯宛轉，或被樂工譜作樂曲，或被畫工繪成圖畫，名噪一時。七絕是李益最擅長的詩體，許學夷稱：「七言絕，開、寶而下，（益）足稱獨步。」沈德潛亦云：「七言絕句，中唐以李庶子、劉賓客為最，音節神韻，可追逐龍標、供奉。」他的這首〈夜上受降城聞笛〉是德宗建中元年（七八〇），詩人入朔方節度使崔寧幕，隨崔寧巡行邊地時所作，是其邊塞七絕中的名篇，詩以擅寫鄉愁為特色，不從正面著筆，而通過月夜裡一段笳聲加以渲染，在這悠揚淒婉的蘆笳聲中，征人永夜瞭望家鄉的方向。清人李瑛《詩法易簡錄》曰：「征人望鄉，只加一『盡』字，而征戍之苦、離鄉之久，胥包孕在內矣。」

據《國史補》記載，這首詩在當時即被譜曲傳唱。劉禹錫有詩句曰「邊月空悲蘆管秋」，所指即是此詩。它在現當代選本中的入選率，和古代相比有所提升，而且在文學史上亦有重要地位。其實李益在古詩、五言律絕、七律方面都有佳作，如〈從軍被征〉、〈江南曲〉、〈喜見外弟又言別〉、〈鹽州過胡兒飲馬泉〉等，都是古代選本中常見的作品，但二十世紀以來，李益代表作的地位仍歸於〈夜上受降城聞笛〉一詩，這與現當代研究李益詩歌偏重於他的七絕有直接關係。

不知何處吹蘆管，
一夜征人盡望鄉。

唐詩排行榜

第67名　丹青引贈曹將軍霸①

波瀾疊出，分外爭奇，卻一氣混成，真乃匠心獨運之筆。

（金聖歎《杜詩解》）

杜甫

【排行指標】

古代選本入選次數：七　在一〇〇篇中排名：五八

現代選本入選次數：一一　在一〇〇篇中排名：八六

歷代評點次數：二五　在一〇〇篇中排名：一〇

當代研究文章篇數：二　在一〇〇篇中排名：五三

文學史錄入次數：二　在一〇〇篇中排名：八七

網路連結文章篇數：一五三八〇　在一〇〇篇中排名：九〇

綜合分值：〇・四一二六　總排名：六七

將軍魏武之子孫②，於今為庶為清門③。
英雄割據雖已矣，文彩風流今尚存。
學書初學衛夫人④，但恨無過王右軍⑤。
丹青不知老將至，富貴於我如浮雲⑥。
開元之中常引見，承恩數上南薰殿。
凌煙功臣少顏色⑦，將軍下筆開生面。
良相頭上進賢冠⑧，猛將腰間大羽箭。
褒公鄂公毛髮動⑨，英姿颯爽猶酣戰。
先帝御馬玉花驄⑩，畫工如山貌不同。
是日牽來赤墀下⑪，迥立閶闔生長風⑫。
詔謂將軍拂絹素⑬，意匠慘澹經營中。
斯須九重真龍出，一洗萬古凡馬空。
玉花卻在御榻上，榻上庭前屹相向⑭。
至尊含笑催賜金，圉人太僕皆惆悵⑮。
弟子韓幹早入室⑯，亦能畫馬窮殊相。
幹惟畫肉不畫骨，忍使驊騮氣凋喪。
將軍善畫蓋有神，偶逢佳士亦寫真。

【注釋】

①曹將軍霸：曹霸，曹魏皇族後裔，畫稱於後代。官至左武衛將軍。
②魏武：曹操。曹魏奠基人。
③為庶為清門：玄宗末年，曹霸因罪被貶為庶民。
④衛夫人：名鑠，字茂猗，晉代著名的書法家，王羲之曾從她學習書法。
⑤王右軍：即王羲之，有「書聖」之稱。
⑥「富貴」句：語出《論語．述而》。
⑦凌煙：即凌煙閣。唐太宗為了褒獎文武開國功臣，在凌煙閣畫二十四功臣圖。
⑧進賢冠：唐代朝見皇帝的一種禮冠。
⑨褒公：指段志玄。鄂公：指尉遲敬德。二人都是著名武將。
⑩先帝：指玄宗。
⑪赤墀：宮廷中塗紅漆的台階。
⑫閶闔：天門，此處指宮門。
⑬拂絹素：古代繪畫使用絹素，畫前須將絹素擦乾淨。
⑭「玉花」二句：謂畫中的玉花驄和庭前的玉花驄屹立相對，並無分別。
⑮圉人：掌管車馬的官員。

即今漂泊干戈際，屢貌尋常行路人。
途窮反遭俗眼白，世上未有如公貧。
但看古來盛名下，終日坎壈纏其身⑰。

---

⑯韓幹：《歷代名畫記》卷九：「韓幹，大梁人。……善寫貌人物，尤工畫馬。初師曹霸，後自獨擅。」入室：指親近的、有成就的弟子。語出《論語．先進》。

⑰坎壈：困頓，不順利。

解讀

杜甫七古變中有法，環環相扣，似其律詩。用清人施補華的話說，乃是「仙人無蹤跡可攝，聖人有矩矱可循」。〈丹青引贈曹將軍霸〉就是這樣一首筆端萬變卻自有法度的長篇七古。

從形式上來看，全詩八句一轉韻，平仄通押，平韻悠遠高華，仄韻峭拔激烈，與詩意相得益彰；詩歌乃贈答之體，所贈之人曹霸既是昔日宮廷著名的畫師，又是今日潦倒的貧士，故人亂世相逢（此詩是杜甫在安史之亂後流寓四川時所作），自然感慨良多。曹霸以畫馬著稱，這在詩中要有所體現，所以如何謀篇更加重要。起句從曹霸祖先之榮盛對比今日曹霸之衰頹，猛起驟落，清人王士禛評為「善於發端」。為言其作畫，先言其學書，為言其畫馬，先言其畫人。曹霸畫人，非畫凡夫俗子，乃為凌煙閣功臣畫像。曹霸畫馬，須臾而成，不僅可亂真馬，而且神采飛揚。為突出其畫馬之崢嶸氣骨，又借其徒韓幹畫馬「畫肉不畫骨」加以襯托。從「學書初學衛夫人」到「偶逢佳士亦寫真」這三十句，敘述變化多端，看似屢生枝節，但都不離主線，屢進屢逼，欲收先放。當說盡畫馬一事，詩歌的情調也由緩和漸趨高昂。但結尾再造落勢：德藝雙馨如曹霸者，漂泊於干戈之際尚難免坎壈纏身，遭人白眼，亂世帶給人們肉體和精神的雙重磨難可見一斑。

此外，〈丹青引〉還有多種藝術貢獻。它和〈奉先劉少府新畫山水障歌〉都將超凡的藝術想像融於觀畫之感中；和〈戲題王宰畫山水圖歌〉都有精闢的藝術見解；和〈短歌行贈王郎司直〉都注重從題贈對象本身著筆立意，在一波三折的敘述中曲盡己意；另外，它還和後來的〈江南逢李龜年〉都表達了對盛唐名公凋零於亂世的感慨和辛酸。

〈丹青引〉一詩在古代評價頗高，入選率也比較高，但二十世紀以來卻頗受冷落，不僅入選率下降，許多文學史教材也對其有所忽略，專門的研究論文更少涉及。它能夠進入排行榜前百名，主要憑藉的是古代選、評家的重視。今後學術界如何對待此詩，值得我們期待。

唐詩排行榜

第68名　長安秋望

高華新燦，宜杜紫微稱美不置。（陸次雲《五朝詩善鳴集》）

趙嘏

【排行指標】

古代選本入選次數：一二　在一〇〇篇中排名：九

現代選本入選次數：七　在一〇〇篇中排名：九二

歷代評點次數：一八　在一〇〇篇中排名：三九

當代研究文章篇數：〇　在一〇〇篇中排名：七七

文學史錄入次數：三　在一〇〇篇中排名：七六

網路連結文章篇數：一〇三二〇　在一〇〇篇中排名：九四

綜合分值：〇・四一一八　總排名：六八

雲物淒清拂曙流，漢家宮闕動高秋。
殘星幾點雁橫塞，長笛一聲人倚樓。
紫豔半開籬菊靜，紅衣落盡渚蓮愁①。
鱸魚正美不歸去，空戴南冠學楚囚②。

【注釋】

①「紅衣」句：形容蓮花敗落，彷彿愁苦之態。

②「鱸魚」二句：表示作者的故園之情和退隱之意。鱸魚正美不歸去，典出晉代張翰因思念家鄉鱸魚而辭官的故事。南冠學楚囚，典出《左傳．成公九年》：「晉侯觀於軍府，見鍾儀，問之曰：『南冠而縶者，誰也？』有司對曰：『鄭人所獻楚囚也。』」

解讀

晚唐詩人趙嘏，因「殘星幾點雁橫塞，長笛一聲人倚樓」被杜牧激賞，遂獲得「趙倚樓」的雅稱。這兩句詩出自於七律〈長安秋望〉，全詩也因此而成名。趙嘏詩歌帶有明顯的晚唐色彩，慷慨之氣少而悲涼之感重，他愛寫秋景，也愛登樓，和杜甫相似，但他卻大多沉浸於懷舊的感傷中，怨抑傷悲，這又和老杜的壯闊胸懷氣象大是不同。〈長安秋望〉所寫的殘星、秋雁、秋菊、落花等，都給人清冷、衰颯的感受。羈留長安的詩人面對晚秋之景，升起故園之思，但世事飄零，有家難歸，末句的「空」字顯出幾多無奈！趙嘏詩歌的悲涼之感，不僅與他濃重的感傷性格有關，也是末世氣象的體現，正所謂「文變染乎世情，興廢繫乎時序」，盛世不再，中興無望，詩人及其詩歌都難免蒙上一層蕭瑟之氣。

頷聯寫景如畫，意境清聳，不獨為杜牧所賞，後世許多評論家對其都有所稱讚。但是這首詩在古今的落差明顯：在古代選本中頻頻出現，選錄它的選本多達十二種，在古代選本指標中名列第九，可是在現當代選本中卻很少再現，文學史上對趙嘏其人的介紹力度也微乎其微，只知其句而不知其篇。這首〈長安秋望〉能夠躋身前百名，主要是得力於古代選評家們的青睞。其實趙嘏詩歌中還有許多詩歌，如七律〈齊安早秋〉、〈登安陸西樓〉、〈憶山陽〉、七絕〈經汾陽舊宅〉、〈江樓感舊〉等，皆是佳篇。

唐詩排行榜

第69名 山行

杜牧

「霜葉紅於二月花」，真名句。詩寫山行，景色幽邃，而致也豪蕩。
（黃叔燦《唐詩箋注》）

【排行指標】

古代選本入選次數：五　在一〇〇篇中排名：八二
現代選本入選次數：二七　在一〇〇篇中排名：八
歷代評點次數：一〇　在一〇〇篇中排名：九〇
當代研究文章篇數：六　在一〇〇篇中排名：三二
文學史錄入次數：八　在一〇〇篇中排名：一三
網路連結文章篇數：一〇七二〇〇　在一〇〇篇中排名：三六
綜合分值：〇．四〇九九　**總排名：六九**

遠上寒山石徑斜，
白雲生處有人家。
停車坐愛楓林晚①，
霜葉紅於二月花。

【注釋】
①坐：因為。

解讀

這首小學生都能背誦的〈山行〉，詩中有畫，儼然一幅「秋山行旅圖」。「霜葉紅於二月花」是人們非常熟悉的名句。不云「楓葉」、「紅葉」，而云「霜葉」，「經霜色愈濃」的意味便在其中了，而且在選取「霜葉」的陪襯物時，作者不選凋零之景，偏選嬌豔迷人的春花，就更能具象地襯托出霜葉的絢爛和濃烈。這正是作者的高明之處。劉禹錫曾有「秋日勝春朝」的詩句，他的理由是「晴空一鶴排雲上，便引詩情到碧霄」，那是一種剛勁、外露的豪情。而杜牧這首詩是一種悠遠、含蓄的逸興，在「霜葉紅於二月花」中結束全詩，令人遐想、回味。清人黃叔燦謂此句「真名句也」，近人劉永濟也說：「讀此詩可見詩人高懷逸致。霜葉勝花，常人所不易道出者，一經詩人道出，便留誦千口矣。」

不過這首詩在古代選本中並不常見，僅有五種選本入選，令人費解。到了現當代，入選率迅速提高，有多達二十七種選本入選，為現代選本指標中的第八名。在文學史中也是杜牧不可不提的作品，二十世紀杜牧單篇詩歌的研究熱點也是這首〈山行〉，除了鑑賞它的詩畫逸興外，還有的針對字詞作探討，比如對第二句「生處」還是「深處」的討論，第三句中「坐」之涵義的討論，都是切入點。這些共同的關注，成就了它今天的經典地位，使之家喻戶曉，經久不衰。

停車坐愛楓林晚，霜葉紅於二月花。

唐詩排行榜

第70名　鳥鳴澗

王維

「夜靜春山空」，右丞精於禪理，其詩皆合聖教，有此五個字，可不必更讀十二部經矣。（徐增《而庵說唐詩》）

【排行指標】

古代選本入選次數：八　在一〇〇篇中排名：四五
現代選本入選次數：二一　在一〇〇篇中排名：五一
歷代評點次數：一二　在一〇〇篇中排名：八三
當代研究文章篇數：七　在一〇〇篇中排名：二九
文學史錄入次數：四　在一〇〇篇中排名：六四
網路連結文章篇數：一一四二〇〇　在一〇〇篇中排名：三二
綜合分值：〇．四〇九〇　總排名：七〇

人閑桂花落，夜靜春山空。
月出驚山鳥，時鳴春澗中。

解讀

〈鳥鳴澗〉是王維〈皇甫嶽雲溪雜題五首〉中的一首，其體例、意境都與《輞川集》中的寫景小絕類似，以至於清人施補華誤以為是《輞川集》中詩。它就像一幅淡雅的水墨畫，寂寂春山，夜涼如水，桂華飄落，月出驚鳥，鳥鳴春澗，空谷回音。「閑」字寫出詩人恬逸的情懷，「驚」字寫出山鳥靈動警覺之態。清人黃叔燦《唐詩箋注》說：「閑事閑情，妙以閑人領此閑趣。」實乃會心之評。王維許多詩都寫到「空山」，但無一不以聲響襯托，〈山居秋暝〉的「空山」以浣女之喧和漁

月出驚山鳥，時鳴春澗中。

舟之動出之，〈鹿柴〉的「空山」以「人語響」出之，這首〈鳥鳴澗〉的「空山」有了春澗中的聲聲鳥鳴之後，愈發顯得「空曠寂靜」。徐增評說「純是化工」，李瑛也說「一片化機」。這首詩雖短小到僅有二十字，卻將右丞之「妙心」、「詩筆」融於其中，真常人所難及。這首詩是古今選家經常入選的作品，在許多啟蒙教材中也可時常看見它的身影。它既便於記誦，又能培養兒童體察事物的寧靜心境。不僅如此，它還吸引了不少學者專門撰文研究，成為現當代王維詩研究的一個熱點個案。

唐詩排行榜

第71名　涼州詞①

「可憐無定河邊骨，猶是春閨夢裡人」，用意工妙至此，可謂絕唱矣。惜為前二句所累，筋骨必露，令人厭憎。「葡萄美酒」一絕，便是無瑕之璧。盛唐地位不凡乃爾。

（王世貞《藝苑卮言》）

王翰

【排行指標】

古代選本入選次數：九	在一〇〇篇中排名：三八
現代選本入選次數：二一	在一〇〇篇中排名：五一
歷代評點次數：九	在一〇〇篇中排名：九四
當代研究文章篇數：二	在一〇〇篇中排名：五三
文學史錄入次數：五	在一〇〇篇中排名：五一
網路連結文章篇數：八五七〇〇	在一〇〇篇中排名：五〇
綜合分值：〇．四〇七六	**總排名：七一**

葡萄美酒夜光杯②，
欲飲琵琶馬上催③。
醉臥沙場君莫笑，
古來征戰幾人回。

【注釋】
①涼州詞：題一作〈涼州曲〉。
②夜光杯：用白玉製成的酒杯。
③琵琶：西域馬上彈拔樂器，琵琶本是騎在馬上彈奏的。

解讀

王翰在《全唐詩》中存詩僅十四首，他和王之渙、張若虛等人一樣，僅憑極少數傳世作品就能名垂詩史。這首「葡萄美酒夜光杯」，被王世貞推為七絕「壓卷」，不僅在唐人七絕詩上和李攀龍推重的「秦時明月」、王夫之推重的「渭城朝雨」、「朝辭白帝」、「奉帚平明」、「黃河遠上」等分庭抗禮，也為盛唐邊塞詩史畫上了濃墨重彩的一筆。它激昂慷慨，音韻鏗鏘，首先以「醉臥沙場」的英雄豪情感發人心，又以「古來征戰幾人回」的殘酷現實，回應前句的「君莫笑」，使人體味到「一將功成萬骨枯」的沉痛涵義。誦之既有飛揚神采，掩卷又有慨然之傷，用放蕩不羈之語言言可悲可歎之事，豪情和沉痛都各加重一層，詩歌感動人心處正在此。朱之荊曰「若以豪飲解之」，「非古人之意」，施補華進一步說「若作悲傷語讀便淺，作諧謔語讀便妙」。短短四句詩，卻能讓人品出三種境界，無愧是邊塞詩中的精品，絕句中的奇觀。這首詩在古代共入選九種唐詩選本，其中唐代一種，明代兩種，清代六種。時至現當代，仍有二十一種選本入選，可見歷代選家都非常賞識該詩。文學史上凡提到王翰其人，必重點介紹這首詩。只是它的歷代評論僅有九條，這在量化的統計中大大降低了詩歌的整體排名，檢閱這些評論全都是褒揚和讚美之詞，所以第七十一名的位置對它來說，多少有些委屈。

唐詩排行榜

第72名　山石

韓愈

直書即目，無意求工，而文自至，一變謝家模範之跡，如畫家之有荊、關也。（何焯《義門讀書記》）

【排行指標】

古代選本入選次數：三　在一〇〇篇中排名：九五
現代選本入選次數：二四　在一〇〇篇中排名：二六
歷代評點次數：一八　在一〇〇篇中排名：三九
當代研究文章篇數：八　在一〇〇篇中排名：二八
文學史錄入次數：九　在一〇〇篇中排名：一
網路連結文章篇數：五一一〇〇　在一〇〇篇中排名：六三
綜合分值：〇・四〇四三　總排名：七二

山石犖确行徑微①，黃昏到寺蝙蝠飛。
升堂坐階新雨足，芭蕉葉大梔子肥。
僧言古壁佛畫好，以火來照所見稀。
鋪床拂席置羹飯，疏糲亦足飽我飢②。
夜深靜臥百蟲絕，清月出嶺光入扉。
天明獨去無道路，出入高下窮煙霏③。
山紅澗碧紛爛漫，時見松櫪皆十圍④。
當流赤足蹋澗石，水聲激激風生衣。
人生如此自可樂，豈必局束為人鞿⑤？
嗟哉吾黨二三子⑥，安得至老不更歸！

【注釋】

①犖确：險峻不平的樣子。微：狹窄。
②疏糲：糙米飯。指簡單的飯食。
③霏：雲霧之氣。
④櫪：同「櫟」，落葉喬木。十圍：形容樹幹非常粗大，兩手合抱一周稱一圍。
⑤局束：局促，拘束，不自由。鞿：馬的韁繩。這裡指被控制、不自由。
⑥吾黨二三子：指和自己志同道合的幾個朋友。

解讀

葉燮在《原詩》中曾謂：「唐自李杜崛起，盡翻六朝窠臼，文章之事已盡，無可變化矣。昌黎生其後，乃盡廢前人之法，而創為奇僻拙拗之語，遂開千古未有之面目。」謂韓愈詩「奇僻拙拗」，是針對他「以文為詩」的特點而言，而這又與他古文運動的領袖身分密不可分。他曾讚賞孟郊的詩「橫空盤硬語，妥帖力排奡」，正可以看做自況之語。和李白一樣，韓愈的律詩不多，以古詩尤其是七古為主。這首〈山石〉是韓愈非常著名的作品，它讀來猶如一篇遊記，並非單純模山範水、卒章顯志的山水詩，但又比後來王安石重在發議論的〈遊褒禪山記〉多了份詩情畫意和抒情的味道。從句式來看，〈山石〉基本上都以單句行文，絕少對偶之句，在當時以律句入古詩的風氣中，作者彷彿有意標榜自己的獨特之處，這亦是韓愈「以文為詩」的一種體現。全詩層次鮮明，筆法不亂，清人方東樹評曰：「只是一篇遊記，而敘寫簡妙，猶是古文手筆。」又云：「他人數語方能明者，此須一句，即全現出。」相比起語奇意怪的〈南山〉詩，〈山石〉並無僻字澀韻，顯得文從字順，也與後來以「險怪」為特點的韓孟餘流面目截然不同。

　　這首詩在古代是評家的熱門話題，但選

山石犖确行徑微，
黃昏到寺蝙蝠飛。

家很少，它被選本大量入選是在現當代。二十世紀以來，〈山石〉是韓詩中入選率最高的一首，也是所有文學史教材必提的一首，許多研究韓詩的論文也常以此入手。稱〈山石〉為韓愈的代表作之一，毫不為過。而古代選家絕少選〈山石〉的原因，似乎也可從張戒《歲寒堂詩話》中得到些許啟發：「韓退之詩，愛憎相半。愛者以為雖杜子美亦不及，不愛者以為退之於詩本無所得。」這表明韓愈詩歌在古代富有爭議性，它「奇僻拙拗」，「開千古未有之面目」，其影響雖大，但偏離傳統詩歌正統，也不宜被後人所學，所以選家在選詩時顯得有點保守。相較而言，韓愈的七律〈左遷至藍關示侄孫湘〉更為選家所青睞。韓愈與李白、杜甫之間似乎存在一種微妙的關係，韓詩之源在杜詩，但其不易模仿的詩歌才華和詩歌的命運又與太白相似，這一點非常值得玩味。

唐詩排行榜

第73名

歲暮歸南山①

孟浩然

三、四二語不朽，識力名言，真投之天地劫火中，亦可歷劫不變。（周敬、周珽《唐詩選脈會通評林》）

【排行指標】

古代選本入選次數：一三　在一〇〇篇中排名：五
現代選本入選次數：六　在一〇〇篇中排名：九四
歷代評點次數：一五　在一〇〇篇中排名：五九
當代研究文章篇數：〇　在一〇〇篇中排名：七七
文學史錄入次數：三　在一〇〇篇中排名：七六
網路連結文章篇數：一六三八〇　在一〇〇篇中排名：八八
綜合分值：〇．四〇三一　總排名：七三

北闕休上書②，南山歸敝廬。
不才明主棄，多病故人疏。
白髮催年老，青陽逼歲除③。
永懷愁不寐，松月夜窗虛。

【注釋】
①南山：指故園。孟浩然的家鄉在峴山旁，峴山在襄陽之南，故稱南山。
②北闕：古代宮殿門前的兩個望樓叫作「闕」，漢代尚書奏事和群臣謁見都在北闕，後來北闕就成為朝廷的別稱。
③青陽：指春天。

解讀

《舊唐書．文苑傳》載孟浩然「年四十，來遊京師，應進士不第，還襄陽」，〈歲暮歸南山〉大概即作於此時。用馮舒的話說，此詩乃是孟浩然「一生失意之詩，千古得意之作」。關於這首詩的本事，有多種版本，但核心都是孟浩然在唐玄宗面前因吟誦了這首詩，而失掉了仕途的機會。儘管故事漏洞甚多，禁不起推敲，但歷代評論家談論這首詩時仍不免對此津津樂道，王之望〈上宰相書〉曰：「（浩然）『北闕』、『南山』之詩，作意為憤躁語，此不出乎性情，而失其音氣之和，果終棄於明主。」鍾惺在《唐詩歸》也說：「浩然於明皇前誦此二句（頷聯），自是山林草野氣。」連以「邏輯分析」著稱的紀曉嵐在評價這首詩時也說「不幸而遇明皇爾」，彷彿它是真實的歷史事件，早已和詩歌本身融為一體了。從傳播的角度來看，這則本事真實與否已無關緊要，反正都充當了一個「噱頭」的角色，對擴大詩歌的影響力作用甚大。

「不才明主棄，多病故人疏」也因此成為這首詩的名句。其實撇開「不才明主棄」的「牢騷」，單看「多病故人疏」，又何嘗不是真實的世態寫照。歷代評論家都將目光集中在頷聯，而對頸聯關注甚少。「白髮催年老，青陽逼歲除」這兩句，和陶潛的「氣變悟時易，不眠知夕永」有神似之處，都於極平常的事件中感知到了生命之輪運轉的聲音，這是愛發議論的宋人慣用之手法。但陶、孟二詩卻沒有宋人的頭巾氣，而是一派天然、直入人心。在同一首陶詩中，結尾說「念此懷悲淒，終曉不能靜」，孟浩然將其凝練為「永懷愁不寐」五字，而以「松月夜窗虛」的景句結束全詩，令人沉浸於夜景之中。

北闕休上書，南山歸敝廬。

後人多讚賞其結句「意境深妙」，這是盛唐山水詩的特點，也是孟浩然的擅場。

這首詩和它的作者一樣，也有點「命運多舛」。它在古代選本中的入選率極高，高達十三種，不僅在古代選本指標中名列第五名，而且是孟浩然詩歌中入選率最高的一首。但是到了現當代，卻備受冷落，三十七種唐詩選本中僅有六種入選，只有寥寥幾種文學史中偶然提及它，專業研究論文一項更是空缺為零。這首曾經的經典之作，今天幾乎淪落到不為人知，其背後的原因值得探討。我們要慶幸古代選家給予〈歲暮歸南山〉的極高重視，這才使它仍有幸躋身於排行榜之中，為今天的讀者尋回一點經典的影子。

唐詩排行榜

第74名　兵車行①

杜甫

詩為明皇用兵吐蕃而作，設為問答。聲音節奏，純從古樂府得來。以人哭始，以鬼哭終，照應在有意無意。

（沈德潛《唐詩別裁集》）

【排行指標】

古代選本入選次數：四　在一〇〇篇中排名：八九

現代選本入選次數：二〇　在一〇〇篇中排名：五八

歷代評點次數：一八　在一〇〇篇中排名：三九

當代研究文章篇數：四　在一〇〇篇中排名：三八

文學史錄入次數：九　在一〇〇篇中排名：一

網路連結文章篇數：九三六〇〇　在一〇〇篇中排名：四五

綜合分值：〇·四〇一六　總排名：七四

車轔轔②，馬蕭蕭，行人弓箭各在腰。
爺娘妻子走相送，塵埃不見咸陽橋③。
牽衣頓足攔道哭，哭聲直上干雲霄④。
道旁過者問行人，行人但云點行頻⑤。
或從十五北防河⑥，便至四十西營田⑦。
去時里正與裹頭⑧，歸來頭白還戍邊。
邊庭流血成海水，武皇開邊意未已⑨。
君不聞漢家山東二百州，
千村萬落生荊杞。
縱有健婦把鋤犁，禾生隴畝無東西。
況復秦兵耐苦戰，被驅不異犬與雞。
長者雖有問，役夫敢申恨？
且如今年冬，未休關西卒。
縣官急索租⑩，租稅從何出？
信知生男惡，反是生女好。
生女猶得嫁比鄰，生男埋沒隨百草。
君不見青海頭，古來白骨無人收。

【注釋】

①行：樂府歌曲中的一種體裁。
②轔轔：車輪聲。下文的「蕭蕭」為馬鳴聲。
③咸陽橋：即西渭橋。是送別的地方。
④干：沖。
⑤點行：按名冊點名徵召出征。
⑥北防河：指為防禦吐蕃在長安以北的西河一帶戍守。
⑦西營田：在西部邊境為防備吐蕃屯田。營田，屯田。
⑧里正：唐制，每百戶為一里，設一里正，負責管理戶口、檢查民事、催促賦役等。裹頭：古時以皂羅（黑綢）三尺裹頭。新兵因為年紀小，所以需要里正給他裹頭。
⑨武皇：漢武帝劉徹。這裡指唐玄宗。
⑩縣官：指朝廷。青海頭：即青海邊。這裡是指自漢代以來，漢族經常與西北少數民族發生戰爭的地方。唐朝也曾在這一帶與突厥、吐蕃發生大規模的戰爭。

新鬼煩冤舊鬼哭，天陰雨濕聲啾啾⑪。

⑪啾啾：象聲詞，表示嗚咽之聲。

解讀

天寶後期，唐玄宗只知與楊貴妃尋歡作樂，朝政為楊國忠等奸臣把持，無謂地開疆拓土，引起邊事，即與吐蕃戰爭一事，就曾徵召隴右、關中、朔方諸軍集結在西河一帶防禦，造成大量男丁被徵入伍，百姓生活在水深火熱之中。玄宗天寶十載（七五一）四月，唐王朝南詔兵敗後大募士兵，民間哭聲震野，杜甫親見當時慘狀，即以此次徵兵事件為素材，自命新題，創作了這首亦詩亦史的〈兵車行〉。

詩歌採用問答形式交代始末，征夫一生被濃縮在「去時里正與裹頭，歸來頭白還戍邊」短短十四字中，征戍之久、流光之易不言而喻。但白頭返鄉畢竟值得慶幸，大量命如草芥的士兵都將白骨永遠留於戰場，所以從軍之時的分離就意味著死別。而且，留守家中的妻兒老小並不安寧，他們一邊為征夫擔憂，一邊忍受著沉重的苛捐雜稅。因此詩歌結尾發出了「信知生男惡，反是生女好」這一看似反常實則痛入骨髓的慨歎。這些因為無休止的徵兵制度而導致的社會危機都展現在詩歌中，使人在終篇之際仍陷入深思之中。

〈兵車行〉中有許多漢樂府的痕跡，如對話體、頂針格和俗語的運用，這是杜甫新樂府中「承」的一面，而以樂府記時事，又體現了杜甫「創」的一面。明人胡應麟曰杜甫「敘事兼史」，後人常稱杜甫為「詩史」，很大程度上即指他的新樂府。〈兵車行〉可看作後來「三吏」、「三別」的序幕，在杜甫的新樂府創作中有創體之功。但它在古代選本中的入選率並不高，不如杜甫的大部分律詩，相對來說，古代選家看重的仍是杜甫的近體詩。二十世紀以來，由於杜詩研究的繼續深入和意識形態方面的原因，杜甫許多記實的新樂府，如〈兵車行〉和〈石壕吏〉等現實主義的詩歌得到了廣泛的重視，在選本和文學史教材中都占據著重要的地位。所以，〈兵車行〉在排行榜中居於第七十四名，在杜甫十七首入圍詩歌中則名列第十一。

唐詩排行榜

第75名

芙蓉樓送辛漸[①]

唐人多送別妙作。少伯諸送別詩，俱情極深，味極永，調極高，悠然不盡，使人無限流連。

（宋顧樂《唐人萬首絕句選評》）

王昌齡

【排行指標】

古代選本入選次數：八　在一〇〇篇中排名：四五

現代選本入選次數：二三　在一〇〇篇中排名：四二

歷代評點次數：七　在一〇〇篇中排名：九六

當代研究文章篇數：三　在一〇〇篇中排名：四一

文學史錄入次數：八　在一〇〇篇中排名：一三

網路連結文章篇數：八六六〇〇　在一〇〇篇中排名：四八

綜合分值：〇．四〇一六　總排名：七五

寒雨連江夜入吳，
平明送客楚山孤②。
洛陽親友如相問，
一片冰心在玉壺③。

【注釋】

①芙蓉樓：原址在潤州（今江蘇鎮江）西北。辛漸：詩人之友。

②平明：清晨。楚山：戰國時的楚國在長江中下游一帶，所以稱潤州這一帶的山為楚山。

③「一片」句：冰心，像冰一樣純潔的心。冰在玉壺之中，更顯示人的純潔正直。

解讀

〈芙蓉樓送辛漸〉作於開元末年作者出任江寧（今南京市）尉之後，原有兩首，另一首曰：「丹陽城南秋海陰，丹陽城北楚雲深。高樓送客不能醉，寂寂寒江明月心。」無論從藝術美感還是知名度上來講，這一首都要比「寒雨連江夜入吳」遜色多了。後者是王昌齡詩中的名作，在送別詩史上也占有一席之位。「洛陽親友如相問，一片冰心在玉壺」，是後人表白心志高潔時常引的兩句成詩。其實「玉壺冰」並非王昌齡的首創，早在南朝時候，鮑照〈代白頭吟〉中就有「直如朱絲繩，清如玉壺冰」的詩句，盛唐宰相姚崇也作過一篇〈冰壺誡〉：「內懷冰清，外涵玉潤，此君子冰壺之德也。」王昌齡化用前人之意，吟出「一片冰心在玉壺」，遂成絕唱。

送別詩多從朋友的角度設想，如王維「勸君更盡一杯酒，西出陽關無故人」，如李頎「莫見長安行樂處，空令歲月易蹉跎」。而王昌齡這首詩之所以從己處寫起，不是為了標新立異，而是別有所托。《唐才子傳》載王昌齡「不矜小節」，一度「謗議騰沸，兩竄遐荒」，從李白〈聞王昌齡左遷龍標遙有此寄〉的詩題中也可看出他的遭際，明人唐汝詢說得則更為具體：「此亦被謫入吳，逢辛赴洛，而有是歎也。言我方冒雨夜行，君則依山曉發，不勝跋涉之勞，倘親友問我之行藏，當言心如冰冷，日就清虛，不復為宦情所牽矣。」昌齡借送友之機表澄自己的高潔情懷，既是對親友的安慰，也是對謗議之聲的蔑視。

這首詩在古今選本中的入選沒有太大落差，亦是現當代文學史教材中必有的詩篇。王昌齡的送別詩數量很多，如〈送魏二〉中的「憶君遙在瀟湘月，愁聽清猿夢裡長」、〈送柴侍御〉中的「青山一道同雲雨，明月何曾是兩鄉」等，都是情景兼融的佳句，但都不如這首〈芙蓉樓送辛漸〉聞名。不過遺憾的是，它在歷代的評點率並不高，所以綜合名次在〈送元二使安西〉、〈送杜少府之任蜀川〉和〈黃鶴樓送孟浩然之廣陵〉等詩之後。

寒雨連江夜入吳，平明送客楚山孤。

唐詩排行榜

第76名 從軍行①

王昌齡

清而莊，婉而健，盛唐人不作一淒楚音。

（張文蓀《唐賢清雅集》）

【排行指標】

古代選本入選次數：六　在一〇〇篇中排名：七三

現代選本入選次數：二七　在一〇〇篇中排名：八

歷代評點次數：七　在一〇〇篇中排名：九六

當代研究文章篇數：三　在一〇〇篇中排名：四一

文學史錄入次數：八　在一〇〇篇中排名：一三

網路連結文章篇數：三三三〇〇　在一〇〇篇中排名：七六

綜合分值：〇・三九九六　總排名：七六

青海長雲暗雪山，
孤城遙望玉門關。
黃沙百戰穿金甲，
不破樓蘭終不還②。

【注釋】

①從軍行：樂府〈相和歌辭・平調曲〉舊題，多寫軍旅征戰之事。

②樓蘭：漢時對西域鄯善國的稱呼。詩中泛指當時侵擾西北邊境的敵人。

解讀

讀王昌齡的邊塞七絕，總有一種堅毅的感覺，這與他擅用語氣虛詞、程度副詞和仄聲字有關，如「但使龍城飛將在，不教胡馬度陰山」，「更吹羌笛〈關山月〉，無那金閨萬里愁」，「撩亂邊愁聽不盡」，「總是關山舊別情」等詩句中的「但使」、「不教」、「更吹」、「不盡」、「總是」等語詞，都以擲地有聲、情感充沛見長。位於排行榜第七十六位的〈從軍行〉，也以「黃沙百戰穿金甲，不破樓蘭終不還」的慷慨之氣聞名遐邇。

但對「慷慨」的理解也因人而異。李夢陽從中讀出「悲壯」之感，張文蓀從中品出「婉健」之意，黃叔燦則說它是「憤激之詞」，俞陛雲稱其有「勝概英風」，沈德潛稱「終不還」可作「歸期無日」看，劉永濟亦認為這是一首令人「讀之淒然」的詩歌。同樣兩句詩，卻包孕如此豐富的涵義，祖詠的「論功還須請長纓」純有英豪之氣，高適「戰士軍前半死生，美人帳下有歌舞」只一味「憤慨」，只有王翰的「醉臥沙場君莫笑，古來征戰幾人回」和王昌齡的這兩句詩既是「豪語」，又有淒然之意。

王昌齡的〈從軍行〉在古代的入選率和點評率均成績平平，不能與〈長信秋詞〉和〈閨怨〉等詩相比，明代胡震亨就曾說過：「少伯七絕宮詞閨怨，盡多極詣之作。」可見王的邊塞詩在古代不如他的「宮詞閨怨」詩受重視。二十世紀以來，這種情況發生了逆轉，〈從軍行〉和〈出塞〉等邊塞詩被選本頻頻選入，在文學史上亦地位不凡，可與高、岑的邊塞詩平分秋色。

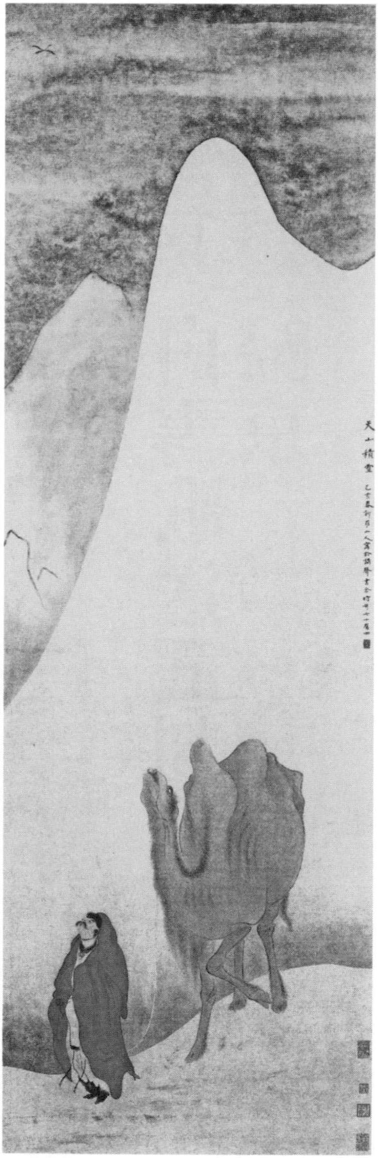

青海長雲暗雪山

唐詩排行榜

第77名

白雪歌送武判官歸京①

嘉州七古，縱橫跌蕩，大氣盤旋，讀之使人自生感慨。有志學古者，誠宜留心此種。看他如此雜健，其中起伏轉折一絲不亂，可謂剛健含婀娜。後人競學盛唐，能有此否？（張文蓀《唐賢清雅集》）

岑參

【排行指標】

古代選本入選次數：五　在一〇〇篇中排名：八二
現代選本入選次數：二八　在一〇〇篇中排名：三
歷代評點次數：七　在一〇〇篇中排名：九六
當代研究文章篇數：一〇　在一〇〇篇中排名：一七
文學史錄入次數：八　在一〇〇篇中排名：一三
網路連結文章篇數：一二二七〇〇　在一〇〇篇中排名：二九
綜合分值：〇・三九八六　總排名：七七

北風捲地白草折②，胡天八月即飛雪。
忽如一夜春風來，千樹萬樹梨花開。
散入珠簾濕羅幕，狐裘不暖錦衾薄。
將軍角弓不得控③，都護鐵衣冷難著。
瀚海闌干百丈冰，愁雲慘澹萬里凝。
中軍置酒飲歸客，胡琴琵琶與羌笛。
紛紛暮雪下轅門，風掣紅旗凍不翻④。
輪台東門送君去⑤，去時雪滿天山路。
山回路轉不見君，雪上空留馬行處。

【注釋】

①武判官：其人不詳。判官，官職名。唐代節度使等朝廷派出的持節大使可委任幕僚協助判處公事，稱判官。
②白草：西北的一種牧草，乾枯後變白，因有此名。
③不得控：天太冷而凍得拉不開弓。
④掣：拉，此句指紅旗因雪而凍結，風都吹不動了。
⑤輪台：唐代輪台隸屬北庭都護府，今屬新疆米泉。

解讀

玄宗天寶十三載（七五四），岑參赴安西北庭節度使封常青幕府中任節度判官。武判官回京，岑參作此詩為之送行。

岑參有許多送別詩，不以別情動人，而以描寫奇異的邊塞之景聞名，所以常被稱為邊塞詩，「送別」的用意只淪為一個符號。杜甫曾有詩句曰「岑參兄弟皆好奇」，「奇」字既概括了岑參性格的特點，也體現在他筆下的邊塞風光。全詩只有後四句點明送別之題，前面所有的篇幅都用來描繪塞外不同尋常的奇景，尤其是胡天八月飛雪的景觀在作者的筆下竟現出千樹萬樹梨花開的奇美景象，成為寫雪的名句。

這首在今天看來十分著名的歌行，在古代選本中卻很受冷落，只有五種選本入選，歷代評點也不是很集中。事實上，同類題材的〈輪台歌奉送封大夫出師〉、〈走馬川行奉送封大夫出師西征〉等詩，在古代也和〈白雪歌〉一樣受到冷落。這些詩歌到了二十世紀才成為岑參的代表作品，不僅被大量地選入選本，文學史中也給予了重點介紹。〈白雪歌〉是岑參這類邊塞詩的代表，所擁有的專業論文就多達十篇。古代選家最常選的岑詩反而是不被今人看重的五律體裁的宮廷奉和詩。可見，古人今人對岑詩是「選擇性接受」，這和王昌齡詩歌的情況有相似之處。

瀚海闌干百丈冰，愁雲慘澹萬里凝。

唐詩排行榜

第78名　長安春望

周敬曰：起得自在，頷聯情妙。王子安詩「山川雲霧裡，遊子幾時還」，何如此二句有言不盡意之巧！周珽曰：無意求工，自能追雅，盛唐人不過此。（周敬、周珽《唐詩選脈會通評林》）

盧綸

【排行指標】

古代選本入選次數：一一　在一〇〇篇中排名：一六

現代選本入選次數：一　在一〇〇篇中排名：一〇〇

歷代評點次數：二五　在一〇〇篇中排名：一〇

當代研究文章篇數：〇　在一〇〇篇中排名：七七

文學史錄入次數：〇　在一〇〇篇中排名：九七

網路連結文章篇數：一五七四〇　在一〇〇篇中排名：八九

綜合分值：〇・三九八二　總排名：七八

東風吹雨過青山，卻望千門草色閑。
家在夢中何日到，春生江上幾人還？
川原繚繞浮雲外，宮闕參差落照間①。
誰念為儒逢世難，獨將衰鬢客秦關②。

【注釋】

①「川原」二句：指極目遠眺，家鄉在浮雲之外，遙不可及，只能看見長安的宮殿籠罩在夕陽中。川原，指家鄉。

②秦關：陝西古為秦地，此處代指長安。

解讀

這首詩作於盧綸客居長安之時，中間兩聯常為後世詩評家稱道。周敬稱「頷聯情妙」。家在夢中，已令人感到情深之至，而歸家無望，更令人感到沉痛。是什麼原因阻斷了歸程？詩人暫且不說，只繼以寫景：家在縹緲浮雲之外，宮闕卻參差在落照之中。黃生評價頸聯寫景「初嫌其寬泛，不知此二句深寓亂後之感；調愈壯，氣愈悲」。尾聯用「世難」點名題旨，悲淒之感由「儒生」、「獨客」、「衰鬢」等詞流露而出。與杜甫的〈春望〉相比，該詩落點雖在一己遭遇，但情韻亦有動人處。紀昀評價大曆十才子詩時說：「渾厚之氣漸盡，惟風調勝後人耳。此詩格雖不高，而情韻特佳。」「情韻」二字，大概就是這首詩最大的亮色。

〈長安春望〉在古代的入選率和評點率都是盧綸詩歌中最高的一首。以選本為例，在古代共有十一種入選，其中唐代兩種、宋元三種、明代兩種、清代四種，不僅遠遠超過了〈和張僕射塞下曲〉（「林暗草驚風」，在古代只入選三種選本；「月黑雁飛高」也僅入選四種選本），甚至比杜甫的同題材詩歌〈春望〉還高出四種。但是這樣一首受古代選家鍾愛的詩歌，在現當代選本中幾乎銷聲匿跡了，文學史教材對其隻字不提，也沒有一篇論文以該詩為研究對象。如此懸殊的古今落差的確有點令人詫異。今人提起盧綸的代表作，大多會指〈和張僕射塞下曲〉這組邊塞五絕，尤其是「林暗草驚風」和「月黑雁飛高」兩詩，幾乎成為現當代選本都不會漏選的篇目。但是它們在古代選本中的入選率極低，所以從綜合名次來看，最終並未躋身於唐詩百首名篇之中。

唐詩排行榜

第79名

晚次鄂州①

有情有景，有聲調，氣勢亦足，大曆名篇。

（喬億《大曆詩略》）

盧綸

【排行指標】

古代選本入選次數：八　在一〇〇篇中排名：四五

現代選本入選次數：一二　在一〇〇篇中排名：八二

歷代評點次數：二〇　在一〇〇篇中排名：二九

當代研究文章篇數：〇　在一〇〇篇中排名：七七

文學史錄入次數：二　在一〇〇篇中排名：八七

網路連結文章篇數：九八四〇　在一〇〇篇中排名：九五

綜合分值：〇・三九四六　總排名：七九

雲開遠見漢陽城②，猶是孤帆一日程。
估客晝眠知浪靜③，舟人夜語覺潮生。
三湘衰鬢逢秋色④，萬里歸心對月明。
舊業已隨征戰盡，更堪江上鼓鼙聲⑤。

【注釋】

①次：到達。鄂州：唐時屬江南道，治今湖北武漢武昌區。
②漢陽城：今武漢漢陽區，在漢水北岸，與當時的鄂州隔江相望。
③估客：商人。
④三湘：原是湖南的別稱，這裡泛指漢陽、鄂州一帶。
⑤鼓鼙：軍用之鼓。

解讀

〈晚次鄂州〉作於詩人歸鄉途中。原詩有注至德中作，詩中征戰即指發生不久的安史之亂。比起〈長安春望〉來，這首〈晚次鄂州〉多少有點名氣，尤其是「估客晝眠知浪靜，舟人夜語覺潮生」一聯，還時常被人提起。宋代曾季狸評價此聯說「曲盡江行之景，真善寫物也」，的確如此。有過長久行船經歷的人，即使不知這兩句詩，恐怕也有過同樣的感受，所以一經詩人吟出，便感到分外親切。這樣的詩句既可單獨拈出欣賞，放在詩中又有特別的涵義。何焯云：「浪靜則可以兼程，潮生更宜夜發，乃胡為淹留於此？發『次』字，暗呼起江上兵阻，非無眼之鋪敘。」如果說「歸心」是全詩之眼，那麼「征戰」便是詩人此時的眼中之刺。戰後情景如何，只用「舊業盡」便可作全豹之窺，而岸上仍兵戈四起，叫人情何以堪！正像姜夔詞句所描述的「廢池喬木，尤厭言兵」，連樹木對戰爭都噤若寒蟬，人心可想而知。這首詩能夠流傳於文學史上，除有工於寫物的名句外，還在於它真實地反映了安史之亂後仍兵戈四起、百姓流離的社會現實。這首詩評點較為集中，多達二十條，在歷朝唐詩選本中也都有入選，只是文學史中提到的次數不多，也沒有什麼專門研究論文。不過總的來看，比起古今差異明顯的〈長安春望〉來，這首詩的影響力還是要穩定得多。

唐詩排行榜

第80名 野望

王無功生於隋唐之際，號東皋子。沉於醉鄉而成其高蹈，故托興采薇，而以「無相識」致慨也。此詩格調最清，宜取為壓卷。
（王堯衢《古唐詩合解》）

王績

【排行指標】

古代選本入選次數：一一　在一〇〇篇中排名：一六
現代選本入選次數：一六　在一〇〇篇中排名：六八
歷代評點次數：五　在一〇〇篇中排名：一〇〇
當代研究文章篇數：〇　在一〇〇篇中排名：七七
文學史錄入次數：八　在一〇〇篇中排名：一三
網路連結文章篇數：三四二〇〇　在一〇〇篇中排名：七五
綜合分值：〇．三九四四　**總排名：八〇**

薄暮東皋望①，徙倚欲何依。
樹樹皆秋色，山山唯落暉。
牧人驅犢返，獵馬帶禽歸。
相顧無相識，長歌懷采薇②。

【注釋】
①東皋：詩人隱居的地方。
②懷采薇：相傳周武王滅商後，伯夷、叔齊不願做周的臣子，在首陽山上采薇而食，最後餓死。曾作〈采薇歌〉哀歎周之代商是「以暴易暴」，神農、虞、夏之世不可再現，自己不願同流合污。此處用典，表達作者避世隱居的孤高情懷。

解讀

隋末唐初的王績，為人簡傲，縱情琴酒，不僅氣質接近淵明，其詩也盡洗六朝鉛華，在詩歌史上具有特殊的意義。這首〈野望〉是他最為人稱道的一首五律。從寫景來看，由六朝時滿眼雕績的宮室轉向了清新自然的野外；從內容來看，寫的是詩人在一個薄暮靄靄的秋日黃昏來到原野，於徘徊無依之時望見「日之夕矣，羊牛下來」的感受，既有新奇羨慕，又有點孤獨落寞。清代王堯瞿稱其：「格調最清，宜取為壓卷。」再從形式上看，它對仗工整，平仄合粘，已是成熟的五律面目，但事實上它要比為律詩定型的沈、宋二人早出六十餘年，明代楊慎曾評價王績云：「隱節既高，詩律又盛，蓋王、楊、盧、駱之濫觴，陳、杜、沈、宋之先鞭也。」

除楊慎外，清人賀裳對王績的評價也相當高，甚至謂「陶王」之稱，王績比王維更合適。但從後世影響來看，王績與王維的詩歌地位很難相提並論。這首〈野望〉能夠取得第八十名的成績，也主要依靠的是它在明清兩朝的影響力。從選本情況看，僅明代就有四種入選，清代六種，為數不多的褒獎之詞也多是明清評論家所發。現當代的情況大不如前，不僅選本中的入選率有所下降，專業研究論文幾乎無人問津，只有文學史在提及王績時，還能經常看見〈野望〉的身影。

樹樹皆秋色，山山唯落暉。

唐詩排行榜

第81名　賈生

純用議論矣，卻以唱歎出之，不見議論之跡。（紀昀《玉谿生詩說》）

李商隱

【排行指標】

古代選本入選次數：六　在一〇〇篇中排名：七三
現代選本入選次數：二三　在一〇〇篇中排名：三三
歷代評點次數：一一　在一〇〇篇中排名：八六
當代研究文章篇數：一　在一〇〇篇中排名：六二
文學史錄入次數：七　在一〇〇篇中排名：三一
網路連結文章篇數：五一〇〇〇　在一〇〇篇中排名：六四
綜合分值：〇．三八九八　總排名：八一

宣室求賢訪逐臣①，
賈生才調更無倫。
可憐夜半虛前席，
不問蒼生問鬼神②。

【注釋】

①「宣室」句：《史記・屈原賈生列傳》載賈誼被貶後，漢文帝曾將他召還，問事於宣室。宣室，漢未央宮前殿的正室。

②「可憐」二句：文帝接見賈誼，因感鬼神事，而問鬼神之本，賈生具道之。至夜半，文帝前席。前席，古人席地而坐，前席謂欲更接近對方而移坐向前。

解讀

賈誼，西漢著名文學家，少有才名，洞見弊政，提出許多重要的政治主張，卻遭讒被貶，盛年時鬱鬱而終。

李商隱的詩歌多次提到賈誼，或讚美其才華，如「賈生遊刃極，作賦又論兵」；或感傷其遭遇，如「賈生年少虛垂淚」。而這首七絕〈賈生〉，統攝二者，擷取典型事例一針見血地指出賈誼一生的悲劇所在。既寫賈生，又對統治者不能認識人才的真正作用而表示譏刺，社稷百姓的安危竟不如虛幻的鬼神之事重要，這是人才的悲劇、統治者的悲劇，更是國家的悲劇。如此宏大的政治主題融入短短四句之中，詩材雖全部來自史實，作者卻生發出「不問蒼生問鬼神」的精警議論，胡應麟稱其為「宋人議論之祖」。且詩作妙在寓理於情，「以唱歎出之」，所以意味深長，比宋人某些乾枯的直接說理生動得多。這首詩常被古代的選本選入，歷代評價也比較高，到了二十世紀以後，它在李商隱詠史詩中的名篇地位進一步得到鞏固。

唐詩排行榜

第82名　終南望餘雪

如此不拘，詩安得不高？意盡即不須續，更難在舉場中作如此事。
（焦袁熹《此木軒論詩彙編》）

祖詠

【排行指標】

古代選本入選次數：一〇　在一〇〇篇中排名：二六
現代選本入選次數：一二　在一〇〇篇中排名：八二
歷代評點次數：一四　在一〇〇篇中排名：七〇
當代研究文章篇數：一　在一〇〇篇中排名：六二
文學史錄入次數：四　在一〇〇篇中排名：六四
網路連結文章篇數：七六五三〇　在一〇〇篇中排名：五五

綜合分值：〇・三八七五　總排名：八二

終南陰嶺秀①，
積雪浮雲端。
林表明霽色②，
城中增暮寒。

【注釋】
①陰嶺：山的北面，易於積雪。因其背向太陽，故稱。
②霽：風雨停止，雲霧消散。

解讀

據《唐詩紀事》記載，這首〈終南望餘雪〉是祖詠在長安應試時的一篇命題作文，要求考生寫一篇六韻十二句的長律。當別的考生還在搜腸刮肚地構思時，祖詠已筆落詩成，考官一看他的試卷只有四句，問其原因，回答是意思已盡。這般敢於在考場上打破常規的行為和膽識，今天尤不多見，在以詩賦取士的唐代，這就更顯得難得。膽識固然可貴，但若沒有高超絕俗的手筆，也不過是譁眾取寵。祖詠的這段經歷之所以能夠成為一段佳話，與他這四句詩本身的藝術魅力是分不開。

詩歌前兩句寫餘雪，但未從正面寫，而是借積雪來寫。終南山高聳挺拔，遠望給人直插雲霄之感，山陰一面陽光不至，所以積雪難化。山勢越高，溫度越低，寫山頂未融之雪自然就是寫餘雪。「浮」字既寫出山勢之高，又狀出山頂餘雪如雲朵一般的形狀和體態。「林表明霽色，城中增暮寒」一聯，作者將視覺和膚覺結合在一起，以雪之色寫雪之冷，又通過城中之寒反襯山中之寒，「終南山餘雪」至此已寫盡說透，作者意盡筆止，不作狗尾續貂，所以令人拍案稱絕。

詩既寫得高妙，詩人的性格又豪放不羈，綜合起來，便是歷代說詩家們津津樂道的話題。古代選家也十分欣賞這首詩，頻頻將其收錄到選本中，共有十種入選，比〈望薊門〉略高一籌，這是〈終南望餘雪〉能夠進入排行榜的重要原因。但它在現當代選本中的入選率大不如前，在文學史教材中的入選率也不高，事實上，連祖詠本人都被許多文學史教材忽略了。

林表明霽色，城中增暮寒。

唐詩排行榜

第83名

將進酒①

一結豪情，使人不能句字賞摘。蓋他人作詩用筆想，太白但用胸口一噴即是，此其所長。（《李太白詩集》嚴羽評）

李白

【排行指標】

古代選本入選次數：六　在一〇〇篇中排名：七三

現代選本入選次數：二一　在一〇〇篇中排名：五一

歷代評點次數：一〇　在一〇〇篇中排名：九〇

當代研究文章篇數：三　在一〇〇篇中排名：四一

文學史錄入次數：九　在一〇〇篇中排名：一

網路連結文章篇數：三七七〇〇〇　在一〇〇篇中排名：一

綜合分值：〇．三八七〇　總排名：八三

君不見黃河之水天上來，
奔流到海不復回。
君不見高堂明鏡悲白髮，
朝如青絲暮成雪。
人生得意須盡歡，莫使金樽空對月。
天生我材必有用，千金散盡還復來。
烹羊宰牛且為樂，會須一飲三百杯②。
岑夫子，丹丘生③，將進酒，君莫停。
與君歌一曲，請君為我側耳聽。
鐘鼓饌玉不足貴④，但願長醉不願醒。
古來聖賢皆寂寞，惟有飲者留其名。
陳王昔時宴平樂⑤，斗酒十千恣歡謔⑥。
主人何為言少錢，徑須沽取對君酌。
五花馬⑦，千金裘，
呼兒將出換美酒，與爾同銷萬古愁！

【注釋】

①將進酒：樂府〈鼓吹曲辭．漢鐃歌〉舊題，多寫飲酒放歌。將，請。

②會須：正應當。

③岑夫子：指岑勳。夫子，尊稱。丹丘生：元丹丘，當時的隱士。生，對平輩朋友的稱呼。二人皆李白的好友。

④鐘鼓饌玉：這裡泛指豪門貴族的奢華生活。饌玉，精美的飯食。

⑤陳王：三國魏曹植，曾被封為陳王。平樂：平樂觀，故址在今河南洛陽。

⑥恣歡謔：縱情歡娛戲謔。

⑦五花馬：把馬的鬃毛剪成花瓣形狀，剪成三瓣的叫三花馬，剪成五瓣的叫五花馬，後來演化為良馬的泛稱。

解讀

「李白一斗詩百篇，長安市上酒家眠。天子呼來不上船，自稱臣是酒中仙！」這是杜甫筆下的「太白醉酒圖」。再看畫家沈漁父所繪製的〈太白醉酒圖〉，李白左手拎著衣裙，右臂搭扶在小童肩上，醉眼矇矓，腳步恍惚，那總角小童，左手掌燈，右手捂鼻，李白之沖天酒氣，彷彿要透過畫紙撲面而來，其時月上樹梢，清風拂來，李白衣袂如飄，人耶？仙耶？這「醉酒圖」留給後人無窮的想像，而能最直接地感受太白詩仙、酒仙的神采，莫過於他留下的這首「酒的讚歌」——〈將進酒〉。

這首詩大約作於玄宗天寶三四載間，李白離開長安後，採用長短句間雜的方式，與詩人酒酣耳熱、逸興神飛的狀態十分貼合。三字句短促有力，九字句氣吞長虹，作者將愁腸化作豪情，以昂揚的神態蔑視一切塵俗之物，氣勢流走，不可遏制。如此之詩不是作出來的，更不是想出來的，用嚴羽的話講，乃「但用胸口一噴即是」！雖云噴薄而出，卻並非一覽無餘，兩個「君不見」，以極誇張之言道出逝者如斯之理；「但願長醉不願醒」反用屈原「眾人皆醉我獨醒」之意，罵盡世事污濁；而「惟有飲者留其名」，在看似無理的諧謔背後未嘗沒有幾分道理，阮籍、陶潛，這些浸泡在酒中的名字哪一個不流芳人間？莊子曾云「醉者神全」，只有酒醉，才能最大程度逼近人的內心，保持精神的獨立，〈將進酒〉正是誕生於這種「神全」的心境。

最早入選這首詩的選本是殷璠的《河岳英靈集》，在整個宋元時代它的入選率並不高，直到清代才重新受到選家和評家們的重視。如徐增說：「太白此歌，最為豪放，才氣千古無雙。」相比之下，到了二十世紀這首詩才家喻戶曉，不僅在選本中的入選率大有提高，文學史對此也無一遺漏。即使是在日常生活中，我們也能在酒席上經常聽到人們吟誦這首〈將進酒〉，經典的生命在此也體現出一種平民化的色彩。

唐詩排行榜

第84名 秋興

杜甫

杜公七律，當以〈秋興〉為裘領，乃公一生心神結聚所作也。八首之中難為軒輊。（弘曆《唐宋詩醇》引黃生曰）

【排行指標】

古代選本入選次數：七　在一〇〇篇中排名：五八

現代選本入選次數：一六　在一〇〇篇中排名：六八

歷代評點次數：一四　在一〇〇篇中排名：七〇

當代研究文章篇數：一〇　在一〇〇篇中排名：一七

文學史錄入次數：四　在一〇〇篇中排名：六四

網路連結文章篇數：一〇五三〇〇　在一〇〇篇中排名：三七

綜合分值：〇．三八六一　總排名：八四

玉露凋傷楓樹林，巫山巫峽氣蕭森。
江間波浪兼天湧，塞上風雲接地陰。
叢菊兩開他日淚①，孤舟一繫故園心。
寒衣處處催刀尺②，白帝城高急暮砧。

【注釋】

①叢菊兩開：杜甫自代宗永泰元年（七六五）夏離開成都，秋居雲安，次年秋又滯留夔州，故言兩開。

②催：指趕製冬衣。刀尺：做衣服的工具。

解讀

杜甫在代宗大曆元年（七六六）流寓夔州時，因秋以發興，作〈秋興〉八首，這是的第一首。杜甫在夔州期間作有許多聯章組詩，如〈諸將〉、〈詠懷〉、〈秋興〉等，皆為七律中的有名之作。清人黃生曰：「杜公七律，當以〈秋興〉為裘領，乃公一生心神結聚所作也。」〈秋興〉八首雖云組詩，卻意如貫珠，頗同長篇。是時杜甫身近殘年，撫今追昔，慨然而作，不僅章法縝密，而且常常打破格律藩籬。這首組詩不獨在杜甫七律中地位特殊，置於唐人七律中，也常有「壓卷」之稱。

「玉露凋傷楓樹林」是〈秋興〉八首的首章，但寫氣象，統攝全篇。「氣蕭森」、「故園心」是該詩的詩眼，也是把握另外七首詩的關鍵。頷聯氣象壯闊，與「錦江春色來天地，玉壘浮雲變古今」、「無邊落木蕭蕭下，不盡長江滾滾來」等，同是老杜襟懷的寫照。頸聯「叢菊兩開他日淚」的構思十分新奇，是後世說詩者評點的熱點，「孤舟一繫故園心」則是詩人一生的寫照。其他七篇或「懷鄉戀闕」、或「慨往傷今」，或寫「戎寇交侵，小人病國」，或寫「風俗之非舊，盛衰之相尋」，都以此而發。

黃生云：「八首之中，難為軒輊。」從古代選本和評點情況來看，八首詩的確不相上下。但是二十世紀以來，選家獨獨推重第一首，不僅它的入選率遠遠超過其他七首，在文學史上的地位也堪與〈登高〉、〈登樓〉等詩相比。

叢菊兩開他日淚，孤舟一系故園心。

唐詩排行榜

第85名　登樓

杜甫

氣象雄偉，籠蓋宇宙，此杜詩之最上者。
（沈德潛《唐詩別裁集》）

【排行指標】

古代選本入選次數：七　在一〇〇篇中排名：五八
現代選本入選次數：九　在一〇〇篇中排名：八九
歷代評點次數：二三　在一〇〇篇中排名：一七
當代研究文章篇數：五　在一〇〇篇中排名：三六
文學史錄入次數：二　在一〇〇篇中排名：八七
網路連結文章篇數：一一三九〇〇　在一〇〇篇中排名：三三

綜合分值：〇．三八三八　**總排名：八五**

花近高樓傷客心，萬方多難此登臨。
錦江春色來天地①，玉壘浮雲變古今②。
北極朝廷終不改③，西山寇盜莫相侵④。
可憐後主還祠廟⑤，日暮聊為〈梁甫吟〉⑥。

【注釋】

①錦江：岷江的支流。杜甫的草堂即臨近錦江。
②玉壘：山名。
③北極：比喻朝廷中樞。
④西山寇盜：指吐蕃。廣德元年（七六三）十二月，吐蕃入寇。
⑤後主：劉備的兒子劉禪。
⑥〈梁甫吟〉：樂府古題，本為葬歌，諸葛亮躬耕隴畝，好為〈梁甫吟〉。

解讀

西元七六三年，曾在梓州避亂的杜甫聽聞河南河北被收復的消息後，寫下了「即從巴峽穿巫峽，便下襄陽向洛陽」的快意詩篇，但這看來注定只能是「神往」。安史之亂平復後，兩京雖被收復，但唐王朝的局勢並未根本好轉，反而再一次陷入內憂外患之中。尤其是吐蕃之亂幾乎再次傾覆唐室命運，城空主逃，歷史彷彿重演。後幸有郭子儀收復京師，代宗才得以歸京。這次戰亂雖不像安史之亂那樣曠日持久，但重振唐室的希望更加渺茫了。再度混亂的局勢迫使杜甫一度輾轉於閬州、鹽亭等地，直到第二年春天才得以返回成都草堂，〈登樓〉一詩即為此時所作。

當春天再度降臨人間時，詩人登上高樓，登高似乎成了他鬱積既久時一種不由自主的抒泄方式。這首〈登樓〉向來以它突兀的起勢為歷代詩評家所激賞。先說「傷客心」，再說「此登臨」，這種倒裝句式，與其說是技巧，不如說是無時無刻不「傷心」的詩人在直接吐露心聲，詩法早已泯跡於情感之中。頷聯賦景，既是眼前之景，更是心中之景，「錦江春色」充斥於天地之間，滾滾而來，「玉壘浮雲」幻化於古今之中，瞬息萬變。不僅對仗工整，更於對仗之外有「俯視宏闊，氣籠宇宙」之勢。結合〈登岳陽樓〉詩中「吳楚東南坼，乾坤日夜浮」一聯，可見杜甫必先有壯懷，後有壯詩。

花近高樓傷客心，
萬方多難此登臨。

頸聯觸及到詩人對時事的感受，「終不改」、「莫相侵」，既有對朝廷掃清敵寇的忠貞之志，又隱約透露出更深的擔憂，王嗣爽云「終」、「莫」二字「有微意在」，是很有見地的。落句借對賢相的追思，抒發了登高懷古的愁思，表達了對朝廷重用賢臣、匡復王室的希冀。

〈登樓〉一詩雄渾高闊，情感深沉，而且「律法極細」，堪稱杜律的典範，難怪沈德潛評其為杜詩之「最上者」。它和後來的〈登高〉情懷相似、筆法堪敵，兩首詩在古代選家和評家眼中各有千秋，未置高下。但二十世紀以來，大多數讀者只知〈登高〉而不知〈登樓〉，這與現當代的唐詩選本和文學史教材的偏重有直接關係，研究論文一項也明顯顯示出二詩的冷熱對比。從情感魅力和藝術成就來看，這兩首詩都應成為今天讀者了解老杜情懷的重要作品，似不應偏頗如此。

唐詩排行榜

第86名 月夜

心已馳神到彼，詩從對面飛來，悲婉微至，精麗絕倫，又妙在無一字不從月色照出也。

（浦起龍《讀杜心解》）

杜甫

【排行指標】

古代選本入選次數：五 在一〇〇篇中排名：八二

現代選本入選次數：二一 在一〇〇篇中排名：五一

歷代評點次數：一六 在一〇〇篇中排名：四九

當代研究文章篇數：六 在一〇〇篇中排名：三二

文學史錄入次數：三 在一〇〇篇中排名：七六

網路連結文章篇數：八二五〇〇 在一〇〇篇中排名：五一

綜合分值：〇・三八二四 **總排名：八六**

今夜鄜州月，閨中只獨看①。
遙憐小兒女，未解憶長安。
香霧雲鬟溼②，清輝玉臂寒。
何時倚虛幌③，雙照淚痕乾。

【注釋】
①「今夜」二句：此兩句設想妻子在鄜州獨自對月懷人的情景。鄜州，今陝西富縣。
②雲鬟：古代婦女的環形髮飾。
③虛幌：透明的窗帷。

解讀

西元七五六年是唐王朝結束開元盛世、由盛轉衰的一年，也是杜甫一生的轉捩點。「國家不幸詩家幸」，在身陷長安期間，杜甫創作了大量詩篇，如〈月夜〉、〈春望〉、〈哀江頭〉、〈哀王孫〉、〈悲陳陶〉和〈悲青阪〉等，對廢池喬木的描寫和悲歎，對遠方家人的牽掛和思念，還有對戰爭的描述和感慨，都融匯於筆端。

〈月夜〉是杜甫身陷圍城時懷念鄜州妻兒的感人至深之作。天寶十五載（七五六）安史之亂爆發後，杜甫離開剛在鄜州羌村（今陝西富縣）安頓好的家，匆匆趕往靈武尋肅宗，在北行途中突被叛軍所俘，挾往已經淪陷的長安。此詩即作於困居長安之時。關於這首詩的手法，前人多有評論，如首聯寫思念親人，從對方著筆；頷聯以嬌兒不諳世事反襯妻子孤獨的思念之情；頸聯活畫出一幅「望月思親圖」，「溼」字和「寒」字十分傳神，以月下站立之久寫出思念之深，也為月下之人披上一層絕塵、清麗的面紗。前人評說杜甫善於麗景處寫悲情，就是指這一類詩句。最後將夫妻兩人的思念之情匯於「雙照」一句，亂世中的親情在「淚痕」和希冀中顯得可貴而沉痛。

歷代詩論家對〈月夜〉一詩評價較高，尤其是在清代，讚賞它「機軸奇絕」、「無筆不曲」、「語麗情悲」、「悲婉微至」的比比皆是。但它在歷代選本中的入選率卻始終平平，古代只有五種選本入選，到了二十世紀後才稍有提升，現當代文學史對這首詩也不是十分重視。它在本排行榜的綜合名次僅居於第八十六名，在杜甫十七首榜單詩歌中則排在十四名。

今夜鄜州月，閨中只獨看。

唐詩排行榜

第87名

北征

漢魏以來，未有此體，少陵特為開出，是詩家第一篇大文。公之忠愛謀略，亦於此見。（沈德潛《唐詩別裁集》）

杜甫

【排行指標】

古代選本入選次數：三　在一〇〇篇中排名：九五

現代選本入選次數：一二　在一〇〇篇中排名：八二

歷代評點次數：二四　在一〇〇篇中排名：一六

當代研究文章篇數：一三　在一〇〇篇中排名：一二

文學史錄入次數：八　在一〇〇篇中排名：一三

網路連結文章篇數：一三一七〇〇　在一〇〇篇中排名：二五

綜合分值：〇．三七九〇　**總排名：八七**

歸至鳳翔，墨制放往鄜州作①。

皇帝二載秋②，閏八月初吉③。
杜子將北征，蒼茫問家室。
維時遭艱虞④，朝野無暇日。
顧慚恩私被，詔許歸蓬蓽。
拜辭詣闕下，怵惕久未出。
雖乏諫諍姿，恐君有遺失。
君誠中興主，經緯固密勿。
東胡反未已⑤，臣甫憤所切。
揮涕戀行在⑥，道途猶恍惚。
乾坤含瘡痍，憂虞何時畢？
靡靡逾阡陌，人煙眇蕭瑟⑦。
所遇多被傷，呻吟更流血。
回首鳳翔縣，旌旗晚明滅。
前登寒山重，屢得飲馬窟。
邠郊入地底⑧，涇水中蕩潏⑨。

【注釋】

①墨制：用墨筆書寫的詔敕。由鳳翔去鄜州，是往東北方向走，故稱〈北征〉。
②皇帝二載：即唐肅宗至德二載（七五七）。
③初吉：朔日，即初一。
④艱虞：艱難和憂患。
⑤東胡：指安史叛軍。安祿山是突厥族和東北少數民族的混血兒，其部下又有大量奚族和契丹族人，故稱東胡。
⑥行在：指當時肅宗所在鳳翔。
⑦眇：稀少。
⑧邠郊：邠州，今陝西彬縣。
⑨蕩潏：水流動的樣子。

猛虎立我前，蒼崖吼時裂。
菊垂今秋花，石戴古車轍。
青雲動高興，幽事亦可悅。
山果多瑣細，羅生雜橡栗。
或紅如丹砂，或黑如點漆。

安祿山反叛兵戈舉

雨露之所濡，甘苦齊結實。
緬思桃源內，益歎身世拙。
坡陀望鄜畤⑩，岩谷互出沒。
我行已水濱，我僕猶木末。
鴟鴞鳴黃桑，野鼠拱亂穴。
夜深經戰場，寒月照白骨。
潼關百萬師，往者散何卒⑪？
遂令半秦民，殘害為異物。
況我墮胡塵⑫，及歸盡華髮。
經年至茅屋，妻子衣百結。
慟哭松聲回，悲泉共幽咽。
平生所嬌兒，顏色白勝雪。
見耶背面啼⑬，垢膩腳不襪。
床前兩小女，補綻才過膝。
海圖坼波濤，舊繡移曲折。
天吳及紫鳳，顛倒在短褐⑭。
老夫情懷惡，嘔泄臥數日。

---

⑩坡陀：山崗起伏不平。鄜畤：即鄜州。春秋時，秦文公在鄜地設祭壇祀神。畤即祭壇。

⑪「潼關」二句：指的是至德元年（七五六）安祿山攻陷洛陽，哥舒翰率大軍據守潼關，楊國忠迫其匆促迎戰，結果全軍覆沒。卒，倉促。

⑫墮胡塵：指肅宗至德元年八月，杜甫被叛軍所俘。

⑬耶：即爺。父親。

⑭「海圖」四句：指將舊官服拼湊起來。海圖、波濤，官服上的刺繡圖案。坼，裂開。天吳，神話傳說中虎身人面的水神。此與紫鳳皆指官服上刺繡的花紋圖案。

那無囊中帛，救汝寒凜栗。
粉黛亦解包，衾裯稍羅列⑮。
瘦妻面復光，癡女頭自櫛⑯。
學母無不為，曉妝隨手抹。
移時施朱鉛，狼藉畫眉闊。
生還對童稚，似欲忘飢渴。
問事競挽鬚，誰能即嗔喝？
翻思在賊愁，甘受雜亂聒。
新歸且慰意，生理焉得說？
至尊尚蒙塵，幾日休練卒？
仰觀天色改，坐覺妖氛豁。
陰風西北來，慘澹隨回紇⑰。
其王願助順⑱，其俗善馳突。
送兵五千人，驅馬一萬匹。
此輩少為貴，四方服勇決。
所用皆鷹騰，破敵過箭疾。
聖心頗虛佇⑲，時議氣欲奪⑳。

---

⑮「粉黛」二句：意謂解開包裹，包裡多少也有一點粉黛衾裯之類。
⑯櫛：梳頭。
⑰回紇：唐代西北部族名，當時唐肅宗向回紇借兵平息安史叛亂。
⑱「其王」句：指回紇王懷仁可汗遣其太子葉護率騎兵四千助討叛亂。
⑲虛佇：虛心期待。肅宗一心期待回紇兵能為他解憂。
⑳「時議」句：當時朝臣對借兵之事感到擔心，但又不敢反對。

伊洛指掌收，西京不足拔。
官軍請深入，蓄銳可俱發。
此舉開青徐㉑，旋瞻略恆碣㉒。
昊天積霜露㉓，正氣有肅殺。
禍轉亡胡歲，勢成擒胡月。
胡命其能久？皇綱未宜絕。
憶昨狼狽初㉔，事與古先別：
奸臣竟葅醢㉕，同惡隨蕩析。
不聞夏殷衰，中自誅褒妲㉖。
周漢獲再興，宣光果明哲㉗。
桓桓陳將軍㉘，仗鉞奮忠烈㉙。
微爾人盡非，於今國猶活。
淒涼大同殿㉚，寂寞白獸闥㉛。
都人望翠華，佳氣向金闕。
園陵固有神，灑掃數不缺。
煌煌太宗業，樹立甚宏達！

㉑青徐：青州、徐州，在今山東、蘇北一帶。
㉒恆碣：指恆山、碣石山，在今山西、河北一帶。
㉓昊天：古稱秋天為昊天。
㉔「憶昨」句：追憶去年六月玄宗奔蜀，跑得很慌張。
㉕葅醢：剁成肉醬。
㉖「不聞」二句：意謂史載夏桀寵妹喜，殷紂王寵愛妲己，周幽王寵愛褒姒，皆導致亡國。唐玄宗雖也為楊貴妃兄妹所惑，但能主動誅殺奸臣，挽救國運。
㉗宣光：宣，周宣王。光，漢光武帝。二人都是中興聖主。
㉘桓桓：威嚴勇武。陳將軍：陳玄禮，時任左龍武大將軍，率禁衛軍護衛玄宗逃離長安，走至馬嵬驛，支持兵諫，當場格殺楊國忠等，並迫使玄宗縊殺楊貴妃。
㉙鉞：大斧。
㉚大同殿：玄宗經常朝會群臣的地方。
㉛白獸闥：未央宮白虎殿的殿門，唐代因避高祖之父李虎的諱，改虎為獸。

解讀

至德二載四月，杜甫在陷賊七個多月後終於逃離長安，奔赴肅宗當時所在地鳳翔縣，五月拜左拾遺。後因疏救房琯一度獲罪，經張鎬相救後才獲赦免。雖然杜甫後來官復原職，但肅宗對他已心懷芥蒂。這年八月，肅宗以准許杜甫還家的名義故意疏遠他。杜甫體察到肅宗的用意，一面為國家和國君的前途感到擔憂，一面又為可以與家人團聚感到些許安慰。在回到鄜州家中後，他將一路感受和見聞譜寫成長篇詠懷詩〈北征〉，這是他在〈自京赴奉先縣詠懷五百字〉之後又一首長篇五言詩的傑作。

和〈詠懷五百字〉相比，〈北征〉篇幅更長，敘事容量更大，從歸家的時間和緣由交代起，首先剖明自己一片忠君之心和對國家命運的擔憂；其次以遊記筆法描寫歸家途中的所見所聞，移步換景，情隨景遷，自然山川的景貌和白骨遍野的戰亂都能

杜甫草堂

夠觸發詩人的情緒；然後寫至家後的所見和感受，從妻子兒女襤褸的衣襟寫到自己無以養家的愧疚，從小女學母梳妝寫到兒女嬉鬧的天倫之樂，不厭瑣細而真實動人；再由小家團聚聯想到整個國家的不幸，從當前形勢議論起，說明既要借助回紇之力平定叛亂、又不能過分依賴外力的道理，最後以古今對比表達了對肅宗作為中興之主的期盼和信心，相信不久的將來定能重新匡復大唐，天下太平。詩歌夾敘夾議，敘述有詳有略，略處大筆點染，詳處細緻入微，議論排宕多姿，語氣婉轉懇切。雖是長篇巨製，讀來卻脈絡清楚，環環相扣，融合樂府詩的敘事手法和詠懷詩的抒情功能，即使間以大段議論也毫無枯燥之感。

歷代對〈北征〉的評價很高，黃庭堅稱其可與〈詩經〉「相表裡」，乾隆皇帝更御批為「自有五言」以來的「大文字」。但是它在古代選本中的入選率卻極低，其中原因比較複雜，一來與其篇幅過長有關，二來與它的難以學習和模仿有關，正如施補華所說：「後人無此才氣，無此學問，無此境遇，無此襟抱，斷斷不能作。」另外還與它以文為詩的傾向有關，如「閏八月初吉」、「或紅如丹砂，或黑如點漆」等句式對韓愈詩歌的影響，刻畫平凡瑣細事物對元白詩歌的影響，以議論入詩對宋詩的影響等等，既是它的創新之處，也常被不滿「以議論入詩」的詩選家和詩評家所詬病。不過慶幸的是，這首詩在現當代唐詩選本和文學史中的入選率都得到了明顯的提高，二十世紀有關〈北征〉的專業研究論文多達十三篇，是杜甫五言長篇詩歌研究的熱點。〈北征〉一詩在排行榜中位居第八十七名，〈詠懷五百字〉一詩則因評點和論文數量稍遜一籌而僅居於一百一十一名。

唐詩排行榜

第88名　過香積寺①

王維

幽處見奇，老中見秀，章法、句法、字法皆極渾渾，五律無上神品。（黃生《唐詩摘鈔》）

【排行指標】

古代選本入選次數：一一　在一〇〇篇中排名：一六

現代選本入選次數：七　在一〇〇篇中排名：九二

歷代評點次數：一六　在一〇〇篇中排名：四九

當代研究文章篇數：〇　在一〇〇篇中排名：七七

文學史錄入次數：三　在一〇〇篇中排名：七六

網路連結文章篇數：九一九〇〇　在一〇〇篇中排名：四六

綜合分值：〇．三七八四　總排名：八八

不知香積寺，數里入雲峰。
古木無人徑，深山何處鐘？
泉聲咽危石②，日色冷青松。
薄暮空潭曲③，安禪制毒龍④。

【注釋】

①香積寺：在今陝西西安城南。
②危：高。
③曲：隱蔽的地方。
④安禪：佛教語，入禪定。指身心清靜。毒龍：典出《涅槃經》，比喻邪念妄想。此處指以入定坐禪來制服心中雜念欲望。

解讀

王維的山水田園詩歌中描繪深山溪澗和寺院幽邃的作品不少，如〈登辨覺寺〉、〈藍田山石門精舍〉、〈青溪〉等，〈過香積寺〉是其中最著名的一首。這首詩不僅章法井然，而且句法、字法皆極精緻，其中「泉聲咽危石，日色冷青松」一聯的煉意和煉字更是全詩的神來之筆。清代黃生贊之曰：「五律無上神品。」它在古代選本中的入選率非常高，多達十一種，和〈終南山〉、〈終南別業〉等同為王維山水之作的代表。但是到了現當代，入選的選本減少至七種，文學史上也只是偶爾提及頸聯的用字之妙。它在現代的冷落遭遇，和〈終南別業〉相似。

常建的〈題破山寺後禪院〉和右丞這首〈過香積寺〉在題材和寫景上有相近之處，但常詩在排行榜中高居第八，王詩則落後其八十名，這是因為它在古今選本中的入選率、當代文學史中的地位都不敵常詩。二詩寫景功力相當，但結句有別：「薄暮空潭曲，安禪制毒龍」歸於讚美佛理，「萬籟此都寂，但餘鐘磬音」則只寫境界，更富韻味，所以清代評論家黃生云：「王詩功力有餘，天然則遠矣。」除此之外，常詩「山光悅鳥性，潭影空人心」一聯為殷璠所深愛，「曲徑通幽處，禪房花木深」又為歐陽修所激賞，而王詩的頸聯雖也不乏好評，但終沒有殷璠、歐公這樣的名流為之延譽，所以知名度也大打折扣。再者，正如錢鍾書先生所說，小家的作品因為保存的少，所以能夠一古腦兒陳列在櫥窗裡，讀者看了會無限神往。常建固然擅長山水詩，但比起王維來，亦只能算作小家。人們提起常建必言及〈題破山寺後禪院〉，而王維不僅以詩名世，對畫藝、音韻、佛理皆造詣頗深，詩歌成就也不唯山水詩冠絕一代，邊塞、送別諸作亦極可觀，而且各體皆精，均有名篇，所以提起王維便令人有目不暇接之感。以此看來，〈香積寺〉之名遠落於〈破山寺〉之後，部分原因亦是被詩人的大名所累。

泉聲咽危石，日色冷青松。

唐詩排行榜

第89名　竹枝詞[①]

雙關語妙絕千古，宋元人作者極多似此，母音杳不可得。（史承豫《唐賢小三昧集》）

劉禹錫

【排行指標】

古代選本入選次數：三　在一〇〇篇中排名：九五
現代選本入選次數：二六　在一〇〇篇中排名：一五
歷代評點次數：九　在一〇〇篇中排名：九四
當代研究文章篇數：七　在一〇〇篇中排名：二九
文學史錄入次數：九　在一〇〇篇中排名：一
網路連結文章篇數：九五七〇〇　在一〇〇篇中排名：四三
綜合分值：〇·三七七三　總排名：八九

楊柳青青江水平，
聞郎江上唱歌聲。
東邊日出西邊雨，
道是無晴還有晴②。

【注釋】
①竹枝詞：是流行於巴渝一帶的民歌。
②晴：諧音「情」。

解讀

劉禹錫長期流貶巴渝、湘沅等地，寫下了許多反映少數民族風土人情的詩歌。如〈竹枝詞二首〉、〈堤上行三首〉、〈竹枝詞九首〉、〈踏歌詞四首〉、〈楊柳枝詞九首〉、〈浪淘沙九首〉等，他不僅善於學習當地歌謠，更注重對其改造，注入新的涵義，成為獨具一格的劉氏民歌。這首詩即是他在穆宗長慶二年（八二二）任夔州刺史時所作。

這首「楊柳青青江水平」是〈竹枝詞二首〉之一，它將聽到心上人歌唱後的心理活動表現得細膩宛轉、富有生趣。詩中採用了六朝民歌中常用的諧音雙關手法，以無晴有晴探問有情無情，將少女的矜持、聰慧表現得十分傳神，令人讀來會心一笑。

今天的讀者對這首詩耳熟能詳，這是由於各種選本、文學史教材中都能經常看到它的身影，研究劉禹錫民歌的也必然會提到它，僅二十世紀就有七篇專業論文以這首〈竹枝詞〉為對象。但回頭來看，它在古代選本中的入選率並不高，唐代、明代、清代僅各一種選本入選。事實上，像

〈楊柳枝詞九首〉之「煬帝行宮汴水濱」、「花萼樓前初種時」，在古代選本中的入選率都比較高，但它們在現當代的知名度都遠不如「楊柳青青江水平」，所以從整個歷史的發展過程來說，後者仍然是劉禹錫民歌中的代表詩篇。

唐詩排行榜

第90名　從軍行

楊炯

語麗音鴻，允矣，唐初之傑。三、四著色，初唐本分，五、六較有作手，而音亦仍亮，一結放筆岸然，是大家。（盧麰、王溥《聞鶴軒初盛唐近體讀本》）

【排行指標】

古代選本入選次數：七　在一〇〇篇中排名：五八
現代選本入選次數：二一　在一〇〇篇中排名：五一
歷代評點次數：七　在一〇〇篇中排名：九六
當代研究文章篇數：〇　在一〇〇篇中排名：七七
文學史錄入次數：八　在一〇〇篇中排名：一三
網路連結文章篇數：三二〇〇〇　在一〇〇篇中排名：七八
綜合分值：〇・三七七〇　總排名：九〇

烽火照西京①，心中自不平。
牙璋辭鳳闕②，鐵騎繞龍城③。
雪暗凋旗畫，風多雜鼓聲。
寧為百夫長④，勝作一書生。

【注釋】

①「烽火」句：謂烽火已經照達長安，表明敵情嚴重。

②牙璋：調兵的符牒。兩塊合成，嵌合處呈齒狀，故名。這裡指代奉命出征的將帥。鳳闕：漢代建章宮上有銅鳳，故稱鳳闕。後來常用作皇宮的泛稱。

③龍城：漢時匈奴大會祭天之處，故址在今蒙古國鄂爾渾河東側。這裡泛指敵方要地。

④百夫長：泛指下級武官。

解讀

正如聞一多先生所說，五律到了王勃、楊炯的時代，從台閣移至江山與塞漠。從二人詩風上看，王勃以高華著稱，楊炯則以雄壯見長，這固然是詩人氣質使然，但與他們對題材的偏重

描金石刻武士俑

也不無關係。王勃的名篇多為送別之作，如〈送杜少府之任蜀川〉、〈別薛華〉和〈重別薛華〉，楊炯雖然也不乏送別之作，但更為出眾的則是〈從軍行〉、〈紫騮馬〉這類直接與從軍有關的詩歌。〈從軍行〉描寫了一位走馬揚鞭、心懷壯志的從軍者形象，他聞知邊境受犯，立刻請纓赴邊，「寧為百夫長，勝作一書生」，尤其勁健雄壯，充滿著「捐軀赴國難，視死忽如歸」的英雄主義豪情。這種英雄豪情向前繼承了漢魏詩的風骨，向後揭開了盛唐邊塞詩的序幕，在詩歌史上意義非常。

這首詩在歷代唐詩選本中的入選率比較穩定，維持在五十名左右，文學史教材對這首詩幾乎都有所提及。歷代對於這首詩的評價很高，但遺憾的是為數並不多，現當代專門以此為題的專業性論文也幾乎沒有，這些因素都影響了它的綜合排名。

唐詩排行榜

第91名　與諸子登峴山①

孟浩然

起得高古，略無粉色，而情景具深，悲慨勝於形容，真峴山詩也！復有能言，亦在下風。不必苦思，自然好。苦思復不能及。

（劉辰翁《王孟詩評》）

【排行指標】

古代選本入選次數：一〇　在一〇〇篇中排名：二六

現代選本入選次數：一一　在一〇〇篇中排名：八六

歷代評點次數：一五　在一〇〇篇中排名：五九

當代研究文章篇數：〇　在一〇〇篇中排名：七七

文學史錄入次數：二　在一〇〇篇中排名：八七

網路連結文章篇數：二一七五〇　在一〇〇篇中排名：八五

綜合分值：〇．三七五七　總排名：九一

人事有代謝，往來成古今。
江山留勝跡，我輩復登臨。
水落魚梁淺②，天寒夢澤深③。
羊公碑尚在④，讀罷淚沾襟。

【注釋】
①峴山：俗稱三峴，臨漢江與鹿門山對峙。在今湖北襄陽。
②魚梁：沙洲名。在襄陽鹿門山的沔水中。
③夢澤：雲夢澤。
④羊公碑：晉代羊祜好遊峴山，後襄陽百姓於其遊憩處立碑紀念，望其碑者莫不流涕，杜預因名為墮淚碑。

解讀

〈與諸子登峴山〉是孟浩然詩歌接受史中古今落差比較大的一首詩，在古代選本中它的入選率和〈過故人莊〉齊平，而隨著時間推移，卻慢慢淡出了人們的視線，綜合排名位於百首名篇之尾。「水落魚梁淺，天寒夢澤深」是詩中著名的景句，今天的文學史常摘引此聯表現孟詩寫景的造詣，但從歷代評點來看，人們關注的重心不在寫景，而在通體的情意。起結兩聯是評家著墨最多的地方，「人事有代謝，往來成古今」，天成之語，出口即詩，劉辰翁稱其「起得高古」；落句「羊公碑尚在，讀罷淚沾巾」，沿用古事，與中唐人的懷古詠史好翻案相比，李沂稱孟詩「妙在不翻案」。《晉書》卷三十四〈羊祜傳〉：「祜樂山水，每風景，必造峴山，置酒言詠，終日不倦。嘗慨然歎息，顧謂從事中郎鄒湛等曰：『自有宇宙，便有此山。由來賢達勝士，登此遠望，如我與卿者多矣！皆湮滅無聞，使人悲傷。如百歲後有知，魂魄猶應登此也。』湛曰：『公德冠四海，道嗣前哲，令聞令望，必與此山俱傳。至若湛輩，乃當如公言耳。』」詩人用意不在翻陳出新，而是借羊公登臨墮淚之事引出自己內心一番人生之慨。人生倏忽，江山永在，昔日羊公有慨於此潸然墮淚，今朝孟浩然登臨之際，與羊公當日之情隔代相通，此一層感慨；而羊公猶存墮淚碑為後世之人瞻仰，浩然百年之後可有人思否？此再一層感慨。他的「淚沾襟」不是對古人的簡單效仿，而有蘊含了自己的一腔幽情，所以味中有味。頸聯「淺」、「深」二字，不求工而自工，是孟詩寫景的特色，所以今人獨將頸聯拈出稱為名句。

唐詩排行榜

第92名　春夜喜雨

杜甫

此是名篇，通體精妙，後半猶有神。「隨風」二句，雖細潤，中晚人刻意或及之，後四句傳神之筆，則非餘子所可到。

（李慶甲《瀛奎律髓匯評》引紀昀曰）

【排行指標】

古代選本入選次數：四　在一〇〇篇中排名：八九

現代選本入選次數：二三　在一〇〇篇中排名：四二

歷代評點次數：一五　在一〇〇篇中排名：五九

當代研究文章篇數：一七　在一〇〇篇中排名：一〇

文學史錄入次數：三　在一〇〇篇中排名：七六

網路連結文章篇數：一三九五〇〇　在一〇〇篇中排名：二〇

綜合分值：〇．三七五二　總排名：九二

好雨知時節，當春乃發生①。
隨風潛入夜，潤物細無聲。
野徑雲俱黑，江船火獨明。
曉看紅濕處，花重錦官城。

【注釋】
①發生：催發植物生長，萌發生長。

解讀

代宗寶應元年（七六二）春，杜甫居成都草堂。從上一年的冬天到這年的二月，成都一帶持續乾旱，此夜春雨普降，杜甫欣喜非常，寫下此詩。

如果說王維筆下「浥輕塵」的「渭城朝雨」，韓愈筆下「潤如酥」的「天街小雨」還帶有文人以景起興的痕跡和士大夫「賞鑑」春色的意味，那麼杜甫筆下「知時節」的「好雨」則直接表達了普通百姓適逢「風調雨順」時的那種喜悅之情。「好」字通俗而質樸，「知」字寫出春雨的靈性，「當」和「乃」寫出春雨的及時，也暗寫人們的心情。頷聯寫雨，「潛」字、「細」字描出春雨的細密如織，輕巧柔和。頸聯寫夜，以「雲俱黑」和「火獨明」一暗一明狀出；落筆極妙，借次日清晨之花補寫出前夜未寫之雨，「重」字寫喝飽雨水的花朵不勝壓枝的狀態尤其傳神，回頭再品讀頸聯，便知那時迷迷濛濛的春雨正在飄揚之中。

杜甫有許多寫雨的詩歌，除直接以〈雨〉為名的數十首外，還有〈朝雨〉、〈晨雨〉、〈夜雨〉、〈梅雨〉、〈村雨〉、〈對雨〉、〈雨不絕〉、〈雨晴〉等，〈春夜喜雨〉是其中情調最輕快的一首，也是常被後人吟誦的一首。近代學者朱自清先生著名的散文〈春〉中也有一段關於春雨的描寫，從中還可以感受到老杜〈春夜喜雨〉的餘韻，兩部作品不僅刻畫春雨的筆觸非常細膩，而且非常可貴的是老杜和朱自清都在飽經磨難之後，仍以赤子之心吟出這樣清新動人的作品，這才是它們最打動人心的地方。

〈春夜喜雨〉在明清之際受到的評價很高，但在古代的入選率卻並不是很高。現當代後這首詩的入選率才大幅增加，不僅選本中頻頻入選，而且還被選入中學語文教材，成為青少年兒童能夠脫口而出的篇章。另外，二十世紀關於它的研究論文也為數不少，這些因素都促使它成為今日的唐詩經典。

野徑雲俱黑，江船火獨明。

唐詩排行榜

第93名　送魏萬之京①

此篇起語平平，接句便新，初聯優柔，次聯奇拔，結蘊可興，含蓄不露，最為佳作。（顧璘《批點唐音》）

李頎

【排行指標】

古代選本入選次數：八　在一〇〇篇中排名：四五
現代選本入選次數：一三　在一〇〇篇中排名：七九
歷代評點次數：一六　在一〇〇篇中排名：四九
當代研究文章篇數：〇　在一〇〇篇中排名：七七
文學史錄入次數：三　在一〇〇篇中排名：七六
網路連結文章篇數：一八〇七〇　在一〇〇篇中排名：八七
綜合分值：〇・三七三五　總排名：九三

朝聞遊子唱離歌，昨夜微霜初渡河②。
鴻雁不堪愁裡聽，雲山況是客中過。
關城樹色催寒近③，御苑砧聲向晚多④。
莫見長安行樂處，空令歲月易蹉跎。

【注釋】

①魏萬：又名顥。上元初進士。曾隱居王屋山，自號王屋山人。
②初渡河：魏萬家住王屋山，在黃河北岸，去長安必須渡河。
③關城：指潼關。
④御苑：皇宮的庭苑。這裡借指京城。

解讀

李頎在新舊《唐書》中皆無傳，生卒年和籍貫也難以確考。史料記載他生前交遊甚廣，詩歌多被時賢推重，盛唐殷璠編選《河岳英靈集》時稱其「有偉才」，選錄李詩多達十四首。他的詩歌在明清之際也受到廣泛的關注。〈送魏萬之京〉是李頎七律中的名篇，何景明曰：「多少宛轉，誦之悠然。」屈復云：「通首有纏綿之致。」頷聯賦離別之景，用「不堪」、「況是」，即有宛轉之情，頸聯賦路途景況，又能融情於景。最後一聯從表面上看是長者對後輩的勸誡勉勵，但言外之意又值得尋味。經近代學者譚優學先生考證，李頎自少任俠使氣，傾才結客，好攀貴遊，所與遊者，多五陵年少。往來兩京，聲名籍籍。自謂功名可取，青雲立致。其後，世事輕薄，悔而厭之，且時已壯年，乃閉戶潁陽，折節讀書。所以這兩句還寄予了作者自身對前塵往事的感慨，所以陸時雍評結句「寄況無限」。試將這首詩與王勃的「無為在歧路，兒女共沾巾」、王維的「勸君更盡一杯酒，西出陽關無故人」和李白的「我寄愁心與明月，隨君直到夜郎西」對讀，確實別有一番味道。

這首詩在古代選本中的入選率不算低，歷代評點也較為豐富。但它在現當代的入選率有所降低，在文學史中也經常被忽略。選本大多只選其〈古從軍行〉，文學史上也將其劃在邊塞詩人之列，對其送別詩和音樂詩都僅作提及，對七律的成就更未作專門介紹。事實上，李頎七律雖數量

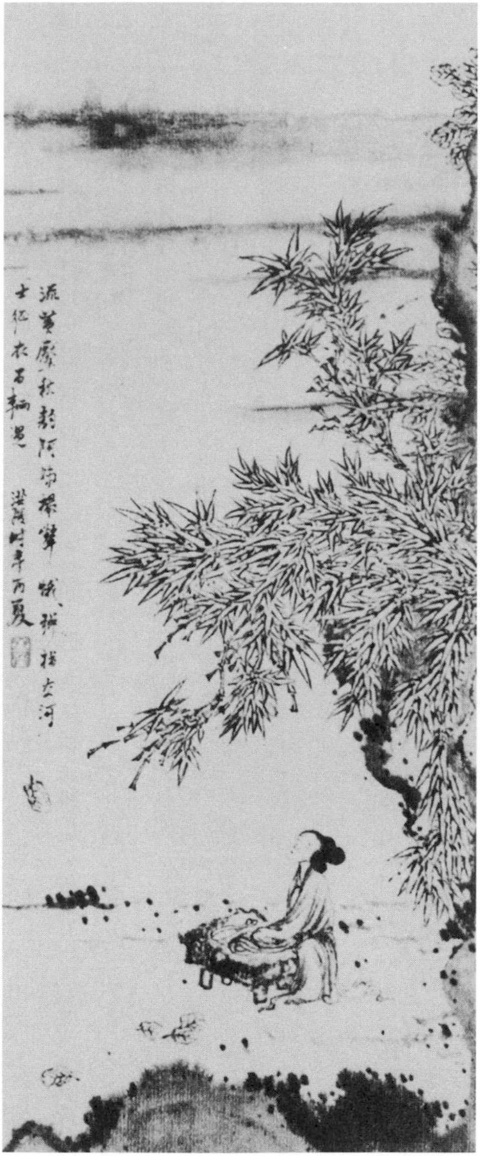

御苑砧聲向晚多

不多，但歷代評價都很高，尤其為明人稱讚，陸時雍稱其「詩格清煉」，王世懋云「響亮整肅」，周敬、周珽贊其乃「盛唐妙品」，李攀龍更將其和王維、杜甫相提並論，溢美之詞無以復加。他的音樂詩對白居易、韓愈、李賀等人都很有影響，而許多送別詩也都以刻畫人物性格為特色。統計結果顯示李頎僅有〈送魏萬之京〉一首勉強躋身於百首排行榜，作為一名個性鮮明、詩風多樣的盛唐詩人，李頎的成就應該得到更全面的重視。

唐詩排行榜

第94名 早雁

牧之之詠早雁，如鄭谷之詠鷓鴣，都是絕唱。（陸次雲《五朝詩善鳴集》）

杜牧

【排行指標】

古代選本入選次數：六　在一〇〇篇中排名：七三

現代選本入選次數：一六　在一〇〇篇中排名：六八

歷代評點次數：一五　在一〇〇篇中排名：五九

當代研究文章篇數：一　在一〇〇篇中排名：六二

文學史錄入次數：五　在一〇〇篇中排名：五一

網路連結文章篇數：三九九五〇　在一〇〇篇中排名：七三

綜合分值：〇．三七一三　總排名：九四

金河秋半虜弦開①，雲外驚飛四散哀。
仙掌月明孤影過，長門燈暗數聲來②。
須知胡騎紛紛在，豈逐春風一一回？
莫厭瀟湘少人處，水多菰米岸莓苔③。

【注釋】

①金河：在今內蒙古呼和浩特市南部。

②「仙掌」二句：仙掌，漢武帝時，未央宮立有承露銅盤，稱仙人掌。長門，漢代宮殿名。這裡仙掌、長門指長安一帶。

③菰：多年生草本植物，生長在池沼中，俗稱茭白，果實叫菰米。莓苔：苔蘚，青苔。菰米和莓苔都可以作為鳥類的食物。

解讀

這首詩名曰〈早雁〉，卻並非一首詠物詩，乃「借雁而傷流寓也」。詩歌以雁為虜弦所驚，比喻邊疆人民遭受回鶻侵擾，用「驚飛四散哀」來刻畫百姓倉皇逃生、離開家園的慘狀，十分貼切。雁群飛過月色籠罩的長安上空時，昔日漢武帝所建的銅鑄仙人也失去了昔日輝煌富麗的神采，顯得無奈又落寞，一聲悽慘孤寂的雁鳴聲劃過長門宮，那裡原本哀怨的氣氛又增加了幾分。清人黃叔燦評價頷聯云：「語在景中，神遊象外，真名句也。」作者勸早雁一去就不要復返，起初令人不解，但話鋒一轉，瀟湘之地雖人跡罕絕，起碼還有菰米和莓苔能夠維持生命，終究強過回到家鄉受胡虜的凌辱，這和「苛政猛於虎」的手法相似。「須知」、「豈逐」、「莫厭」等虛詞的頻繁出現將作者無奈、憤慨的情緒表達得十分到位。

整首詩托物起興，設想奇特，對百姓充滿憐惜之情，哀民之不幸，怒朝廷之不爭，筆觸細膩，情感沉痛。這首詩在古今選本中的地位沒有什麼大起大落，一直維持在七十名左右，在文學史上也始終占據著一席之地。杜牧以浪蕩和狷介聞名，擅長七絕，這首詩則用七律為我們顯示了杜牧憂國恤民的一面，難怪胡本淵會稱它「尤有老杜風骨」。

唐詩排行榜

第95名　雁門太守行①

李賀

陰雲蔽天，忽露赤日，實有此景。字字錘鍊而成，昌谷集中定推老成之作。（沈德潛《唐詩別裁集》）

【排行指標】

古代選本入選次數：四　在一〇〇篇中排名：八九
現代選本入選次數：二〇　在一〇〇篇中排名：五八
歷代評點次數：一三　在一〇〇篇中排名：七五
當代研究文章篇數：一〇　在一〇〇篇中排名：一七
文學史錄入次數：七　在一〇〇篇中排名：三一
網路連結文章篇數：五二一〇〇　在一〇〇篇中排名：六二
綜合分值：〇．三七一三　總排名：九五

黑雲壓城城欲摧②，甲光向日金鱗開。
角聲滿天秋色裡，塞上燕脂凝夜紫③。
半卷紅旗臨易水④，霜重鼓寒聲不起。
報君黃金台上意⑤，提攜玉龍為君死⑥。

【注釋】

①雁門太守行：樂府〈相和歌辭‧瑟調曲〉舊題，言邊地征戰。
②「黑雲」句：形容敵軍兵臨城下的緊張氣氛與形勢。
③「塞上」句：長城附近多紫色泥土，所以叫紫塞。
④易水：水名源出今河北易縣。
⑤黃金台：相傳戰國燕昭王所築，上置千金，以招攬人才。
⑥玉龍：指珍貴的寶劍。

解讀

唐代溫卷之風盛行，以一詩成名的事時有發生。白居易曾因〈賦得古原草送別〉令顧況刮目相看，李賀的〈雁門太守行〉，也為他贏得了大文學家韓愈的賞識。這首七古，重在一個「奇」字。詩人似乎要「語不驚人死不休」。的確，無論是壓城欲摧的黑雲、日光下泛著金鱗的甲光，還是夕陽中胭脂般凝紫的血色泥土，都給人以陌生化的視覺衝擊，新奇無比。這固然是詩人在有意鍛鍊語言，但也並非脫離實際。雖然李賀沒有到過邊塞，但「黑雲壓城城欲摧」這句詩卻僅由憑空構想就勾勒出大戰一觸即發的氣氛與景象。楊慎曾用自己的親身經歷驗證過「黑雲壓城城欲摧」的事實，大讚其善狀物；薛雪也說「是陣前事實，千古妙語」，可見他的藝術想像力是多麼豐富！最後一句落在仄聲「死」字上，更顯得「決絕險勁」。〈雁門太守行〉是李賀的早期作品，沈德潛卻稱其為「老成之作」，評價甚高。

儘管有韓愈的賞識和眾多名家的點評，這首詩在古代的入選次數卻並不多。事實上，李賀詩在古代選本中的入選率整體都不高，這大概與他過於險怪有關。時至當代，李賀詩風重新受到重視，〈雁門太守行〉在選本中入選率有所提高，文學史中也以此為李賀的代表作品之一，除此之外，專門性的研究論文也多達十篇，這些因素都是它進入名篇排行榜的得分點。

唐詩排行榜

第96名　行經華陰①

崔顥

「削不成」，言削不成而成也。詩家自有藏山移月之旨，非一往人所知。（王夫之《唐詩評選》）

【排行指標】

古代選本入選次數：一〇　在一〇〇篇中排名：二六

現代選本入選次數：四　在一〇〇篇中排名：九六

歷代評點次數：二一　在一〇〇篇九排名：二五

當代研究文章篇數：〇　在一〇〇篇中排名：七七

文學史錄入次數：〇　在一〇〇篇中排名：九七

網路連結文章篇數：七七七〇　在一〇〇篇中排名：九六

綜合分值：〇．三六八九　總排名：九六

岧嶢太華俯咸京②，天外三峰削不成③。
武帝祠前雲欲散④，仙人掌上雨初晴⑤。
河山北枕秦關險⑥，驛路西連漢畤平⑦。
借問路旁名利客，何如此處學長生？

【注釋】

①華陰：今陝西華陰，有西嶽華山。
②岧嶢：山勢高峻。
③三峰：指華山芙蓉、玉女、明星三峰。
④武帝祠：即巨靈祠，祭天地五帝之祠，漢武帝在華山頂所建。
⑤仙人掌：相傳華山為巨靈神所開，其手印尚存華山東峰。
⑥秦關：指函谷關，故址在今河南靈寶。
⑦漢畤：漢時帝王祭天地和五帝處。

解讀

今天的讀者提起崔顥，對〈黃鶴樓〉都耳熟能詳，而對〈行經華陰〉卻知之甚少，這是因為現當代唐詩選本中很少選入這首詩，而且所有文學史幾乎都遺忘了它。從統計資料來看，它在古代選本中的入選率其實並不低，多達十種選本入選，而且歷代評家也多有關注，共有二十一條點評，也正是這兩項指標，促使它最終躋身於名篇排行榜百首之列。清人吳昌祺曾評價〈黃鶴樓〉云：「不古不律，亦古亦律。」與之相比，〈行經華陰〉是標準的七律體裁，它平仄合黏，對仗工穩。可見崔顥作詩並非不能嚴遵規則，而是情之所至，有所不羈，這一點倒和李白有點相似。

這首詩以寫景為主，在選字用詞和興象的營造上都可圈可點。以首句「俯咸京」為例，胡以梅稱讚「俯字有神」，趙臣瑗對詩歌尾句流露出的棲隱之意加以發揮，評價說：「著一『俯』字，便見從來仙靈高出於名利之士。」第二句的「削不成」也受到很多評家賞識，如金聖歎曰：「『削不成』之為言，此非人工所及。蓋欲言其削成，則必何等大人，手持何器，身立何處，而後乃今始當措手。此三字與上『俯咸京』三字，皆是先生脫盡金粉章句，別舒元化之眼，真為蓋代大文，絕非經生恆睹也。」沈德潛曰：「太華三峰如削，今反云『削不成』，妙。」王夫之曰：「『削不成』，言削不成而成也。詩家自有藏山移月之旨，非一往人所知。」中間兩聯的用典和對仗十分精采，音韻和氣象也給人雄渾沉壯之感。寫景固然工巧，但尾聯流露出的世外之想才是作者真正的主旨所在。明代許學夷曾這樣評價崔顥的七律：「雖皆匠心，然體制、聲調靡不合於天成。」反觀〈行經華陰〉，不正如他所言嗎？這首詩在將來的命運如何，還值得我們期待。

武帝祠前雲欲散，仙人掌上雨初晴。

唐詩排行榜

第97名

太白「人煙」二句，黃魯直更之曰：「人家圍橘柚，秋色老梧桐。」只易兩字，而醜態畢具，直點金作鐵手耳。

（李攀龍輯，凌宏憲集評《唐詩廣選》引王世貞曰）

秋登宣城謝脁北樓①

李白

【排行指標】

古代選本入選次數：一〇　在一〇〇篇中排名：二六

現代選本入選次數：九　在一〇〇篇中排名：八九

歷代評點次數：一四　在一〇〇篇中排名：七〇

當代研究文章篇數：一一　在一〇〇篇中排名：一五

文學史錄入次數：一　在一〇〇篇中排名：九五

網路連結文章篇數：四八三六〇　在一〇〇篇中排名：六五

綜合分值：〇．三六六五　總排名：九七

江城如畫裡，山晚望晴空。
兩水夾明鏡②，雙橋落彩虹③。
人煙寒橘柚，秋色老梧桐。
誰念北樓上，臨風懷謝公。

【注釋】

①宣城：今安徽宣城。謝朓北樓：南齊詩人謝朓任宣城太守時所建，是宣城的登覽勝地。
②兩水：指繞宣城而流的宛溪、句溪二水。
③雙橋：指宛溪上的上、下兩橋，上橋名鳳凰橋，下橋名濟川橋。

解讀

這是李白入圍百首名篇排行榜中唯一的五言律詩。胡應麟曾云：「五言律，太白風華逸宕，特過諸人，而後之學者，才匪天仙，多流率易。」從後人對這首〈秋登宣城謝朓北樓〉一詩的模仿來看，胡氏此言有一定道理。這是一首登臨詩，中二聯為寫景佳句，其中「夾」、「落」、「寒」、「老」四字工煉。頷聯本義為：兩水如明鏡，雙橋似彩虹。但這樣的詩句毫無生氣，中間替以「夾」、「落」二字，既見句溪、宛溪繞城而流之景，又見雙橋從天而降的體態，生色不少。王荊公〈虎圖行〉有詩句曰「目光夾鏡坐當隅」，方回稱本於太白。至於「人煙寒橘柚，秋色老梧桐」一聯的模仿者則更多，且不論老杜「荒庭垂橘柚」之句是否與此有關，宋代陳師道的「寒心生蟋蟀，秋色上梧桐」和黃庭堅的「人家圍橘柚，秋色老梧桐」、「歲晚對煙景，人家橘柚間」等詩句則是明顯化用甚至移用李白詩句。不過這些模仿、化用之句，皆遠遜於原作。

被眾人模仿是因為詩歌本身的魅力，仿作很難超越原作，但可以擴大原作的知名度。李白這首五律在古代選本中入選十次，與另外一首五律〈送友人入蜀〉同為李白詩歌在古代選本中的入選之冠，但它們在現當代選本和文學史上的地位都大幅降低。〈秋登宣城謝朓北樓〉入選僅九次，〈送友人入蜀〉入選率更低。不過〈秋登宣城謝朓北樓〉在二十世紀的研究論文一項成果較多，所以勉強躋身前百名，而〈送友人入蜀〉則未能晉級。這跟現當代的李白研究多集中在他的七言歌行和絕句上有直接關係，而對其律詩，尤其是五律，不大關注。

唐詩排行榜

第98名　登金陵鳳凰台①

若論作法，則崔之妙在淩駕，李之妙在安頓，豈相礙乎？
（趙臣瑗《山滿樓箋注唐詩七言律》）

李白

【排行指標】

古代選本入選次數：六　在一〇〇篇中排名：七三
現代選本入選次數：一二　在一〇〇篇中排名：八二
歷代評點次數：二一　在一〇〇篇中排名：二五
當代研究文章篇數：二　在一〇〇篇中排名：五三
文學史錄入次數：二　在一〇〇篇中排名：八七
網路連結文章篇數：五四二〇〇　在一〇〇篇中排名：六一
綜合分值：〇．三六六一　總排名：九八

鳳凰台上鳳凰遊，鳳去台空江自流。
吳宮花草埋幽徑②，晉代衣冠成古丘③。
三山半落青天外④，二水中分白鷺洲⑤。
總為浮雲能蔽日，長安不見使人愁。

【注釋】

①鳳凰台：故址在今南京鳳凰山。相傳南朝劉宋元嘉年間有鳳凰飛集於此山，故在此修建鳳凰台。
②吳宮：三國時吳國建都金陵，故稱。
③晉代：東晉亦建都於金陵。衣冠：指豪門貴族。丘：墳墓。
④三山：山名，在南京西南長江邊，因三峰並列、南北相連而得名。
⑤白鷺洲：在金陵西長江中。

解讀

李白見崔顥〈黃鶴樓〉詩，讚賞不已，可見古人服善推美的胸懷。但以李白之仙才，必「見賢思齊」，所以作〈登金陵鳳凰台〉以逞雄才。原作和仿作孰為優劣，自古以來便聚訟紛紜。劉辰翁認為白詩「出於崔顥而特勝之」，方回則云二詩「格律氣勢未易甲乙」，王世貞、王世懋弟兄卻一致認為白詩不及崔詩，眾家各持己見，皆有所憑。如翟佑《歸田詩話》對比二詩結句，云白詩「愛君憂國之意」，遠過崔詩「鄉關之念」，所以為優；而王世懋恰與其針鋒相對，云崔詩「日暮鄉關」乃「興而賦也」，白詩「浮雲蔽日」乃「比而賦也」，崔詩乃因景生愁，李詩乃逐客自愁，故崔詩更勝一籌。相較而言，清人評價較為剴切，以乾隆皇帝敕編的《唐宋詩醇》為例：

「崔詩直舉胸情，氣體高渾；白詩寓目山河，別有懷抱，其言皆從心而發，即景而成，意象偶同，勝境各擅。論者不舉其高情遠意，而沾沾吹索於字句之間，固已蔽矣。」

二詩皆有所長，但從影響力來看，〈鳳凰台〉遠不及〈黃鶴樓〉。從選本選詩來看，三十三種古代選本中崔詩入選高達十七種，李詩僅入選六種，三十七種現代選本選崔詩者尤二十四種，選李詩者僅十二種；歷代評點一項崔詩亦遠遠超過李詩；〈黃鶴樓〉在現當代文學史中尚有一席之地，而〈鳳凰台〉則很少被提及。在本排行榜中，〈鳳凰台〉一詩僅居榜尾，與榜首之〈黃鶴樓〉遙相呼應，這樣的格局結合崔李詩之爭來看，亦有玩味之處。此外，李白還有一首〈鸚鵡洲〉，與〈黃鶴樓〉的句式、風格亦極其相似，但聲名不及〈鳳凰台〉，所以未入排行榜。

鳳凰台上鳳凰遊，鳳去台空江自流。

唐詩排行榜

第99名　雲陽館與韓紳宿別①

司空曙

三四寫久別忽遇之情。五六夜中共宿之景，通體一氣，無餖飣習，爾時已為高格矣。（沈德潛《唐詩別裁集》）

【排行指標】

古代選本入選次數：一一　在一〇〇篇中排名：一六
現代選本入選次數：八　在一〇〇篇中排名：九一
歷代評點次數：一三　在一〇〇篇中排名：七五
當代研究文章篇數：〇　在一〇〇篇中排名：七七
文學史錄入次數：二　在一〇〇篇中排名：八七
網路連結文章篇數：二八〇四〇　在一〇〇篇中排名：八二
綜合分值：〇·三六五六　總排名：九九

故人江海別，幾度隔山川。
乍見翻疑夢②，相悲各問年。
孤燈寒照雨，深竹暗浮煙。
更有明朝恨，離杯惜共傳。

【注釋】

①雲陽：縣名，治今陝西涇陽西北。韓紳：韓愈四叔名，與司空曙同時，曾在涇陽任縣令，可能即為其人。

②乍：突然。翻：反而。

解讀

羈旅情思、臨別贈答是唐詩的重要題材，這在大曆十才子的詩歌中尤為多見。〈雲陽館與韓紳宿別〉是司空曙的一首名作，其中頷聯是描寫久別重逢的名句。夢有時候用來傳達人們對明天的希望，但如果希望的事情只發生在夢裡，夢就會變成一個注滿絕望的容器。一旦夢裡的事情在人們不抱任何希望之時突然成真，反而令人有種措手不及、難以置信之感。除司空曙外，杜甫詩句「夜闌更秉燭，相對如夢寐」和戴叔倫詩句「還作江南會，翻疑夢裡逢」，都寫下了人們的共同感受。司空曙只用「乍見翻疑夢」五字，更顯凝練和傳神。對句接「相悲各問年」，為清代大學者紀昀所賞，所問者尤可悲，可悲者尤須問，寒暄之語如聞耳際。除頷聯外，頸聯的寫景也是一大亮點。這也是大曆十才子近體詩善於對偶之聯工筆繪景的一個共同體現。短暫的相逢之後又是新的離別，所以詩人將離愁別恨再一次凝結在酒中，結句尤感悲慨。杜甫詩句「明日隔山嶽，世事兩茫茫」、李益詩句「明日巴陵道，秋山又幾重」，都可視作這首詩的餘味。從歷代選評情況來看，司空曙這首五律在古代的入選率勝於現當代，這和大曆十才子在文學史上整體不太受重視有關。

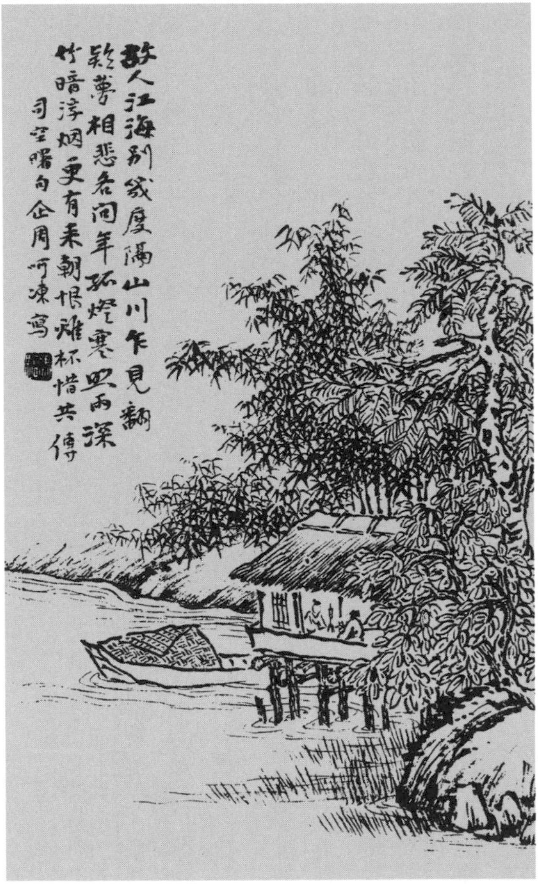
故人江海別幾度隔山川乍見翻
疑夢相悲各問年孤燈寒照雨深
竹暗浮烟更有來朝恨離杯惜共傳
司空曙句

孤燈寒照雨，深竹暗浮煙。

唐詩排行榜

第100名　羌村

杜甫

三首俱佳，而第一首尤絕。一字一句，鏤出肺腸，才人莫知措手；而婉轉周至，躍然目前，又若尋常人所欲道者。真〈國風〉之義，黃初之旨，而結體終始，乃杜本色耳。（仇兆鼇《杜詩詳注》引王慎中曰）

【排行指標】

古代選本入選次數：六	在一〇〇篇中排名：七三
現代選本入選次數：一五	在一〇〇篇中排名：七四
歷代評點次數：一六	在一〇〇篇中排名：四九
當代研究文章篇數：一〇	在一〇〇篇中排名：一七
文學史錄入次數：五	在一〇〇篇中排名：五一
網路連結文章篇數：二三九八〇	在一〇〇篇中排名：八四
綜合分值：〇・三六五二	**總排名：一〇〇**

崢嶸赤雲西①，日腳下平地②。
柴門鳥雀噪，歸客千里至。
妻孥怪我在③，驚定還拭淚。
世亂遭飄蕩，生還偶然遂。
鄰人滿牆頭，感歎亦歔欷④。
夜闌更秉燭，相對如夢寐。

【注釋】

①崢嶸：山高峻貌，此處形容天空中赤雲的重疊。
②日腳：穿過雲縫射下來的陽光。
③妻孥：妻子和子女。
④歔欷：歎息之聲。

解讀

肅宗至德二年（七五七）五月，作者剛任左拾遺，因上書援救被罷相的房琯而觸怒肅宗，險些喪命。八月，被放還鄜州羌村（今陝西富縣西）探望家小，作〈羌村〉三首，此為第一首。〈羌村〉三首和〈北征〉為同期之作，內容上有相通之處。〈北征〉詩中有一部分篇幅寫詩人回家的見聞感受，〈羌村〉三首以組詩的形式將這部分展開來寫，按照還家後的生活邏輯，從初見的悲喜交加寫到驚定後的憶舊感懷，從與鄰里的飲酒寫到世亂中的艱難民生，既有田園生活的真實寫照，又穿插著始終不能化解的家國情愁，這是杜集中著名的聯章組詩。

「崢嶸赤雲西」是三首中的第一首，寫詩人初至家時的情景。詩歌既寫出了飽經亂離的親人在乍一相逢時悲喜交加的神情，也活畫出一幅村居景象，畫面質樸、情感真摯。最後兩句寫等到鄰居散盡子女熟睡後，飽嘗亂離的夫婦倆還久久不能平靜，挑燈夜話，仍然不敢相信重逢的事實，亂世重逢何其不易，愈發令人感到沉痛。「夜闌更秉燭，相對如夢寐」的詩意也常被後世翻用，如戴叔倫的「還作江南會，翻疑夢裡逢」、晏幾道的「今宵剩把金照，猶恐相逢是夢中」等。

這首詩是〈羌村〉三首中最常被人提及的一首，歷代評家多有讚賞之詞，但它僅位於百首名篇之末，另外兩首分別居於第二百六十一名和一百七十名。〈羌村〉名次比較靠後，與其入選率和被點評率較低有直接關係，而這又正是選家面對詩歌「大家」時常遇到的問題，杜甫詩歌既多且優，選家選詩時精力難免會比較分散，因此無形中會造成一些優秀詩歌的被遮蔽埋沒。

作者小傳

崔顥（七〇四？—七五四）

汴州（今河南開封）人。《舊唐書》本傳說他「有俊才，無士行，喜好蒱博（古代賭博遊戲的一種）、飲酒；以貌擇妻，稍不合意就動輒休妻」。早期作品頗多豔詩。開元後期似曾進入河東軍幕，才因為軍旅生活，詩風變為剛健蒼勁。唐．殷璠《河嶽英靈集》評論崔顥年少詩作「名陷輕薄」，晚期詩風則是「風骨凜然，一窺塞垣，說盡戎旅」。代表作有〈黃鶴樓〉。

王維（六九九—七五九）

字摩詰，太原祁（今山西祁縣）人。二十一歲中進士，任職大樂丞。早年就出入宮廷，並一度奉使出塞。安史亂起，王維被迫任偽職，稱病不出。動亂平息後，他因為附賊罪而下獄，幸好他曾寫過〈凝碧詩〉，表達對朝廷的忠誠，弟弟又願意削官代贖，罪名才因此減輕。之後一路累遷至尚書右丞。王維大半生都亦官亦隱，詩境常帶佛理，世稱「詩佛」，在唐代山水田園詩派中成就最高。兼擅書畫、音樂，蘇軾評王維「詩中有畫、畫中有詩」。代表作有〈竹里館〉、〈山居秋暝〉等。

王之渙（六八八—七四二）

字季凌，本家晉陽（今山西太原），郡望為并州，後來徙居絳郡（今山西新絳）。開元年間，憑靠門蔭補任地方官職，因為遭誣陷而拂衣辭官，優游大河南北；後來聽從親友勸告，再度出仕。王之渙年少時性情任俠，慷慨倜儻，詩歌大抵以邊塞、戰爭為題材，與高適、岑參、王昌齡齊名，風格也相近，顯現樂觀積極、昂揚明朗的盛唐氣象。其詩隨樂而歌，傳誦一時。代表作有〈登鸛雀樓〉、〈涼州詞〉。

杜甫（七一二—七七〇）

字子美，自稱杜陵野客、少陵野老，世稱「杜拾遺」、「杜工部」。祖籍襄陽（在今湖北），生長於河南鞏縣，是初唐詩人杜審言的孫子，晉朝大將杜預的後裔。天寶初年，入長安京考進士落第，於是遊歷吳越、齊趙，結識了李白、高適等詩人。安史之亂時，杜甫奔赴靈武，肅宗授任左拾遺。後來貶為華州司功參軍；不久就棄官入蜀，在成都築浣花草堂。時任成都尹的嚴武是杜甫好友，請杜甫任職工部員外郎。後來杜甫攜家出峽東歸，漂泊於湖南，貧病交加，最後卒於湘江舟中。杜甫詩風沉鬱頓挫，他的寫實詩作反映大唐帝國的由盛而衰，並將盛唐之音導向中唐，後人尊為「詩史」、「詩聖」。

杜甫是中國文學史上公認最偉大的詩人，他的偉大不僅在於對後世詩歌的深遠影響，還在於他忠君愛國、體恤民情的人格操守。其詩作擴大了人類經驗和感受的範圍，將倫理原則提升到最高境界，更讓格律運用臻於完美，堪稱詩歌的集大成者。代表作有〈春望〉、〈登高〉、〈客至〉等。

柳宗元（七七三—八一九）

字子厚，河東（今山西永濟）人，居於長安。唐順宗年間，王叔文主持永貞革新，舉薦柳宗元為禮部員外郎。幾個月後順宗駕崩，憲宗即位，政局驟變，柳宗元被貶為永州司馬。永州荒僻，但山水秀麗，柳宗元大部分作品完成於此。後來改任柳州刺史，卒於任上。柳州百姓感念其德政，為他立祠於羅池廟。世稱「柳柳州」，又稱「柳河東」。柳宗元與劉禹錫交厚，遭際相近，並稱「劉柳」；又與韓愈共同提倡古文運動，並稱「韓柳」。代表作有〈江雪〉。

孟浩然（六八九—七四〇）

湖北襄陽人。早年不求仕進，隱居襄陽附近的鹿門山。四十歲才靜極思動，前往長安。在太學賦詩，技驚四座，應試卻落第。王維曾想舉薦他給唐玄宗，但玄宗讀了孟浩然〈歸終南山詩〉「不才明主棄，多病故人疏」詩句，大為不快，因此舉薦不成。之後孟浩然還居襄陽，便隱逸終老。晚年任職於荊州長史張九齡的幕府，彼此唱和。孟浩然是唐詩名家少數不甘隱淪，卻隱淪終身的詩人之一。擅長五言短篇，題材多田園、隱逸生活，為盛唐田園詩派重要作家。代表作有〈過故人莊〉、〈春曉〉、

〈宿建德江〉。

常建（七〇八—七六五）

長安人。與王昌齡同榜中進士，兩人交好。性格孤僻耿直，不附權貴，以致仕途不順；於是放浪琴酒，往來太白、紫閣諸峰，有隱遯之志。後來寓居鄂渚（今湖北武昌），以山水勝景自娛，並招王昌齡、張僨同隱。唐．殷璠《河嶽英靈集》選錄常建不少詩作，評論其詩「似初發通莊，卻尋野徑，百里之外，方歸大道。所以其旨遠，其興僻，佳句輒來，唯論意表」。代表作有〈題破山寺後禪院〉。

王勃（六五〇—六七六）

字子安，絳州龍門（今山西河津）人。六歲就善於文辭，九歲讀顏師古《漢書》注，就撰作《指瑕》指出其中錯誤。十二歲以神童之名，被舉薦於朝廷；十五歲對策高第，授朝散郎。沛王仰慕王勃大名，召他任職府修撰。當時諸王流行鬥雞遊戲，王勃戲謔地為沛王寫了篇檄文，討伐英王的鬥雞。高宗得知後，認為王勃挑撥諸王情誼，大為震怒。王勃官職被廢，於是遠遊江漢。後來他父親因故遭貶為交趾令，王勃在省親探望時，渡海溺水，驚悸而死。王勃與楊炯、盧照鄰、駱賓王齊名，並稱「初唐四傑」。而王勃詩作格調高華，堪稱四傑之冠冕。代表作有〈送杜少府之任蜀州〉。

李白（七〇一—七六二）

字太白，號青蓮居士，郡望在隴西成紀（今甘肅秦安縣西）。李白的祖先在隋末時流徙於中亞碎葉（原蘇聯境內之托克馬克）。生長異域的李白，五歲時隨父親逃歸至四川。二十五歲時開始浪跡四方，並娶了故相許圉師的孫女為妻。曾隱居徂徠山，與孔巢父等號稱「竹溪六逸」。四十出頭時，李白第二次入長安，賀知章驚嘆他是「天上謫仙人」，把他舉薦給玄宗，任職翰林供奉。兩年後的暮春，玄宗賜金放還。此後李白漂泊各地，曾請北海高天師授道教符籙。安史亂起後，李白避居廬山，不久即入永王李璘幕府。之後李璘兵敗，李白被流放夜郎，途中遇赦得還。晚年投靠當塗令李陽冰，病逝於當塗。李白才情橫溢，詩文雄放飄逸、清新天然，世稱「詩仙」，又與杜甫並稱「李杜」。代表作有〈靜夜思〉、〈月下獨酌〉、〈清平調詞〉等。

王灣（六九三—七五一）

號為德，洛陽人。王翰早年就以詞翰著稱，曾登進士第。開元初年，朝廷延請碩學巨儒，校正宮中群籍，王灣亦被選入。之後又和陸紹伯等人，同校麗正院書。代表作有〈次北固山下〉。

張繼（生卒年不詳）

字懿孫，襄州（今湖北襄陽）人。中進士之後，曾任職鎮戎軍幕府、檢校祠部員外郎，又於洪州分掌財賦。唐·高仲武《中興閒氣集》卷下評曰：「員外累代詞伯，積習弓裘，其於為文，不雕自飾。及爾登第，秀發當時。詩體清迥，有道者風。」代表作有〈楓橋夜泊〉。

王昌齡（六九八？—七五六？）

字少伯，京兆（即長安）人，籍貫又有江寧、太原二說。一生仕途坎坷，兩度獲罪遭貶。晚年因為不護細行，貶為龍標尉。安史亂起，王昌齡歸返鄉里，被濠州刺史閭丘曉所殺。從其詩篇看，他年輕時曾從軍，遠至西北邊塞，但未因此建立功名。詩作以七絕見長，可與李白並美。王昌齡與高適、王之渙友善，同為邊塞詩人，三人共飲旗亭競詩之事，古今豔傳。代表作有〈出塞〉、〈閨怨〉。

杜牧（八〇三—八五二）

字牧之，京兆萬年（今陝西西安）人，祖父是唐代名宰相杜佑。二十六歲中進士，曾任黃州、睦州、湖州刺史，轉司勳員外郎。為人風流倜儻，經常狎妓冶遊，卻又崇尚儒學，懷抱經世濟民之志。杜牧是晚唐重要詩人，尤擅七絕。楊慎《升庵詩話》卷五評：「律詩至晚唐，李義山而下，惟杜牧之為最。宋人評其詩豪而豔，宕而麗，於律詩中特寓拗峭，以矯時弊，信然。」又兼擅文章，於韓、柳外屹然成家。與李商隱並稱「小李杜」。代表作有〈清明〉、〈秋夕〉。

劉禹錫（七七二—八四二）

字夢得，洛陽人。二十一歲中進士，不久出任監察御史。順宗時，與柳宗元等參與王叔文之革新運動，擢屯田員外郎。後來憲宗即位，政局丕變，劉禹錫遭貶為朗州司馬。元和十年（八一五）奉召還京，又作詩語涉譏刺，隨即被貶為連州刺史。大和二年回京，任太子賓客，世稱劉賓客。劉禹錫詩歌雄渾爽朗，節奏和諧響亮，白居易譽為「詩豪」。他與白居易並稱「劉白」；又與柳宗元並稱「劉柳」。他在朗州十年，曾潤色武陵一帶的民歌，改作新詞。代表作有〈竹枝詞〉、〈金陵五題〉。

韋應物（七三七—七九二）

京兆（長安）人。曾任江州、蘇州等地刺史，世稱「韋江州」、「韋蘇州」。晚年罷官，寓居蘇州城外的永定精舍。唐．李肇《國史補》評價他「立性高潔，鮮食寡欲，所居焚香掃地而坐」。韋應物是中唐著名自然詩人。他全心追慕陶淵明，詩作多以山水景物為題材，以閒適幽靜的意趣為主；而精密工深的鍊字造句和意境表現，卻又接近謝靈運。代表作有〈滁州西澗〉、〈寄全椒山中道士〉。

李商隱（八一三—八五八）

字義山，號玉谿生，又號樊南生，祖籍懷州河內，祖父遷居鄭州滎陽（今屬河南）。十七歲時以文才受牛黨的令狐楚賞識，任命為幕府巡官。二十五歲時得令狐楚之子令狐綯獎譽，中進士。次年，李黨的王茂元賞愛其才，任他為書記，並將女兒嫁給他。李商隱從此身陷牛李黨爭的夾縫，終身困蹇難伸、寄人籬下。李商隱的抒情詩風曲折迷離，雖綺麗密緻，卻晦澀難解，為宋初西崑體之祖。時人稱李商隱、溫庭筠、段成式之作為「三十六體」。他的七律風格穠麗沉鬱，堪稱杜甫之後第一人。代表作有〈無題詩〉、〈樂遊原〉。

高適（七〇二？—七六五）

字達夫，渤海蓨（今河北滄縣）人。為人落拓，不拘小節。早年隨父親旅居嶺南。一生曾兩度出塞，首次是三十歲左右，北遊燕趙、薊門近兩年，寄望以戎馬生涯博得功名，未能如願。後寓居宋中，與李白、杜甫交遊。第二次是五十歲左右，在河西節度使哥舒翰幕下近三年。之後果然因軍功受玄宗重視，歷任淮南、劍南西川等地的節度使，累遷至渤海縣侯。高適是盛唐邊塞詩派的大將，與岑參並稱「高岑」。他的七言歌行雄渾矯健，抒發建功立業的懷抱，展現激揚奮發的盛唐氣象。代表作有〈燕歌行〉、〈塞下曲〉。

白居易（七七二—八四六）

字樂天。祖籍山西太原，後來遷徙到下邽，生於河南新鄭。幼識之無，二十歲後日夜苦讀，口舌成瘡、手肘成胝。憲宗元和年間，召拜翰林學士、左拾遺，並與元稹共同提倡新樂府運動，作諷諭詩以補查時政、洩導人情，兩人並稱「元白」。不久就遭貶為江州司馬，在廬山香爐峰下築草堂，與僧侶來往。之後奉召回長安，遇黨爭而自請外放，任杭州太守，築西湖白堤。後改任蘇州刺史，深受愛戴。晚年閑居洛陽香山，自號香山居士、醉吟先生。同時與劉禹錫唱和，並稱「劉白」。其詩風通俗平易，老嫗能解。代表作有〈賦得古草原送別〉、〈秦中吟〉。

許渾（七九一？—八五八？）

字用晦（又曰仲晦），潤州丹陽（今江蘇省丹陽縣）人。武后朝宰相許圉師六世孫。曾拜監察御史，歷任睦、郢二州刺史，後退隱丁卯澗橋村舍。詩作大都是遊蹤山林、登覽懷古與贈別之作，句法圓穩工整。晚唐著名詩人杜牧、韋莊及南宋詩人陸游，都對他極為推崇。代表作有〈咸陽城東樓〉。

韓翃（生卒年不詳）

字君平，南陽（今屬河南）人。曾任侯希逸、李勉的幕僚，並以〈寒食〉詩獲得唐德宗賞識，擢升駕部郎中知制誥，終任中書舍人。韓翃與錢起、盧綸等同為「大曆十才子」，也是唐傳奇小說〈柳氏傳〉的男主角。詩作興致繁複，如芙蓉出水；每寫成一詩，往往傳頌朝野。代表作有〈寒食〉。

張若虛（六六〇—七二〇）

揚州（今江蘇揚州）人。曾任袞州兵曹。據《舊唐書．文苑傳》可知，中宗神龍年間，張若虛與賀知章、張旭、包融，俱以「吳越之士，文詞俊秀」並稱「吳中四士」，揚名京都長安。代表作除了著名的〈春江花月夜〉外，還有〈代答閨夢遠〉，為代人贈答之作，風格接近齊梁體。

杜審言（六四六？—七〇八）

字必簡，祖籍襄陽，其父遷居河南鞏縣。杜審言是唐代著名詩人杜甫的祖父。杜審言少年時就與李嶠、崔融、蘇味道並稱「文章四友」，號「崔李蘇杜」。性格矜誕自負。曾任職著作佐郎、修文館直學士。杜審言的五言律詩，已臻至圓熟之境，使當時發展中的近體詩更為完備。因此他的孫子杜甫〈贈蜀僧閭丘師兄〉詩贊云：「吾祖詩冠古。」

祖詠（六九九—七四七？）

洛陽人。中進士後，曾任駕部員外郎。一生懷才不遇，貧病交迫。祖詠少年時就與王維結伴聯吟，王維在濟州曾贈祖詠詩云：「結交三十載，不得一日展；貧病子既深，契闊余不淺。」祖詠後來移家汝墳，以漁樵終其一生。商璠評價其詩為：「剪刻省靜，用思尤苦，氣雖不高，調頗凌俗，足稱為才子也。」代表作有〈望薊門〉。

沈佺期（六五六—七一三）

字雲卿，相州內黃（今河南內黃縣西）人。歷任協律郎、考功員外郎等職。之後因受贓入獄，未追究；但因附會武則天的男寵張易之、張昌宗兄弟，流放驩州（在今越南），兩年後遇赦。後來以起居郎兼修文館直學士，官至中書舍人、太子詹事。詩史往往對他的為人評價不高，卻推崇他的作品貢獻。所存詩作雖多奉詔應制，但在古律進展到近體律的過程中發揮關鍵作用，而與宋之問並稱「沈宋」。代表作有〈古意〉。

岑參（七一五？—七七〇）

祖籍南陽（今屬河南），後徙居江陵（今屬湖北）。少時孤寒，由哥哥教導，篤志讀書。曾出任安西（即今新疆）節度使高仙芝的書記，及安西、北庭節度使封常清的幕中判官。東歸後宦遊各地，任嘉州刺史，世稱「岑嘉州」。罷官後入蜀，依附杜鴻漸。岑參與高適同為盛唐邊塞詩人，並稱「高岑」。其詩風可以「俊、逸、奇、悲、壯」五字形容；在奇峻孤峭風格中，又融合了歌行體明朗流暢的節奏，抒寫出大漠之壯烈、征戰之艱苦。代表作有〈逢入京使〉、〈白雪歌〉。

杜荀鶴（八五六—九〇七）

字彥之，號九華山人，池州石埭（安徽石埭縣）人。杜牧之子，排行第十五，故稱「杜十五」。杜荀鶴幼好學，但四十六歲才登第。唐代科舉制度，從中唐貞元、元和年間之後，往往需靠權貴推薦才能及第。因此杜荀鶴曾喟嘆「空有篇章傳海內，更無親族在朝中」。五代梁太祖朱溫（全忠）篡唐稱帝後，任杜荀鶴為員外郎、知制誥，最後官至翰林學士，僅五日而卒。其詩作以七律最多，反映當時現實生活，及自己追求功名的遭遇。代表作有〈春宮怨〉。

溫庭筠（八一三？—八七〇？）

字飛卿，原名岐，太原祁（今山西省祁縣）人，是宰相溫彥博的孫子。曾向劉禹錫、李德裕學習詩文。溫庭筠面貌醜陋，但才思敏捷。晚唐科舉考試律賦，八韻一篇；溫庭筠叉手一吟便成一韻，八叉八韻即告完稿，故人稱「溫八叉」。然而由於他行為不檢，出入歌樓妓院，又多次擾亂科場、代人捉刀，故屢試不第，晚年才做了方城尉和國子助教。《舊唐書．文苑傳》說他「士行塵雜，不修邊幅。能逐絃吹之音，為側豔之詞」。溫庭筠不僅是花間詞人，也是晚唐重要詩人，與李商隱並稱「溫李」。但較之李商隱，溫庭筠更專注於綺麗濃豔的愛情詩，強調感官意趣。代表作有〈瑤瑟怨〉、〈商山早行〉。

李益（七四八—八二九）

字君虞，隴西姑臧（今甘肅武威）人。曾五次入軍幕出塞，在邊地居住十年之久，詩作傳唱一時。憲宗雅聞其名，召為祕書少監、集賢殿學士，累官至禮部尚書致事。性格妒癡，時稱「李益疾」，為唐傳奇〈霍小玉傳〉中的男主角。李益風格近於王昌齡，激昂慷慨，擅寫五七言絕句，題材多邊塞軍旅之思。胡應麟《詩藪》論云：「七言絕，開元以下，便當以李益為第一，……可與太白（李白）、龍標（王昌齡）競爽，非中唐所得有也。」代表作有〈夜上受降城聞笛〉、〈江南曲〉。

趙嘏（八〇六？—八五二？）

字承佑，楚州山陽（今江蘇淮安）人。少時四處遊歷，應試未第，留寓長安多年，出入豪門以干求功名。期間似曾遠去嶺外，當了幾年幕府。後來返回江東，居於潤州。會昌末年或大中初年，復往長安，入仕為渭南尉。詩作以七律、七絕最多且較出色。代表作有〈長安秋望〉、〈江樓感舊〉。

王翰（生卒年不詳）

一作王澣，字子羽，并州晉陽（今山西太原）人，家境富裕。并州長史張嘉貞，對他禮遇有加。之後張說為相，召他任職祕書正字，擢升駕部員外郎。張說罷相後，王翰出為仙州別駕；又因生活奢靡放蕩，貶道州司馬。個性恃才不羈，喜好賭博飲酒、名馬妓樂；發言立意自比王侯，經常邀集英豪縱禽擊鼓為樂。其詩多古體，〈涼州詞〉為其代表作。

韓愈（七六八—八四二）

字退之，河南南陽（今河南孟縣）人。祖籍郡望為昌黎郡（今河北徐水縣西），故世稱「韓昌黎」。出生不久就喪母，三歲喪父，由兄嫂鄭氏撫養成人。自幼貧困，發憤勤學。二十五歲中進士後，曾任四門博士、監察御史。因為上疏直諫宮市之弊，貶為陽山令。元和元年召回，出任國子博士。後來因為上〈諫迎佛骨表〉而觸怒憲宗，貶為潮州刺史。晚年召為國子祭酒、吏部侍郎等職，人稱「韓吏部」。卒於長安京兆尹任內，諡號文，世稱「韓文公」。韓愈從貞元到元和年間，與柳宗元積極提倡「文以載道」的古文運動，兩人合稱「韓柳」。蘇軾盛讚他為「文起八代（東漢、魏、晉、宋、齊、梁、陳、隋）之衰，道濟天下之溺」。兼擅詩文，詩風奇險怪誕、以醜為美，與孟郊並稱「韓孟」。代表詩作有〈山石〉、〈晝月〉。

盧綸（七三九—七九九）

字允言，出身范陽（今北京西南）盧氏，生於蒲（今山西永濟）。天寶末年中進士，但因安史亂起，避居鄱陽。動亂平息後重新應試，卻屢試不第。大曆年間受宰相元載、王縉舉薦，出任集賢學士等職，累官至監察御史，為「大曆十才子」之一。後來元載、王縉在政爭中失敗，盧綸亦受牽連，終身不遇，故詩中多憤懣不平之氣。貞元年間入河中節度使渾瑊幕中，任檢校戶部郎中，世稱「盧戶部」。其邊塞詩雄渾悲壯，仍有盛唐氣象。代表作有〈和張僕射塞下曲〉。

王績（五八五—六四四）

字無功，號東皋子，絳州龍門（今山西龍門）人，隋末大儒王通之弟。早年曾胸懷大志：「明經思待詔，學劍覓封侯。」隋時曾出任縣丞之類的地方小官；隋末動亂中，退居田園。入唐後曾復出，待詔門下省，不久即棄官歸里。貞觀中又曾復出，任太樂丞，未久即完全歸隱。其詩歌詠避世隱逸的田園情調，在初唐詩壇瀰漫的陳梁餘風中，王績樸實清新、不事雕琢的詩風獨樹一幟，遠追陶淵明。代表作有〈野望〉。

楊炯（六五〇—六九三？）

華陰人。十歲即舉神童，待制弘文館。曾任校書郎、崇文館學士。後來因為從弟楊神讓跟隨徐敬業起兵反對武則天，乃至受株連，貶為梓州司法參軍。後改任盈川令，吏治以嚴酷著稱，死於任所。世稱

「楊盈川」。楊炯為人恃才傲物，聽聞初唐四傑「王楊盧駱」之說後，曾說：「吾愧在盧前，恥居王後。」擅寫邊塞詩，軒昂豪放。代表作有〈從軍行〉。

李頎（六九〇？—七五一？）

籍貫不詳，久居東川（河南潁陽之左潁水），郡望為趙郡。曾任新鄉縣尉，後去職。開元末、天寶初，行跡大致在長安、洛陽，結交王維、王昌齡、高適、岑參、崔顥等人。李頎性格疎簡，厭棄俗務。企慕神仙，服食丹砂，頗受當時名輩景仰。《唐才子傳》卷二說他：「工詩，發調既清，修辭亦秀，雜歌咸善，玄理最長，多為放浪之語，足可震蕩心神。」最擅七古，代表作有〈送魏萬之京〉、〈古從軍行〉。

李賀（七九〇—八一六）

字長吉，河南福昌（今宜陽縣）昌谷人，唐宗室鄭王的後裔，但家道已中落。少有詩名，受韓愈賞識。然而考進士時，因為他父親名「晉肅」犯同音之諱，而遭到同儕毀謗。雖然韓愈為他作〈諱辯〉，李賀終未應舉。後來憑藉恩蔭，任職太常寺奉禮郎，鬱鬱失志，卒年僅二十七。李賀作詩慣於嘔心苦吟、鍛字琢句，形式則長於自由遣用的樂府古風，內容則色彩瑰麗、想像獨絕，多寫鬼神魑魅的超現實世界，深具楚辭風格，故有「詩鬼」、「鬼仙」之名。明．王思任《昌谷詩解序》評其創作特色云：「人命至促，好景盡虛，故以其哀激之思，變為晦澀之調，喜用鬼字、泣字、死字、血字如此之類。」代表作有〈蘇小小墓〉、〈金銅仙人辭漢歌〉。

司空曙（七二〇—七九〇）

字文明，或作文初。廣平（今河北雞澤縣東）人。磊落有奇才，曾中進士，為「大曆十才子」之一。曾在劍南節度史韋臯的幕下任職，之後任職洛陽主簿，累官至左拾遺、水部郎中。性格耿介，不干權要，家境困窮，安然自得。詩作多寫自然景色、鄉情旅思，擅長五律。詩風幽閑，終篇調暢，如新花映日，自成機軸。代表作有〈雲陽館與韓紳宿別〉、〈喜外弟盧綸見宿〉。

一本就通：必讀唐詩100大

2022年5月二版 定價：新臺幣350元
2023年6月二版二刷

著者	王兆鵬
	邵大為
	張靜
	唐元
叢書主編	沙淑芬
校對	吳美滿
封面設計	沈佳德

出版者	聯經出版事業股份有限公司	副總編輯	陳逸華
地址	新北市汐止區大同路一段369號1樓	總編輯	涂豐恩
叢書主編電話	(02)86925588轉5310	總經理	陳芝宇
台北聯經書房	台北市新生南路三段94號	社長	羅國俊
電話	(02)23620308	發行人	林載爵
郵政劃撥帳戶	第0100559-3號		
郵撥電話	(02)23620308		
印刷者	世和印製企業有限公司		
總經銷	聯合發行股份有限公司		
發行所	新北市新店區寶橋路235巷6弄6號		
電話	(02)29178022		

行政院新聞局出版事業登記證局版臺業字第0130號

本書如有缺頁，破損，倒裝請寄回台北聯經書房更換。 ISBN 978-957-08-6356-7 (平裝)
聯經網址 http://www.linkingbooks.com.tw
電子信箱 e-mail:linking@udngroup.com

本書中文繁體字版由中華書局授權出版

國家圖書館出版品預行編目資料

一本就通：必讀唐詩100大/王兆鵬等著．二版．
新北市．聯經．2022.05．392面．14.8×21公分
ISBN 978-957-08-6356-7（平裝）
[2023年6月二版二刷]

831.4 111007341